Janice Blendell

# Rescue

## Zeig's mir mit Gefühl

W0278812

plaisir d'amour

**JANICE BLENDELL**
**RESCUE – ZEIG'S MIR MIT GEFÜHL**
© 2021 Plaisir d'Amour Verlag, D-64678 Lindenfels
www.plaisirdamour.de
info@plaisirdamourbooks.com
© Covergestaltung: Sabrina Dahlenburg
(www.art-for-your-book.de)
ISBN Taschenbuch: 978-3-86495-454-2
ISBN eBook: 978-3-86495-453-5

Sämtliche Personen in diesem Roman sind frei erfunden. Dieses Buch darf weder auszugsweise noch vollständig per E-Mail, Fotokopie, Fax oder jegliches anderes Kommunikationsmittel ohne die ausdrückliche Genehmigung des Verlages oder der Autorin weitergegeben werden.

# Kapitel 1

Karen griff nach dem Kaffeebecher, der auf ihrer Anrichte stand, und trank schnell noch einen Schluck. Sie war spät dran, als sie das Haus verließ. Draußen begann der Tag mit einem wundervollen Sonnenaufgang. Es sollte ein warmer Tag werden. Schade, dass Karen auf dem Weg zu ihrer Arbeit in der Kanzlei war. Lieber hätte sie an diesem Vormittag in einem Straßencafé gesessen und den Menschen auf der Straße zugesehen, wie sie hektisch an ihr vorbeigingen. Stattdessen lag ein arbeitsreicher Tag vor ihr, und wenn sie nach Hause käme, wäre von dem schönen Tag nichts weiter übrig als der Sonnenuntergang.

Sie betrat das Bürogebäude, fuhr mit dem Fahrstuhl in den dritten Stock, brachte ihre Tasche in ihr Büro und ging dann zum Konferenzraum. An jedem ersten Montag im Monat fand dort die Planungskonferenz statt, und bei diesem Termin mussten nicht nur alle Anwälte anwesend sein, sondern auch Karen, die als Chefsekretärin für die Protokollführung zuständig war.

Sie stellte Kaffeetassen, Gläser und Kaltgetränke bereit, checkte Beamer und Laptop, damit während der Konferenz alles reibungslos verlaufen konnte. Sie war so in ihre Arbeit vertieft, dass sie nicht bemerkte, wie jemand den Raum betrat.

„Guten Morgen."

Karen schreckte hoch. „Himmel, haben Sie mich erschreckt." Geräuschvoll atmete sie aus.

„Entschuldigung, das wollte ich nicht", sagte der Mann und lachte charmant.

„Kann ich Ihnen helfen?", fragte Karen und nahm einen Stapel Papiere in die Hand.

„Mein Name ist Tom Watts", sagte er und streckte ihr seine Hand entgegen.

Karen ergriff sie und erwiderte den Handschlag. „Dann sind Sie der neue Anwalt. Es freut mich, Sie kennenzulernen. Mein Name ist Karen Waters, ich bin die Chefsekretärin. Sie sind aber sehr früh hier."

„Ja, an seinem ersten Arbeitstag sollte man pünktlich erscheinen. Bringen Sie mir einen Kaffee mit Milch."

Er musterte Karen, bevor er seinen Blick durch den Raum schweifen ließ.

Karen hielt inne, denn so hatte noch niemand in diesem Haus mit ihr geredet. Es war keine Bitte, sondern ein Befehl.

Sie wusste nichts darauf zu erwidern und nickte. „Sicher. Setzen Sie sich, ich bin gleich zurück." Auf dem Weg in die Küche fluchte Karen leise vor sich hin.

„Was für ein arroganter Kerl. Was bildet der sich denn ein?"

Der Kaffeevollautomat brummte vor sich hin, und Karen versuchte, ihre Wut über Tom Watts zu drosseln. Sie sagte sich, dass er es vielleicht gar nicht so gemeint hatte, wie es bei ihr angekommen war.

Ein Piepton signalisierte ihr, dass der Kaffee fertig war. Sie nahm die Tasse, gab etwas Milch hinein, ging zurück in den Konferenzraum und stellte sie vor Mr. Watts ab.

„Bitte."

Er hatte inzwischen seinen Laptop auf den Tisch gestellt und sah konzentriert auf den Bildschirm. Nur kurz sah er zu ihr auf, bevor er sich wieder dem Laptop zuwandte.

*Gern geschehen*, dachte Karen und ging in ihr Büro, um ihre Unterlagen zu holen. Wenig später kam sie zurück und sah, wie sich ihre Chefs, Michael Meyers und Brandon Wallet, mit Mr. Watts unterhielten.

Mr. Meyers sah zu ihr und winkte sie zu sich. „Karen, darf ich dir Tom Watts vorstellen?" Er zeigte auf Mr. Arrogant und Karen folgte mit ihren Augen seiner Hand und nickte höflich.

„Wir hatten heute schon das Vergnügen", antwortete sie und versuchte, so viel Fröhlichkeit wie möglich in ihren Tonfall zu legen, obwohl sie immer noch über seinen Befehlston verärgert war.

„Gut, dann können wir anfangen. Ist für die Präsentation alles bereit?"

„Ja."

Karen ging zu ihrem Platz ganz vorn und öffnete ihren Laptop, um das Protokoll schreiben zu können.

Die Sitzung zog sich etwas länger hin als sonst, denn Tom Watts wurde den Anwesenden in aller Ausführlichkeit vorgestellt. Demnach war er zweiunddreißig Jahre alt, ledig und hatte bisher in einer New Yorker Kanzlei gearbeitet. Von dieser hatte man ihn abgeworben und ihn hier als Teilhaber angestellt.

Karen hatte währenddessen genügend Zeit, sich Tom Watts genauer anzusehen. Er war groß und durchtrainiert, soweit sie das sehen konnte, und trug einen maßgeschneiderten Anzug. Sein Hemd saß eng und betonte seine Bauchmuskeln, die sich deutlich darunter abzeichneten. Seine blonden Haare waren sehr kurz geschnitten, er hatte blaugrüne Augen, an deren Seiten kleine Fältchen erkennbar waren. *Er macht bestimmt viel Sport, so wie er aussieht*, dachte sie.

Karen war einunddreißig Jahre alt und hatte schon ihre Ausbildung zur Rechtsanwaltsfachangestellten in dieser Kanzlei gemacht. Die Kanzlei hatte einen guten Ruf, deswegen hatte sie sich dort beworben. Sie hatte sich keine großen Hoffnungen gemacht, den Ausbildungsplatz zu bekommen, und als sie die Zusage doch bekam, war die Freude groß. Sie wohnte damals in Minneapolis und war aufgrund der Entfernung zwischen Minneapolis und Minnesota, wo sich die Kanzlei befand, nach Minnesota gezogen. Den Abschluss der Ausbildung absolvierte sie mit Bestnoten und seitdem stand ihr Job an erster Stelle in ihrem Leben.

Dabei blieb ihr Privatleben natürlich auf der Strecke. Für eine Beziehung blieb ihr wenig Zeit, und auch in puncto Sex war sie eher unerfahren, was sicher auch an ihrer eigenen Unsicherheit lag. Sie selbst fand sich nicht besonders attraktiv. Ihren Busen fand sie schön, aber ihr Oberkörper war im Vergleich zu ihren Hüften eher schmal, dafür wirkten ihre Beine kräftig, weil sie einen rundlichen Po hatte.

Die anderen Frauen in der Kanzlei waren alle schlank, trugen eng anliegende Kleider und liefen auf Pumps mit derart hohen Absätzen herum, dass Karens Füße schon beim Zusehen schmerzten. Karen trug am liebsten Hosenanzüge mit engen Blusen darunter, die ihren Oberkörper betonten und von ihren Beinen und ihrem Po ablenkten. Ihre Schuhe hatten dezente Absätze, die ihre Beine oft kurz wirken ließen.

Sie war ganz in ihre Gedanken versunken. Plötzlich stieß jemand ein Glas um und das Geräusch holte Karen aus ihren Gedanken zurück. Als sie aufblickte, starrte sie geradewegs in Tom Watts Augen. Er schien sie zu mustern. Sie errötete, steckte verlegen eine Haarsträhne hinter ihr Ohr und senkte den Blick.

Nach der Konferenz gingen alle wieder zurück in ihre Büros, und obwohl es nicht zu ihren Aufgaben gehörte, stellte Karen das benutzte Geschirr zusammen und brachte es in die Küche. Da sie Tom Watts nicht gleich wieder auf dem Flur begegnen wollte, räumte sie die Tassen und Gläser auch noch in den Geschirrspüler. Erst als die Gespräche im Flur leiser wurden, ging auch sie zurück in ihr Büro.

Das Kommunikationsfenster auf ihrem Bildschirm ploppte auf und unterbrach sie bei der Überarbeitung des Protokolls. Alle PCs waren miteinander vernetzt und man konnte mit anderen Mitarbeitern Unterhaltungen führen, ohne das Telefon benutzen zu müssen.

*„Hat Ihnen gefallen, was Sie beobachtet haben?“*

Karen starrte das kleine Fenster auf ihrem Monitor an, denn die Nachricht kam von Mr. Watts. *Auf was wollte er hinaus?*

Unentschlossen, ob sie antworten sollte, verstrichen einige Minuten.

*„Ich weiß nicht, was Sie meinen.“*

*„Nein? Dann sollten wir darüber reden. Wollen Sie mich zum Mittagessen begleiten?“*

Karen stockte, dann las sie die Nachricht erneut. Es war zwar durchaus üblich, dass die Angestellten die Mittagspause zusammen verbrachten, aber nicht mit einem der Chefs.

*„Hat es Ihnen die Sprache verschlagen oder sind Sie wegen heute Morgen, bezüglich des Kaffees, verärgert?“*

Karen lächelte. Schnell schrieb sie zurück. *„Ich gebe zu, dass ich es nicht gewohnt bin, Befehle zu erhalten, und ein kurzes Dankeschön hätte ich auch für angemessen gehalten, dennoch gebe ich Ihnen die Möglichkeit, diesen Fauxpas bei einem Mittagessen zu kor-*

*rigieren. Wir können uns um eins unten vor der Tür treffen, wenn es Ihnen recht ist."* Gespannt wartete sie auf seine Antwort.

*„Wunderbar! Bei der Gelegenheit können Sie mir mehr über Ihren Aufgabenbereich und den Ihrer Kolleginnen erzählen. Bisher weiß ich nicht sehr viel über die einzelnen Bereiche und mit welchen Aufgaben ich wen betreuen kann. Ich hole Sie um eins in Ihrem Büro ab. Bis später."*

Das Fenster verschwand und Karen starrte einige Sekunden den Bildschirm an.

Bis zur Mittagspause arbeitete sie an dem Protokoll. Sie prüfte es ein letztes Mal, bevor sie es an ihre Chefs und in Kopie an alle Mitarbeiter verschickte. Plötzlich klopfte es an ihre Tür und Karen sah von ihrem Bildschirm hoch. „Herein."

Die Tür öffnete sich und Tom Watts stand in ihrem Büro.

„Oh, schon so spät?" Karen sah auf die Uhr an ihrem Handgelenk. „Ich dachte, wir treffen uns unten?" Ihre Stimme klang gereizter, als sie es beabsichtigt hatte. Sie wollte nicht, dass sie mit ihrem neuen Chef gesehen wurde, da es so aussehen könnte, als ob sie sich bei ihm einschmeicheln wollte.

„Nein, ich habe geschrieben, dass ich Sie abhole. Ist das ein Problem?" Fragend sah er sie an.

Karen schüttelte den Kopf. Er drehte sich um und ging aus der Tür hinaus auf den Flur. Karen griff nach ihrer Tasche und folgte ihm.

„Ja, Michael und Brandon haben mich heute auch darauf angesprochen."

„Und? Was hast du ihnen gesagt?"

„Ich sagte, dass ich eine wundervolle Frau kennengelernt habe und sie sich keine Sorgen machen müssen, da sich unser Interesse füreinander nicht auf die Arbeit in der Kanzlei auswirken wird. Lass uns offen mit der Situation umgehen, dann muss keiner hinter unserem Rücken reden." Er trat dicht an Karen heran, senkte seinen Kopf und dieser erste Kuss raubte ihr den Atem.

Ein Schauer rieselte über ihre Haut. Er löste sich von ihr und sah ihr tief in die Augen. Sie erwiderte seinen Blick, lächelte und nahm verlegen einen Schluck Rotwein.

Er behielt recht. Je offener sie mit ihrer beginnenden Beziehung umgingen, desto weniger wurde geredet, und der Tratsch endete schließlich ganz.

In den letzten Wochen fühlte sich Karen immer mehr zu Tom hingezogen. Sie mochte seine Art: kompetent und zielstrebig im Büro, liebevoll und fürsorglich, wenn sie bei ihm war. Er war ein guter Zuhörer und gab ihr ein Gefühl von Geborgenheit.

An diesem Wochenende hatte er sie zu einem Kurztrip eingeladen. Einer seiner Freunde hatte ein Ferienhaus in Duluth, direkt an einem See gelegen. Sie fuhren am Samstagmorgen früh los.

Tom parkte den Wagen bei ihrer Ankunft direkt

vor der Hütte, stieg aus und öffnete Karen die Autotür. Sie stieg aus und ging ein paar Meter. Die Hütte lag hinter ihr. Sie blickte direkt auf den See.

„Gefällt es dir hier?" Tom stand hinter Karen, schlang seine Arme von hinten um ihren Körper und verteilte Küsse auf ihrem Hals.

„Ja, es ist wunderschön." Sie schmiegte sich mit ihrem Rücken an ihn.

„Komm mit." Er zog sie zur Hütte, öffnete die Tür und schob sie sanft vorwärts.

Das Holzhaus war modern eingerichtet. Es gab eine Küche, ein Bad, einen Wohnbereich und zwei Schlafräume.

Tom griff nach ihrer Hand und führte sie in einen der Schlafräume. Dort zog er sie langsam aus und begann, sie sanft zu streicheln. Bisher hatten sie noch keinen Sex gehabt, Tom war in dieser Hinsicht zurückhaltend gewesen und Karen hatte es auch nicht eilig damit. Dass er jetzt einen Schritt weiter gehen wollte, ließ sie erwartungsvoll erschauern, und sie genoss jede seiner Berührungen. Aber als sie nur noch mit Unterwäsche bekleidet vor ihm stand, fühlte sie sich doch etwas unwohl. Schon sehr lange hatte kein Mann sie so gesehen, und sie hatte Bedenken, dass er ihren Körper nicht attraktiv finden würde.

Sie warf einen Blick auf die Beule in seiner Hose, und das reichte, um ihre Bedenken zu zerstreuen. Er war erregt; scheinbar gefiel ihm, wie sie aussah.

Mutig griff sie nach seinem Shirt und zog es ihm über den Kopf, dabei verteilte sie Küsse auf seiner Brust. Anschließend öffnete sie auch seine Hose und zog sie nach unten.

Er streifte Schuhe und Hose von seinen Füßen und nahm sie in den Arm. Sein Penis drückte durch den Stoff seiner Boxershorts an ihren Bauch. Wieder küsste er sie, dabei schob er sie rückwärts, bis ihre Beine das Bett berührten und sie mit dem Rücken darauf sank. Sie rutschte in die Mitte, er legte sich neben sie, öffnete ihren BH, streifte ihn ab und warf ihn zu Boden. Dann griff er nach ihren Handgelenken und führte sie über ihren Kopf.

„Egal, was ich mache, lass deine Hände über deinem Kopf, verstanden?“ Seine Stimme klang rau, erregt, und Karen nickte.

Er küsste sie, leckte dann über ihre Nippel, saugte und knabberte an ihnen, bis sie ein Stöhnen nicht mehr unterdrücken konnte. Sein Mund wanderte über ihren Bauch hinab zu ihrem Slip, und sie spürte seinen heißen Atem durch den Stoff auf ihrer Scham.

Krampfhaft versuchte sie, ihre Arme nicht zu bewegen, als Tom ihr den Slip auszog und seine Erkundungstour mit dem Mund fortsetzte. Er verteilte federleichte Küsse auf ihrem Venushügel, strich mit der Zunge sanft über ihre Schamlippen und knabberte leicht daran, bevor er seinen Mund auf ihre Klit legte, um daran zu saugen. Erst leicht, dann immer fester, bis sie wimmerte. Er leckte durch ihren Spalt, seine Zunge drang leicht in sie ein.

Karen wollte ihn berühren und hob einen Arm, er fing ihn jedoch mit seiner Hand ab und presste ihn zurück auf die Matratze. Seine Hand hatte ihre Arme fest im Griff. Kurz blickte er auf und sein stürmischer Blick traf ihren. Ein Schauer rieselte über ihren Körper und ließ sie vor Verlangen zittern. Er senkte seinen Kopf und begann von vorn. Wieder Küsse und leichte Bisse, bis er seinen Mund auf ihre Klit presste und fest saugte und leckte.

Karen stöhnte und bog ihren Rücken durch.

„Gott, Tom, hör bitte nicht auf", bettelte sie.

Er brachte sie bis kurz vor einen Orgasmus, dann hörte er auf und nahm ihren Mund in Besitz. Karen schmeckte sich selbst auf seinen Lippen, und ein berauschendes Gefühl breitete sich in ihr aus. Sie konnte sich nicht erinnern, jemals so ein Verlangen nach Erlösung gespürt zu haben.

„Dreh dich um, Karen, streck mir deinen Po entgegen, ich will dich jetzt ficken!", befahl er ihr.

Wie in Trance tat sie, was er sagte, und nahm voller Erwartung die gewünschte Position ein. Aus den Augenwinkeln sah sie, wie Tom seine Boxershorts abstreifte, zum Nachttisch neben dem Bett griff und ein Kondompäckchen aufriss. Sie hörte, wie er es über seinen Schwanz zog, bevor er mit einem Stoß tief in ihr versank.

„Karen, du bist so verdammt eng", keuchte er

# Kapitel 2

Tom arbeitete sehr viel. Nach den ersten Monaten in der Kanzlei bekam er öfter die Aufträge der Mandanten zugeteilt, deren Firmensitze über die ganze USA verteilt waren. Er war oft tagelang unterwegs und nur an den Wochenenden zu Hause.

Heute war Sonntag, und Karen wusste, dass Tom am nächsten Morgen nach New York fliegen sollte, um einen Mandanten zu beraten. Sie saß im Wohnzimmer auf der Couch, als Tom hereinkam. In seiner Hand hielt er zwei Gläser und eine Flasche Champagner.

„Gibt es etwas zu feiern?" Überrascht sah sie zu ihm.

Er schlenderte auf sie zu, stellte den Champagner und die Gläser auf dem Couchtisch ab. „Nein, aber bevor ich morgen wieder eine Zeit lang von dir getrennt bin, möchte ich noch einen schönen Abend mit dir verbringen", sagte er und küsste sie innig. Er löste sich von ihr und trat einen Schritt zurück.

„Worauf hast du Hunger?" Karen überlegte einen Moment. „Wie wäre es mit Sushi? Das hatten wir schon lange nicht mehr." Fragend sah sie ihn an.

„Gut, ich bestelle uns etwas." Tom nahm sein Handy und bestellte eine kleine Auswahl an Gerichten.

Es dauerte nicht sehr lange, bis der Lieferservice die bestellten Speisen brachte. Karen hatte in der Zwischenzeit den Tisch gedeckt und eine Kerze angezündet.

Sie liebte romantische Abende, weil diese meistens mit exquisitem Sex endeten. Tom zeigte ihr, dass Sex mehr war als nur die Missionarsstellung. Sie ließ sich gelegentlich auch von ihm fesseln, und auch Sexspielzeuge baute er in ihr Liebesspiel mit ein. Sie vertraute ihm dabei blind.

Bevor Tom am Montag das Haus verließ, bat er Karen darum, nach Feierabend seine Anzüge aus der Reinigung abzuholen. Sie versprach es, fuhr am frühen Abend zur Reinigung und gab dem Angestellten den Abholschein.

Wenige Minuten später reichte er ihr die Anzüge über den Tresen. „Diesen Zettel haben wir in einer der Anzugtaschen gefunden.“ Er lächelte freundlich und reichte Karen das Stück Papier.

„Danke“, sagte sie und lächelte zurück. Sie nahm die Anzüge und hängte sie in ihr Auto, damit sie nicht zerknitterten. Das Papier legte sie auf den Beifahrersitz und fuhr direkt nach Hause.

Als sie am nächsten Morgen in ihr Auto stieg, sah sie den Zettel auf dem Beifahrersitz, den sie dort abgelegt hatte, und steckte ihn in ihre Handtasche. Im Büro hörte sie das Vibrieren ihres Handys und griff in ihre Tasche, um es herauszuholen, dabei zog sie den Zettel mit raus. Er fiel zu Boden und Karen warf einen Blick darauf.

Es war eine Auftragsbestätigung für einen Tisch von der Firma *Mysterious Design*, deren Inhaber ein Ron Marshall war. Sie wendete das Papier, aber da stand nichts weiter drauf. Sie hatten sich doch erst neu eingerichtet und die letzten Möbel waren gerade vor kurzem geliefert worden.

„Hm“, dachte sie laut. Sie war sich sicher, wenn Tom einen neuen Tisch bestellt hätte, hätte er mit ihr darüber gesprochen.

Abermals schaute sie auf das Blatt in ihren Händen. Die Auftragsbestätigung war definitiv auf Tom ausgestellt. Sein Name stand handschriftlich geschrieben darauf und weiter unten war ein Stempel mit dem Firmenlogo, der Unterschrift des Inhabers und der von Tom.

Am Abend suchte Karen im Internet nach der Firma. Sie wollte in Erfahrung bringen, was das für eine Tischlerei war, aber bis auf einen Eintrag im Firmenregister der Stadt konnte sie nichts finden. Es war schon fast Mitternacht, als sie zu Bett ging.

Am Mittwoch gab es in der Kanzlei viel zu tun, denn eine Kollegin war im Urlaub, eine andere krank. Karen arbeitete die Mittagspause durch, in der Hoffnung, pünktlich aus dem Büro zu kommen, weil sie sich vorgenommen hatte, bei der Tischlerei vorbeizufahren. Sie war etwas neugierig, weil Tom ihr nichts von dem Tisch erzählt hatte, und weil der Name der Tischlerei ein wenig geheimnisvoll klang. Trotz ihrer Bemühungen musste sie noch eine Stunde länger im Büro bleiben, aber sie hoffte, dass sie noch jemanden in der Tischlerei antreffen würde.

Nach der Arbeit stieg sie in ihr Auto und fuhr direkt aus der Stadt. Laut ihrem Navi musste die Tischlerei an der Auto Club Road in der Nähe des Minnesota River liegen. Es machte sie stutzig, dass eine Tischlerei so weit außerhalb lag.

Nach ein paar Kilometern lenkte sie ihren Wagen auf eine lange Zufahrt, an deren Ende ein Landhaus mit einer Scheune stand. Sie bremste ab, dabei wirbelten ihre Reifen den Sand vom Weg auf und eine Staubwolke zog an ihrem Auto vorbei. Sie schaute sich um, aber nichts deutete auf eine Tischlerei hin. Prüfend schaute sie auf die Adresse.

Sie parkte den Wagen, stieg aus und schloss die Tür. Langsam ging sie auf die Veranda des Landhauses zu. Auf einem kleinen Klingelschild neben der Tür stand der Firmenname. Mit leicht zittrigen Fingern drückte sie auf den Klingelknopf und einen kurzen Moment später waren feste Schritte zu hören und die Tür öffnete sich.

Karen wäre fast einen Schritt zurückgestolpert. Sie riss erschrocken die Augen auf, als ein großer Mann vor ihr aufragte. Seine Statur ähnelte einem römischen Gladiator. Seine Augen waren stahlblau und bildeten einen starken Kontrast zu seinen kurzen, dunklen Haaren. Er musterte sie einen Moment mit einem Blick, der sich in ihre Augen bohrte. Karen fiel sein kantiges Gesicht auf,

mittlerweile auch kein Unbekannter mehr in der BDSM-Szene. Mehr als einmal hatte er während einer Session die Kontrolle verloren. Er hielt sich nicht an die gängigen Regeln beim BDSM und spielte nach seinen eigenen Regeln. Er fand Gefallen daran, Frauen zu schlagen, zu misshandeln und für seine Befriedigung gefügig zu machen. Leider hatten Ron und Marc das zu spät erkannt.

Neben der Werkstatt führten Ron und Marc auch einen privaten SM-Club im Keller des Landhauses. Beide legten sehr großen Wert auf die Sicherheit aller Beteiligten. Sie hielten sich streng an die SSC-Regeln, damit alles sicher, vernünftig und in beiderseitigem Einvernehmen geschah. Sessions von Neulingen fanden unter Beobachtung statt. So stellten sie sicher, dass sich alle an die SSC-Regeln hielten.

Tom war vor einiger Zeit bei Ron und Marc aufgetaucht. Ein Mitglied des Clubs hatte Tom in einer Bar von der Tischlerei und dem Club erzählt. Erst hatte Tom sich nur nach den Preisen für die Anfertigung eines Bondagetisches erkundigt, wenig später hatte er einen Tisch in Auftrag gegeben. Ron hatte ihm damals schon gesagt, dass er viele Aufträge habe und es einige Zeit dauern werde, bis sein Tisch fertig sei. Damit war er einverstanden gewesen.

Einige Wochen später hatte er dann nach einer Session gefragt. Er gab seine Vorlieben an und wollte wissen, ob Ron und Marc eine Sub wüssten, die bereit wäre, einen Abend mit ihm zu verbringen. Ron fragte Susan. Sie war oft im Club, hatte keinen festen Partner und ihre Vorlieben deckten sich größtenteils mit denen von Tom. Ron hatte ihm auch erklärt, dass es bei seiner ersten Session im Club nicht infrage komme, ihn mit einer Sub allein zu lassen, da sie ihn zu wenig kannten. Tom akzeptierte das jedoch nur widerwillig.

An dem verabredeten Abend wirkte Tom nervös, was aber nichts Ungewöhnliches war. Zu Beginn der Session ging er respektvoll mit Susan um, traf Absprachen und gab ihr ein Safeword. Es schien alles in Ordnung zu sein. Ron, der die Session überwachte, verließ kurz den Raum, da sein Handy in seiner Hosentasche vibrierte und er den Anruf entgegennehmen wollte. Nach einigen Minuten hörte er Susan schreien und lächelte noch, denn offensichtlich bekam sie das, was sie wollte und mochte. Dann veränderte sich plötzlich ihre Tonlage, und Ron konnte deutlich hören, wie sie ihr Safeword in den Raum schrie. Er beendete schnell das Gespräch und lief zurück.

Wieder im Nachbarraum sah er Tom, der ungeachtet des Safewords, das sie laut und deutlich schrie, mit einem Rohrstock auf sie einschlug. Sein Blick war starr auf Susan gerichtet und Schweißperlen standen auf seiner Stirn. Er holte mit weit ausgestrecktem Arm aus und ließ den Rohrstock auf Susans Po sausen. Er bemerkte nicht mal, dass Ron zurückgekommen war. Ron entriss ihm sofort den Rohrstock, und es kam zu einer kleinen Rangelei, die Ron für sich entschied.

Ron ging zu Susan, die am ganzen Körper zitterte. Er nahm sie in den Arm und versuchte, sie zu beruhigen, bevor er sich ihren Po ansah, der einige blutige Striemen hatte. Ron schaute Tom finster an und stellte ihn zur Rede, aber der spielte das Ganze runter. Er fuhr sich durch die Haare und gestikulierte mit den Händen, dann steckte er sein Hemd, das ihm aus der Jeans gerutscht war, wieder in die Hose. Er trat an Susan heran und entschuldigte sich lapidar bei ihr.

Danach begleitete Ron Tom nach draußen und gab ihm deutlich zu verstehen, dass er ihn nie wieder auf seinem Grundstück sehen wollte. Tom fluchte und beschimpfte ihn, aber er ging.

Seit dem Vorfall hatte Ron nichts mehr von ihm gehört. Der Tisch, den er in Auftrag gegeben hatte, stand unfertig in der Scheune.

„Und, was hast du ihr gesagt?“, wollte Marc wissen.

„Noch gar nichts. Sie wirkt auf mich nicht, als ob sie wüsste, um was für ein Möbel es sich bei dem Tisch handelt.“

„Welchen Eindruck macht sie dann auf dich?“

„Eher schüchtern und unsicher, würde ich sagen. Sie macht auf mich nicht den Eindruck, als ob sie wüsste, dass Tom Watts eine andere Vorstellung von Sex hat als sie.“

Marc zuckte die Achseln. „Wie ist ihr Name? Wie sieht sie aus?“

„Sie heißt Karen Waters, ist mittelgroß, praller

Hintern, braune Haare und sie hat ein hübsches Gesicht."

„Denkst du, er wollte den Tisch für sexuelle Spielchen mit ihr?" Marc warf einen flüchtigen Blick auf das Möbel, das hinten in der Scheuen stand.

„Keine Ahnung. Aber ich habe kein gutes Gefühl bei der Sache, irgendwie passt da was nicht." Bei Ron schrillten die Alarmglocken. Er hasste nichts mehr als gewalttätige Männer, die sich unter dem Deckmantel von BDSM an Frauen ausließen. „Ich werde mit ihr reden. Rausfinden, ob sie eine Ahnung hat, um was für einen Tisch es sich handelt, und mal sehen, wie sie darauf reagiert, wenn sie es erfährt. Ich hole sie, dann kannst du dir selbst ein Bild von ihr machen."

Karen saß schon eine Weile in der großen Küche und kaute nervös auf ihrer Unterlippe. *Irgendwas stimmt hier nicht!*

Als sie aufstehen und gehen wollte, kam Ron in die Küche zurück. „Kommen Sie, ich würde Ihnen gern den Tisch zeigen."

Karen sah zu ihm auf und nickte. Sie stand auf und folgte ihm nach draußen, über den Hof zu der Scheune. Ihr Herzschlag beschleunigte sich, denn sie fühlte sich in der Nähe dieses Mannes unwohl, obwohl es dafür keinen wirklichen Grund gab.

Ron machte die Tür zur Scheune auf, und ihr Blick fiel auf einen zweiten Mann, der nahe bei der Tür stand. Abrupt blieb sie stehen. Ron lief in sie hinein und Karen stolperte ein Stück nach vorn. Der andere schnellte vor, griff blitzschnell nach ihrer Schulter und bewahrte sie damit vor einem Sturz.

„Hoppla“, sagte er und ließ sie erst los, als sie wieder sicher stand.

*Himmel, noch so ein Gladiator,* ging es ihr durch den Kopf. Sein Aussehen stand dem von Ron Marshall in nichts nach. Er war zwar nicht so muskulös, wirkte aber ähnlich dominant und bedrohlich auf sie. Er trug eine schwarze Jeans und ein weißes T-Shirt. Seine schwarzen Haare hingen ihm lässig in die Stirn. Sein Gesicht war nicht so kantig wie das von Ron Marshall, seine grünen Augen funkelten wie Smaragde, und als sich ihre Blicke trafen, verlor sie sich in seinem. Wie ein Raubtier musterte er sie, selbstsicher und gefährlich.

Karen überlief eine Gänsehaut.

Er streckte seine Hand aus und reichte sie ihr. „Hi, ich bin Marc Stuart.“

Karen brauchte einen Moment, ehe sie den Handschlag erwidern konnte. „Karen Waters“, sage sie zaghaft.

„Kommen Sie!“ Ron machte eine Handbewegung und zeigte in dem Raum auf einen Tisch, der an der Wand ihnen gegenüber stand.

Der Tisch war so groß, dass acht Personen bequem daran sitzen konnten, und Karen fragte sich, wo Tom dieses Monstrum platzieren wollte. Er passte so gar nicht zu den anderen Möbeln.

Aber das war nicht die einzige Frage, die sie sich stellte. Das Monstrum hatte überall Metallringe, und an beiden Enden konnte man etwas rausziehen, das aussah wie eine Ablage. Der Tisch sah aus wie ein Requisit aus einem Folterkeller in alten Ritterfilmen. Karen befiel mit einem Mal ein ungutes Gefühl und sie fröstelte. Der Tisch wirkte keinesfalls einladend auf sie, und als sie den Kopf hob, um sich in der Scheune weiter umzusehen, entdeckte sie noch ganz andere Möbel.

Ihre Augen wurden immer größer, als sie ein Andreaskreuz entdeckte, das bedrohlich an der linken Seitenwand stand und mit großen Schrauben an der Wand befestigt war. Sie schluckte und sah schockiert zur anderen Seite. Böcke mit Fesseln standen sauber aufgereiht an der Seite, und nach einigen Sekunden sickerte die Erkenntnis in ihr Bewusstsein, dass es sich hier nicht um eine normale Möbeltischlerei handelte. Das hier waren definitiv Möbel für perverse Sexspiele.

Der Raum fing an, sich zu drehen. Ihr wurde schwindelig und sie taumelte leicht.

Ron griff sofort nach ihren Armen. „Hey, nicht doch." Er setzte Karen auf einen Stuhl und ging neben ihr in die Hocke. „Karen, sehen Sie mich an!" Er sagte es ruhig, selbstsicher, und Karen reagierte darauf und sah ihm direkt in die Augen.

„Ihr baut Foltermöbel", stieß sie hektisch hervor. „Ich muss gehen."

Sie wollte aufstehen, aber Ron legte seine Hände auf ihre Oberschenkel und hinderte sie daran.

Marc trat um sie herum und stand jetzt dicht hinter ihr.
Ron tauschte kurz einen Blick mit Marc.
„Du brauchst keine Angst vor uns zu haben", versuchte Marc sie zu beruhigen. Kannst du aufstehen? Wir würden dir drüben im Haus gerne etwas zeigen."

Karen sah zwischen den Männern hin und her. Dass die Männer sie plötzlich duzten, wirkte beruhigend auf sie. „Ich möchte jetzt lieber gehen."

„Es hat etwas mit Tom zu tun, bitte schau es dir an."

„Ich weiß nicht, es ist schon spät, denke ich", sagte sie nervös und Ron lächelte freundlich.

„Keine Sorge, es dauert nicht lange."

Karen haderte einen Moment. „Gut, ich komme mit." Sie stand auf.

Zu dritt verließen sie die Scheune und gingen über den Hof in das Haupthaus.

„Das, was wir dir zeigen möchten, befindet sich im Keller. Alle Türen bleiben offen, und selbstverständlich darfst du gehen, wann immer du willst, hast du mich verstanden?"

Karen verstand gar nichts. Warum sollte sie plötzlich gehen wollen?

„Okay." Sie knetete ihre Hände, bevor sie ihre Arme um ihren Körper schlang.

„Komm." Marc ging vor und öffnete eine große, schwere Holztür. Dahinter befand sich eine Steintreppe, die in den Keller führte.

Sobald er durch die Tür gegangen war, ging automatisch ein schwaches Licht an. Am Fuß der Treppe führte ein steinerner Weg, ähnlich einem in einer alten Burgruine, weiter in den Keller hinein. An den Wänden waren elektronische Fackeln angebracht, die jetzt ebenfalls leuchteten und den Gang erhellten.

Karen zog die Augenbrauen hoch und folgte Marc die Treppe hinunter. Ron war direkt hinter ihr. Sie fröstelte und schlang die Arme fester um ihren Oberkörper.

Von dem Gang gingen mehrere Türen ab. Als er eine Tür vor ihr öffnete, stand Karen in einer Art Gewölbe, das einem Folterkeller ähnelte. Erschrocken hielt sie die Luft an.

An einer Wand hingen Peitschen, Gerten, Stöcke und Dinge, die sie noch nie zuvor in ihrem Leben gesehen hatte. Böcke und Andreaskreuze standen in Nischen mit Rundbögen. Die Atmosphäre wirkte erdrückend und bedrohlich. So etwas hatte sie schon mal auf einer Internetseite gesehen. In ihr zog sich alles zusammen, und der Drang, zu flüchten, wurde übermächtig. Hektisch blickte sie zur Tür.

Marc bemerkte ihr Unbehagen und trat dicht an sie heran. Er berührte ihre Schulter.

Karen zuckte zusammen und wagte es nicht, sich zu bewegen. Starr wie eine Salzsäule stand sie da.

„Du befindest dich in unserem Privatclub. Ron und ich praktizieren schon lange BDSM. Wir sind Master und dominieren Frauen, die das wollen.

Ich kann verstehen, wenn dich das beunruhigt, aber ich kann dir versichern, dass weder ich noch Ron eine Gefahr für dich sind. Du kannst jederzeit gehen, wenn du das möchtest. Versuch, dich etwas zu entspannen, es ist alles in Ordnung." Marc redete beruhigend auf sie ein.

Karen hatte schweißnasse Hände, sie verstand nicht, was er ihr damit sagen wollte. Aber sie konnte sich etwas entspannen. Der Knoten in ihrer Brust löste sich. Sie glaubte ihm, dass weder er noch Ron ihr etwas antun wollten. „Warum zeigt ihr mir das alles?"

„Damit du das, was wir die gleich erzählen werden, besser verstehen kannst. Hinter der Tür dort hinten links ist ein kleines Büro. Komm mit, dort können wir uns hinsetzen und reden." Ron ging vor und machte ihr die Tür auf, Marc folgte ihnen.

In dem Raum standen ein Schreibtisch, ein Drehstuhl und ein weiterer Tisch mit zwei Stühlen. Marc rückte ihr einen Stuhl zurecht und setzte sich ihr gegenüber, Ron nahm den Drehstuhl und setzte sich ebenfalls an den Tisch.

Er erzählte ihr dann ohne Umschweife von Tom und der Session mit Susan. Marc beobachtete Karens Reaktion darauf. Sie schüttelte mehrfach den Kopf, riss die Augen auf und wollte anscheinend das Gesagte nicht wahrhaben.

„So ein Blödsinn", schnaubte sie.

„Karen, bitte, es ist die Wahrheit, ich war dabei", versuchte Ron, seine Aussage zu untermauern.

„Ich kenne Tom schon eine Weile, und er hat mir nie in irgendeiner Weise wehgetan oder etwas gemacht, was mir nicht gefiel."

„Vielleicht will er dich in Sicherheit wiegen. Keine Ahnung, ich weiß es nicht, aber ich habe gesehen, zu was er fähig ist."

„Ich kann das nicht glauben." Sie sah die Männer entrüstet an.

„Welche Erklärung hast du denn für den Tisch, den er bei uns in Auftrag gegeben hat?", versuchte Marc zu intervenieren.

„Praktizierst du mit Tom BDSM?", fragte er weiter.

„Nein! Ich habe keine Ahnung davon. Ich bin nicht … also … ich habe keine Erfahrung mit derartigen Spielen." Gereizt sah sie die Männer an und rieb sich über ihre Stirn. „Hört zu, ich habe keine Erklärung für den Tisch, aber es gibt sicher eine. Ich vertraue Tom, und es gibt für mich auch keinen Grund, warum ich das nicht tun sollte. Er ist momentan auf Geschäftsreise, aber wenn er am Wochenende nach Hause kommt, werde ich das mit ihm klären." Karen verschränkte die Arme vor ihrer Brust.

„Karen, ich bin mir sicher, dass Tom Watts gefährlich ist", versuchte Ron es erneut.

„Danke für die Fürsorge, aber wie schon gesagt, das glaube ich nicht. Ich werde jetzt gehen." Sie stand auf und wollte zur Tür raus, als Ron sie zurückhielt.

„Warte." Er kramte in einer der Schreibtischschubladen und holte eine Visitenkarte hervor, auf die er seine und Marcs Handynummer schrieb, bevor er sie ihr reichte. „Du wirst sicher das Richtige tun, aber ruf an, wenn du noch Fragen hast oder Hilfe brauchst."

„Gut, wenn es euch beruhigt." Karen griff nach der Visitenkarte und ging aus dem Büro. Marc und Ron folgten ihr.

In dem Kellerraum blieb sie kurz stehen und schaute sich noch einmal um. Alles, was sie sah, war erschreckend und faszinierend zugleich. Ron verfolgte jeden ihrer Blicke und ihre Reaktion auf die Möbel und Schlagwerkzeuge, die sich in dem Raum befanden.

„Neugierig geworden?", fragte er scherzhaft.

Karen bekam roten Wangen, schüttelte den Kopf und Ron lachte.

„Komm, ich bringe dich zu deinem Wagen."

# Kapitel 3

Auf dem Weg nach Hause gingen Karen tausend Gedanken durch den Kopf. *Welchen Grund hätten die beiden, ihr Lügen zu erzählen? Ist vielleicht doch etwas Wahres an den Aussagen dran?* Bei dem Gedanken umfasste sie ihr Lenkrad so fest, dass ihre Knöchel weiß hervortraten. *Kann ein Mensch wie Tom zwei Seiten haben? Bin ich so verliebt, dass ich in Tom jemand anderen sehe als Ron und Marc?* Aus lauter Verzweiflung darüber, was sie glauben oder nicht glauben sollte, liefen Tränen an ihren Wangen runter. Sie wischte sie, wütend über sich selbst, mit dem Handrücken weg. Es gab nur eine Möglichkeit: Sie musste bis zum Wochenende warten und dann mit ihm über die Vorwürfe von Ron und Marc sprechen.

Am Abend rief sie ihre Freundin Zoe an, die sie schon seit der Grundschule kannte. Sie telefonierten regelmäßig, da Zoe in Minneapolis wohnte und ein spontaner Besuch nicht möglich war. Dafür war die Entfernung zu groß. Karen konnte mit ihr über viele Dinge sprechen, das Thema Sex gehörte jedoch nicht dazu, da Zoe sehr konservativ erzogen worden war. Von ihrer Beziehung zu Tom wusste sie jedoch.

Sie schilderte Zoe die Situation, ließ aber seine angeblichen Vorlieben in puncto Sex aus und erwähnte weder das Landhaus noch die beiden

Männer, die sie dort getroffen hatte. Sie erzählte ihr, dass es Gerüchte gebe, Tom wäre in einer Beziehung schon mal handgreiflich geworden, und dass sie deswegen völlig durcheinander sei.

Zoe hörte ihr zu, konnte ihr aber keinen wirklich guten Rat geben, denn sie kannte Tom bisher nicht persönlich und konnte ihn nicht einschätzen. Zoe stimmte Karen aber zu, dass sie auf jeden Fall mit ihm darüber reden müsse. Zoe bot ihr an, dass Karen jederzeit zu ihr kommen könne, falls es zum Ende der Beziehung kommen sollte.

Karen beendete das Gespräch und war dankbar für das Angebot. Den ganzen Abend über schnürte diese Ungewissheit ihr die Kehle zu. Sie könnte Tom anrufen, aber sie befand, dass es kein Thema war, das am Telefon geklärt werden könnte. Karen entschied sich dazu, früh ins Bett zu gehen.

Trotzdem war sie am nächsten Morgen müde und wenig ausgeruht. Sie versuchte, ihrer Arbeit in der Kanzlei so gut es ging nachzukommen. Wenn eine Kollegin sie darauf ansprach, dass sie blass und müde wirke, gab sie vor, dass eine Erkältung im Anmarsch sei.

Der Donnerstag verging quälend langsam. Tom würde am Abend nach Hause kommen, dann hätte sie Gewissheit. Sie erwartete ihn gegen sieben zurück.

Den ganzen Tag über hatte sie sich Gedanken gemacht, wie sie Tom auf das, was Ron ihr erzählt hatte, ansprechen sollte. Immerhin hatte sie ihm irgendwie nachspioniert, und sie wusste ja nicht, wie er darauf reagieren würde. Nervös saß sie auf der Couch und knetete ihre Finger, als sie hörte, wie ein Schlüssel in das Türschloss gesteckt und umgedreht wurde. Ein leichter Luftzug zog durch den Flur in das Wohnzimmer, dann fiel die Tür ins Schloss und Tom betrat das Wohnzimmer.

Karen stand auf und zwang sich zu einem Lächeln.

Tom bemerkte sofort, dass etwas nicht stimmte, stellte seine Tasche neben sich ab und kam auf sie zu. Er wollte sie küssen, doch sie wich ihm aus.

„Was ist los, mein Engel?", fragte er irritiert.

„Ich muss mit dir reden, Tom. Ich habe etwas erfahren, was mich sehr irritiert, und ich möchte, dass du mir die Wahrheit sagst!"

„Was meinst du? Was hast du erfahren?" Er trat einen Schritt zurück, um ihr besser in die Augen sehen zu können.

„Gut, hör zu." Ihre Stimme zitterte, als die Worte nur so aus ihr heraussprudelten, angefangen von dem Zettel bis hin zu dem Gespräch und den Vorwürfen, er sei gefährlich und habe beim Sex besondere Vorlieben, die über das, was er bisher mit ihr gemacht hatte, weit hinausgingen.

Tom ließ sie ausreden, stellte sich breitbeinig vor sie und seine Augen verengten sich zu schmalen Schlitzen. Karen bemerkte die Veränderung in Toms Haltung. Er wirkte plötzlich viel größer und in seinen schmalen Augen konnte sie seine Wut erkennen. Er sagte kein Wort, er versuchte nicht mal, sich zu erklären.

Alarmiert trat sie einen Schritt nach hinten. Er schoss nach vorn, seine Hand packte grob in ihr Haar und riss ihren Kopf nach hinten. Karen war völlig perplex. Sie schrie auf, als er sie mit Leichtigkeit auf die Knie zwang. „Du kleines Miststück, du spionierst mir also hinterher! Soll ich dir zeigen, welche Konsequenzen so ein Verhalten wie deins nach sich zieht? Möchtest du erfahren, was es heißt, meine Sub zu sein?"

Sie versuchte, sich aus seinem Griff zu befreien, aber er fasste nur fester in ihr Haar. „Ich werde dich dafür schlagen, bis du schreist, bis du verinnerlicht hast, dass du so etwas nie wieder machen darfst!" Er lachte kehlig.

Karen riss panisch die Augen auf. „Tom, hör sofort auf, lass mich los, hör auf!", schrie sie panisch, aber Tom schleifte sie an den Haaren bis ins Schlafzimmer hinter sich her.

Er packte sie und warf sie bäuchlings auf das Bett. Karen wehrte sich, versuchte, nach ihm zu treten, aber er war viel stärker als sie. Er zog zwei Seile unter der Matratze hervor, griff nach ihren Händen und schlang geschickt eins der Seile mehrfach um ihre Handgelenke, bis diese hinter ihrem Rücken fest fixiert waren. Ihre Tritte unterband er, indem er mit seinem Bein auf ihr kniete und sie auf die Matratze presste.

Mit einem weiteren Seil umwickelte er ihre Fußgelenke und fixierte ihre Beine an der rechten und linken Seite des Bettes, indem er das Seil um die Bettpfosten knotete. Er holte weitere Seile aus einer Tasche, die in seinem Kleiderschrank stand, und schlang diese um ihren Oberkörper. Er verknotete auch diese Seile auf beiden Seiten an den Bettpfosten. Sie konnte sich nicht mehr bewegen.

Sie schrie, weinte und bettelte, dass er aufhören solle, aber er reagierte nicht. „Tom, hör auf, ich mache das nie wieder, versprochen. Niemand wird von deinen Neigungen erfahren“, versuchte sie ihn zu beruhigen, aber nichts von dem, was sie sagte, interessierte ihn.

Er verließ das Schlafzimmer und kam Sekunden später mit einer Schere zurück. Karen sah zu ihm und riss panisch die Augen auf. Er zerschnitt den Stoff ihrer Hose und zerriss ihren Slip. Sie fühlte das kalte Metall der Schere an ihrem Po. Nun lag sie mit entblößtem Po völlig wehrlos auf dem Bett.

Karen versuchte, den Kopf ein Stück zu drehen, damit sie sehen konnte, wo Tom sich befand und was er tat. Sie sah, wie er erneut den Raum verließ. Als er wenige Sekunden später zurückkam und sie erkannte, was er in den Händen hielt, keuchte sie vor Schreck auf.

„Weißt du, was das ist?“ Er schlug ein paarmal mit dem Rohrstock auf die Matratze und Karen zuckte zusammen.

„Tom, hör auf!“, schrie sie erneut. „Bitte lass mich gehen, bitte.“

Ihr Blick fiel auf das Bettlaken. Überall waren Blutflecke zu sehen. Sie verlagerte ihren Oberkörper ein Stück zur Seite und betastete vorsichtig ihren Po. Als sie auf ihre Hand schaute, sah sie, dass diese blutbefleckt war. *Er hat mich blutig geschlagen.*

Überfordert von der Situation und verzweifelt über die Tatsache, dass sie nicht wusste, was sie jetzt machen sollte, fing sie leise an zu weinen. Einen Moment lag sie nur still auf dem Bett, versuchte, zu denken und sich zu beruhigen. Dann versuchte sie aufzustehen, dabei rutschte sie mit dem Po über das Bettlaken und ein ziehender Schmerz durchfuhr sie. Sie stand vorsichtig auf und spürte, wie Blut langsam an ihrem Bein hinunterlief.

Leise wimmernd sah sie an sich hinunter. Sie zitterte am ganzen Körper, ihr war kalt und sie konnte keinen klaren Gedanken fassen. Die Angst hatte sie fest im Griff. Die Bilder von Toms zornigem Gesicht liefen in Dauerschleife vor ihren Augen ab. Sie machten sie panisch, und sie vergrub ihr Gesicht in ihren Händen, wiegte sich hin und her, um sich zu beruhigen, und atmete tief ein und langsam wieder aus. Eine Weile saß sie einfach nur da und starrte in das Licht der Nachttischlampe, bis sie sich wieder beruhigt hatte.

Sie spürte in sich hinein. Ihre Vagina schmerzte nicht, sie fühlte sich nicht wund an. Tom hat sie scheinbar nicht missbraucht.

Karen stand auf und schleppte sich in das angrenzende Bad. Mit einem kalten, feuchten Handtuch betupfte sie ihren Po und säuberte ihre Beine von dem Blut. Sie keuchte und zuckte bei jeder Berührung zusammen, da es brannte und furchtbar schmerzte. Sie nahm ein kleines sauberes Handtuch aus dem Badschrank und legte es vorsichtig auf ihren Po, um möglichst alle Wunden damit zu bedecken, danach wusch sie ihre Hände.

Anschließend ging sie zu ihrem Kleiderschrank und holte einen neuen Slip und ein Top heraus. Mit einer Hand versuchte sie, das Handtuch auf ihrem Po zu halten, mit der anderen versuchte sie, ihren Slip über ihre Beine und das Handtuch zu ziehen, sodass es fixiert war. Sie wimmerte bei jeder Berührung und presste ihre Zähne aufeinander, um nicht laut zu schreien. Es dauerte einige Minuten, bis sie es geschafft hatte. Sie nahm ein Top aus dem Kleiderschrank und zog es über ihren Kopf, dann ging sie zurück in das Badezimmer, nahm ihren Bademantel und zog ihn über.

Sie war sich bewusst, dass sie einen Arzt brauchte, der sich die Verletzungen ansah, aber sie konnte unmöglich in ein Krankenhaus fahren. Was sollte sie denn sagen, was passiert war? Man würde ihr Fragen stellen und womöglich die Polizei rufen, und dann müsste sie Tom anzeigen oder erklären, warum sie ihn nicht anzeigen wollte. Selbst wenn sie Tom anzeigen würde, keiner würde ihr glauben, denn er war Anwalt und kannte die besten Anwälte. Es waren viele Gedanken, die ihr in diesem Moment durch den Kopf schossen.

Vorsichtig öffnete sie die Schlafzimmertür, blickte in den Flur und lauschte, aber alles war ruhig. Sie bewegte sich vorsichtig in Richtung Wohnzimmer. Als sie Toms Reisetasche nicht mehr dort stehen sah, atmete sie erleichtert auf. Erneut liefen Tränen an ihren Wangen herab, und sie musste sich mehrfach erschöpft an der Wand abstützen, ehe sie den Flur erreichte. Jede Bewegung schmerzte und immer wieder wurde ihr übel und schwindelig.

Sie griff nach ihrer Tasche, die auf dem Sideboard lag. Dabei fiel diese zu Boden und die Visitenkarte von *Mysterious Design* fiel heraus. Zittrig hob Karen ihre Tasche und deren Inhalt auf, fischte nach dem Autoschlüssel und verließ die Wohnung.

Gott sei Dank war niemand im Hausflur, alles war ruhig und sie konnte ungesehen die Wohnung verlassen. Sie stieg in den Fahrstuhl und fuhr in die Tiefgarage hinunter. Es dauerte einen Moment, bis das Licht in der Garage automatisch anging, und Karen hatte schreckliche Angst, hier unten auf Tom zu treffen. Sie schlich zu ihrem Wagen und fühlte sich erst richtig sicher, als sie ihr Auto erreicht hatte und eingestiegen war.

Wie in Zeitlupe setzte sie sich hinter das Steuer. Ihr Po berührte den Sitz, und erneut schossen ihr Tränen in ihre Augen, weil er so schrecklich schmerzte, und ein stummer Schrei verließ ihren

Mund. Sie hämmerte auf das Lenkrad ein und schrie ihre ganze Wut und Angst heraus, erst dann atmete sie tief durch und startete den Motor. Sie wollte nur weg von hier.

Zuerst fuhr sie ohne Ziel, doch dann lenkte sie ihren Wagen in Richtung des Minnesota River, raus aus der Stadt.

„Ruf an, wenn du Hilfe brauchst", hatte Ron zu ihr gesagt.

Sie brauchte Hilfe, und in diesem Moment waren Ron und Marc wohl die einzigen Menschen, zu denen sie gehen konnte.

# Kapitel 4

Sie erreichte das Landhaus von Ron Marshall. Im Hof vor dem Haus standen einige Pkw, und Karen verstärkte den Griff um ihr Lenkrad. *Mist, Ron und Marc sind nicht allein.*

Sie wollte schon umkehren, bevor jemand sie sah, doch da winkte ihr schon ein Mann im Anzug zu und kam auf sie zu. Als er am Wagen angekommen war, ließ sie das Fenster herunter.

Er sah sie an, musterte sie einen Moment und schien über ihr verheultes Gesicht irritiert zu sein, denn in seinem Blick lag so etwas wie Bedauern. „Stellen Sie den Wagen hier ab", sagte er knapp und zeigte auf eine Lücke zwischen zwei anderen Autos.

Karen fuhr langsam in die Parklücke und stellte den Motor ab. Er öffnete ihr die Tür und half ihr aus ihrem Wagen heraus. Sie versuchte, so vorsichtig wie möglich aus dem Wagen zu steigen, dabei setzte sie ein Lächeln auf, um sich ihre Schmerzen nicht anmerken zu lassen. Es musste albern wirken, wie sie, nur mit einem Morgenmantel und Puschen bekleidet, völlig aufgelöst auf dem Parkplatz stand.

„Danke", brachte Karen mühsam hervor.

„Ich bin Trevor. Zu wem möchten Sie denn?"

„Zu Ron oder Marc." Karen hatte Schmerzen und presste die Namen zwischen zusammengebissenen Zähnen hervor.

„Folgen Sie mir.“ Trevor führte Karen zu einem Seiteneingang und brachte sie in einen Raum mit einer Sitzgruppe und einem kleinen Kamin. „Wie ist Ihr Name?“

„Mein Name ist Karen Waters.“ Ihre Stimme zitterte.

„Warten Sie hier, ich werde Ron und Marc sagen, dass Sie da sind.“

Trevor schloss die Tür hinter sich. Er gehörte zum Security-Team, das Ron und Marc für Veranstaltungen in ihrem Club buchten. Er bat über Funk einen Kollegen, seinen Posten auf dem Parkplatz zu übernehmen, erst dann machte er sich auf den Weg in den Dungeon, wo Marc und Ron die Mitglieder des Clubs begrüßten. Nach kurzem Umsehen fand er beide Männer und winkte sie unauffällig zu sich.

„Was ist los?“, wollte Ron wissen.

„Im Kaminzimmer wartet eine junge Frau auf euch. Ihr Name ist Karen Waters. Sie ist total aufgewühlt, trägt nur einen Morgenmantel und sie sieht schlimm aus.“

Beide Männer waren sofort alarmiert und eilten zum Kaminzimmer.

Sie fanden Karen zitternd in der Nähe des Kamins stehend, die Arme fest um ihren Körper geschlungen. Als sie Ron und Marc bemerkte, zuckte sie heftig zusammen.

Marc wollte auf Karen zugehen, aber sie streckte

Ecke des Raumes. Eric nahm seinen Rucksack und holte eine kleine Tasche mit Einmalhandschuhen hervor, die er anzog, bevor er Karens Po berührte. Sie wimmerte kläglich.

„Ron, würdest du?" Eric machte eine Kopfbewegung in Karens Richtung und Ron verstand sofort.

Er kniete sich zu Karen und redete beruhigend auf sie ein. „Sieh mich an, Karen", sagte Ron mit ruhiger Stimme und Karen öffnete die Augen.

Sie hielt sich an Rons Blick fest, und seine Stimme beruhigte sie zusätzlich.

„Die meisten Verletzungen sind Striemen, die müssen nur desinfiziert werden und heilen dann ab, aber hier unten", er zeigte auf den Übergang vom Po zum Oberschenkel, „hier ist die Haut aufgeplatzt und der Riss ist tief, wahrscheinlich hat er diese Stelle mehrfach getroffen. Das muss auf jeden Fall genäht werden."

Ein klägliches „Nein", gefolgt von wildem Kopfschütteln kam über Karens Lippen. Sie wollte sich panisch aufrichten, und Ron hatte Mühe, sie zu beruhigen. „Beruhig dich, Karen, wir wollen dir nur helfen, scht!"

Karen ließ sich wieder kraftlos auf das Bett fallen.

Ron stand auf und ging mit Eric zu Marc, um sich mit ihnen zu beraten.

„So kann ich ihr nicht helfen. Sie muss sich beruhigen und still liegen, aber das Desinfizieren der Wunden wird erneut ein Höllenfeuer auf ihrem Po entfachen", mahnte Eric.

„Was schlägst du vor?", wollte Ron wissen.

„Das Beste wäre, wir würden sie in ein Krankenhaus bringen, aber gegen ihren Willen wird das nicht gehen. Marc, hol ein Glas Saft. Ich gebe ein Medikament hinein, das sie in einen Dämmerschlaf versetzt, und kümmere mich dann um ihre Wunden."

Marc lief nach unten in die Küche und kam mit einem Glas Orangensaft zurück. Er überreichte es Eric, damit er das Medikament hineingeben konnte, bevor er wieder zu Karen ging und sie bat, etwas davon zu trinken. „Hier, trink das, du brauchst Flüssigkeit, damit sich dein Kreislauf erholen kann."

Karen trank das Glas schnell leer und sank dann zurück auf den Bauch.

„So ist es gut, Kleines." Eric streichelte beruhigend über ihre Wange und blieb an ihrem Kopf sitzen, bis das Medikament wirkte und sie einschlief.

Kurz darauf vibrierte Rons Handy in seiner Hosentasche, und er ging aus dem Raum, um das Gespräch entgegenzunehmen. Wenige Minuten später kam er wieder zurück. „Brauchst du mich noch, Eric? Ich werde unten im Club erwartet."

„Nein, geh nur, Marc ist ja noch hier."

Ron drehte sich um und verließ den Raum.

Eric setzte sich auf das Bett neben Karen. Er bat Marc, sich in Höhe ihres Kopfes neben das Bett zu knien.

Er legte ihr das große Handtuch über die Schultern und wickelte sie darin ein. Wie ein kleines Mädchen stand sie in dem Bad. Ohne ein weiteres Wort zu sagen, tupfte Eric sie trocken. Den Po und ihren Intimbereich berührte er dabei jedoch nicht.

„Möchtest du mir erzählen, was dich so verunsichert und geängstigt hat?“

Karen schüttelte den Kopf. „Nichts, es geht schon wieder.“

„Karen, ich bin nicht blind. Du hast dich in der Dusche zusammengekauert und gewimmert wie ein hilfloses Kind, also sag mir nicht, dass es dir gut geht, wenn jeder sehen kann, dass das nicht stimmt.“ Er lächelte und küsste sie ganz leicht auf die Nasenspitze.

Sie sah zu Boden, und Tränen liefen an ihren Wangen hinunter. Beschämt wischte sie mit dem Handtuch über ihr Gesicht. „Ich habe an gestern gedacht. An Tom, an seine Wut, an das, was er mit mir gemacht hat. Und daran, wie dumm es von mir war, dass ich nicht auf Ron und Marc gehört habe.“

„Du bist nicht dumm, Karen. Rede dir das nicht ein. Tom hat dir etwas vorgespielt. Er ist ein Arschloch, er hat deine Gutmütigkeit und dein Unwissen ausgenutzt. Du trägst keine Schuld an dem, was passiert ist. Sieh mich an!“, forderte er sanft und Karen blickte schüchtern zu ihm hoch. Er nahm ihr Gesicht in seine Hände. „Du bist nicht schuld, okay? Und jetzt geh ins Schlafzimmer und leg dich auf den Bauch, dein Po braucht etwas Pflege und ein neues Pflaster."

Karen nickte zaghaft, lief an ihm vorbei und legte sich auf das Bett. Ihr Blick fiel auf den Nachttisch, auf dem Eric schon alles für ihre Wundversorgung zurechtgelegt hatte. Sie sah, wie er auf sie zukam. Seine Bewegungen erinnerten sie an den Gang eines Panthers, geschmeidig und zielgerichtet, jederzeit bereit, seine Beute zu jagen. Wieder rieselte eine Gänsehaut über ihren Körper und sie zitterte leicht.

Eric setzte sich zu ihr und legte seine warme Handfläche auf ihren Rücken. „Du bist eine hübsche Frau, Karen, und hast keinen Grund, dich zu verstecken, obwohl dir diese Schamesröte in deinem Gesicht wirklich gut steht." Er zwinkerte ihr zu.

Sie machte ein schnaubendes Geräusch und Eric lachte. Ein tiefes männliches Lachen.

Eric konnte nicht abstreiten, dass sie ihm gefiel, ihre Augen, ihr langes braunes Haar, das ihr immer wieder ins Gesicht fiel, und ihr Körper mit den wunderschönen Rundungen. Ihr ganzes Wesen sprach ihn an. Wäre er ihr Master, sähe sie wegen ihm erschöpft, aber nicht unglücklich aus.

Schnell wischte Eric die Gedanken beiseite. Sie würde lange brauchen, um das Geschehene zu verarbeiten, und wenn sie jemals wieder einem Mann vertrauen würde, dann wohl eher einem, der Vanillasex mochte und sie auf Händen trug.

„Ich muss jetzt das Pflaster entfernen. Bereit?"

Jetzt wusste sie, wer vor
und wer sie schlug. Marc ki
Oberschenkel, wartete, bis I
atmete, um sie dann erneut
reizen. Sie spürte, wie die
wieder auf ihre Haut trafen.

Längst war Karen nicht me
zu stehen, ihre Atmung ka
ballte ihre Hände zu Fäuste
Orgasmus. Der Drang dana
mächtig. Ihre Haut stand in
und kribbelte überall. Das P
Schenkeln machte sie fast ve
film lag auf ihrem Körper. Si
und stöhnte, aber den er
schenkten sie ihr nicht. Die S
auf.

Marc verharrte regungslos
konnte seinen Atem spüren.

Ron trat ganz dicht an sie h
und zog ihren Kopf in den
einen Orgasmus? Dann mus
nen. Drei Hiebe mit dem Roh
dich." Seine Stimme war mes
erstarrte.

Sie zog zittrig die Luft ein.
ihrem Kopf und die Bilder vo
da. Karen spannte jeden Mus
zu viel. Sie schluckte sichtba
gefasst wie möglich. „Ich wil
mich damit geschlagen, das



dem, was du gesehen hast. Habe ich recht?"

Bei Rons Worten sah Karen ertappt zu Boden.

„Wir haben nicht vor, dich zu quälen, jedenfalls nicht sehr. Vertrau dich uns an." Marc stand nun dicht hinter ihr. Sie konnte seine Wärme spüren, denn sie stand genau zwischen den Männern.

Ron hob ihr Kinn an und strich ihr sanft eine Haarsträhne aus dem Gesicht. „Lass zu, dass Marc und ich dir einen kleinen Einblick in unsere Welt geben. Du wirst es nicht bereuen."

Neugier, Angst und Aufregung fluteten Karens Körper. Sie schluckte sichtbar. Rons Hand lag warm an ihrer Wange und sie neigte ihren Kopf und drückte ihre Wange fester in seine Hand. Ihr Herz hämmerte in ihrer Brust. Sie atmete schneller, unentschlossen, was sie nun machen sollte. Kurz schloss sie die Augen, dann nickte sie und er küsste sie sanft auf die Stirn.

„Zieh dich aus!", befahl er ruhig, aber bestimmend, und Karen zuckte zusammen. Sie konnte sich nicht bewegen.

„Hast du etwas an meinem Befehl nicht verstanden?"

Sie schüttelte den Kopf.

„Du bist eine schöne, stolze Frau", flüsterte Ron in ihr Ohr und trat wieder zurück.

Karen atmete tief ein. Mit zittrigen Fingern entledigte sie sich ihrer Kleidung, bis sie nackt im Raum stand. Die Versuchung, sich mit den Händen zu bedecken, war groß, und sie brauchte alle Kraft, um es nicht zu tun. Ron führte sie zu einem

„Wunderschön, so ist es gut
nicht und lass dich auf die
Marc und ich dir schenken wol
„Ich versuche es“, flüsterte si
„Bist du bereit, etwas Schmer
Sie nickte stumm, und ohne
sie weiche Lederriemen in sch
am ganzen Körper. Immer u
Überall dort, wo sie auftrafen,
kribbeln an. Sie wusste nie, w
getroffen werden würde oder
wimmerte und wand sich in c
Brennen und Kribbeln verstärk
Schlag, und Karen war überras
anfühlte. Der Schmerz war lei
allem, was sie bisher über ihre
hatte, steigerten diese Reize ihr
mehr. Bei jedem Treffer lief erne
Pussy und benetzte die Innen
schenkel.

Ein kühler Luftzug an ihrer
zum Stöhnen. Ein Mund umschl
eine Zunge leckte durch ihren fe
„Ohhh!“ Immer wieder leckte
über ihre geschwollene Knospe
und sie schrie auf. Die erster
kündigten ihren nahenden Orga
fort hörten das Lecken und die S
wimmerte frustriert und ließ sich
fallen.

„Noch nicht.“ Marcs Stimme w



kontrolliert. Der Orgasmus überrollte sie wie ein Orkan. Sterne explodierten vor ihren Augen. Sie konnte nicht anders, als zu schreien. Wäre sie bei Sinnen gewesen, hätte sie vielleicht mitbekommen, dass sie Erics Namen schrie, als der Orgasmus in ihr wütete.

Völlig erschöpft und entspannt lag Karen schließlich auf dem Bock. Leise schniefend kam sie langsam wieder zur Ruhe.

„Ich mache dich jetzt los, Karen, bleib einfach ruhig liegen.“ Es klickte viermal, dann war sie wieder frei.

Vorsichtig entfernte einer der beiden die Augenbinde. Sie blinzelte in den Raum, da sich ihre Augen erst wieder an das Licht gewöhnen mussten. Marc nahm sie in seine Arme, brachte sie aus dem Raum in ein Nebenzimmer und legte sie auf das Bett, das mitten in dem Raum stand.

Sie hörte leise Klavierklänge von Chopin, als sie auf dem Bett lag. Marc legte sich zu ihr und zog sie näher an sich heran. Erschöpft lag ihr Kopf mit geschlossenen Augen auf seiner Brust. Ron lag auf ihrer anderen Seite und streichelte sanft an ihrem Körper entlang. Es dauerte eine Weile, bis sie mit ihren Sinnen wieder ganz bei ihnen war und schüchtern ihre Augen öffnete.

„Wie fühlst du dich, Kleines?“, wollte Marc wissen und Karen horchte in sich hinein.

„Erschöpft, befriedigt und gut“, antwortete sie leise und die Männer lachten.

nerungen an das, was Marc und Ron im Keller mit ihr gemacht hatten, kamen wieder hoch. Insgeheim wünschte sie, dass es noch mal passieren würde.

Sie hatte oft über BDSM nachgedacht und war unsicher, ob sie devot war und ob eine Beziehung mit einem dominanten Mann für sie infrage käme. Bei den Dates, die sie mit Jonathan gehabt hatte, fehlte etwas. Er war nett und zuvorkommend, dennoch berührte er ihr Herz nicht, und sie fragte sich, ob das vielleicht etwas mit seiner nicht dominanten Art zu tun hatte. Er war einfach nur lieb.

In ihrem neuen Umfeld hatte sie keine Berührungspunkte mit BDSM, um darüber sprechen zu können. Sie brauchte den Rat von Freunden, die wussten, wovon sie sprach.

Karen knetete ihre Hände. Gelegentlich biss sie sich auf ihre Unterlippe. Sie schaute auf und traf den Blick von Marc, der ihr intensiv in die Augen sah. Seine Miene war verschlossen, den Blick kannte sie nur zu gut.

„Geh in den Keller und zieh dich aus, ich will dich in zwei Minuten nackt und einen Meter von der Wand entfernt neben dem Andreaskreuz knien sehen. Gesicht zur Wand", sagte er ruhig, aber streng.

Karens Körper reagierte, noch ehe ihr Gehirn das Gesagte verarbeiten konnte. Sie stand auf, verließ das Wohnzimmer und ging zur Kellertreppe. Auf dem Weg dorthin wurde ihr bewusst, dass es genau das war, was sie jetzt brauchte. Eine Session, bei der sie für einen Moment an nichts denken musste, die Kontrolle abgeben und sich fallen lassen konnte. Sie wollte endlich aussprechen, was sie seit Wochen nicht richtig schlafen ließ.

Schnell lief sie die Kellertreppe hinunter, schob die schwere Tür auf und ging zum Andreaskreuz. Mit zittrigen Fingern entledigte sie sich ihrer Kleidung, kniete sich hin, so wie Marc es befohlen hatte, und wartete.

Marc ließ sich Zeit. Er saß auf der Couch im Wohnzimmer und trank langsam seinen Kaffee.

„Wie lange willst du sie noch zappeln lassen?“ Fragend sah Ron ihn an.

„Noch ein wenig, irgendetwas beschäftigt sie. Ich denke, eine Session, bei der sie abschalten kann, wird ihr guttun.“ Er stellte seine Tasse ab.

„Ja, ist mir auch aufgefallen. Beginn die Session langsam“, riet Ron.

„Keine Sorge, ich kümmere mich gut um unseren Gast. Bis später.“ Er stand auf und verließ lachend den Raum.

Karens Nerven waren zum Zerreißen gespannt. Sie kniete schon gefühlte Stunden neben dem Kreuz. Ihre Knie fingen an zu schmerzen, und mit jeder Minute, die verstrich, wurde sie nervöser. *Würde er ihr diesmal sehr wehtun? Was, wenn Marc mit ihr schlafen wollte*? Ihre Gedanken kreisten und kreisten, und sie bemerkte zunächst nicht, dass Marc sie längst beobachtete. Als Karen ihren Kopf schließlich ein Stück zur Seite bewegte, sah sie Marc aus ihrem Augenwinkel. Wie ein Raubtier stand er in der Tür, auf den richtigen Moment wartend, seine Beute zu erlegen.

„Wie gehorsam du bist", sagte er, und sie hörte, wie er langsam näher kam.

Karen zuckte zusammen, wagte es aber nicht, sich weiter nach ihm umzudrehen.

Er stellte sich dicht vor sie. „Sieh mich an", befahl er, und Karen musste den Kopf weit in den Nacken legen, um seiner Aufforderung Folge zu leisten. „Ich habe den Verdacht, dass dich irgendetwas beschäftigt. Du warst eben im Wohnzimmer sichtlich angespannt und nervös. Warum hast du nicht mit uns gesprochen? Wir sind immer für dich da."

Karen blieb stumm, sie wusste nicht, was sie antworten sollte, und sah ihn nur an.

Marc verschränkte seine Arme vor seiner Brust. „Antworte", sagte er streng.

„Ich weiß es nicht. Ich habe an die Session mit dir und Ron gedacht und mir insgeheim gewünscht, dass es noch mal passieren würde. Ich hätte mich aber nicht getraut, zu fragen, weil ich einfach nicht weiß, ob BDSM richtig für mich ist. Erst als du mich aufgefordert hast, in den Keller zu gehen, ist mir bewusst geworden, dass ich jetzt eine Session brauche und möchte. Ich bin so durcheinander", sagte sie und ihre Stimme zitterte.

Marc blickte zur Seite und entdeckte eine kleine Schachtel auf dem Stapel ihrer Kleidung. Kurz musste er lächeln, bevor er wieder zu ihr sah. „Wie ich sehe, hast du mein Geschenk für dich mitgebracht. Angesichts deiner Aussage, dass du dich nicht getraut hättest, nach einer Session zu fragen, ein merkwürdiger Zufall. Also hast du insgeheim gehofft, dass Ron oder ich noch mal auf die Idee kommen würden, dir Lustschmerz zu schenken."

Karens Wangen röteten sich. „Bitte, Marc, ich bin so durcheinander. Ich weiß gar nicht mehr, was ich will oder auch nicht. Ich kann meine Gefühle nicht mehr richtig einordnen."

„Gut, du bekommst du deine Session mit mir. Möchtest du, dass ich die Nippelklemmen aus der Schachtel benutze?"

„Ich denke schon." Karen sah zu ihm auf.

„Ja oder nein?", fragte er kühl.

„Ja."

„Ich möchte dir weitere Einblicke in die Welt des BDSM geben. Das beinhaltet auch, dass ich Gehorsam von dir erwarte. Befolgst du meine Anweisungen, belohne ich dich, befolgst du sie nicht, bestrafe ich dich."

Sie riss die Augen auf, und es dauerte einen Moment, bis sie seine Worte begriff. Eine Bestrafung hatte sie bisher noch nicht miterlebt. Sie hatte keine Ahnung, was auf sie zukommen würde, und sie dachte ängstlich an den Rohrstock. Eine

Gänsehaut rieselte über ihren Körper, ließ sie zittern, und ihre Atmung beschleunigte sich.

„Mir ist bewusst, dass du nicht weißt, was dich erwartet. Ich möchte trotzdem, dass du mir vertraust. Ich kann dich auf vielfältige Weise bestrafen, Karen, und ich verspreche dir, der Rohrstock wird nicht dazugehören. Außerdem kannst du die Ampel benutzen und mich jederzeit stoppen."

Karen war überrascht, wie gut er darin war, die Zeichen ihrer Körpersprache zu erkennen, und sie atmete erleichtert aus. Was auch immer er mit ihr vorhatte, sie wäre sicher bei ihm aufgehoben.

„Willst du diese Session mit mir, Karen?" Er starrte auf sie hinab, sein Gesicht zeigte keine Emotion. „Entscheide dich jetzt!"

„Ich vertraue dir, Marc, ich will diese Session."

„Dann sollst du bekommen, wonach du verlangst. Steh auf und stell dich an das Andreaskreuz, Gesicht zu mir." Marc half ihr beim Aufstehen, und Karen stellte sich mit gespreizten Beinen auf die kleinen Vorsprünge, die für die Füße vorgesehen waren.

„Gib mir deine Hand", forderte Marc sie auf und Karen legte ihre rechte Hand in seine. Er führte ihren rechten Arm nach oben und fixierte ihn an der rechten Seite des Andreaskreuzes, das Gleiche wiederholte er dann mit dem linken Arm. Er ging in die Hocke, fixierte ihre Füße, dann stand er wieder auf.

Sie stand wie ein Seestern an dem Kreuz gefesselt und konnte sich nicht mehr bewegen. Marc hatte nun ungehinderten Zugang zu ihrer Scham und ihren Brüsten. Er ging ein Stück zurück, stellte sich breitbeinig vor das Kreuz und betrachtete sie. Karen fing an, hektischer zu atmen, weil sie realisierte, dass sie ihm hilflos ausgeliefert war.

Marc trat wieder näher an sie heran. „Du bist wunderschön, Karen. Es wird mir eine Freude sein, dich zu verwöhnen und vielleicht auch zu bestrafen“, flüsterte er dicht an ihrem Ohr. Er begann, sie halsabwärts zu küssen, über ihr Schlüsselbein und weiter in Richtung ihrer linken Brust.

Karen schloss die Augen, als sein warmer Atem über ihre Haut fächerte und ein Schauer über ihren Körper rieselte. Er nahm ihren Nippel in den Mund, leckte ihn erst sanft, bevor er hart an ihm saugte, bis sie wimmerte. Auf die gleiche Weise behandelte er ihren rechten Nippel. Karen konnte spüren, wie sie erregt anschwollen und um mehr Aufmerksamkeit zu betteln schienen.

Marc ging zu ihrem Kleiderstapel, nahm die Nippelklemmen aus der Schachtel und kam wieder zu ihr. Er ließ sie vor Karens Augen an seiner Hand baumeln. „Möchtest du wissen, wie es sich anfühlt, wenn ich sie an deinen Nippeln befestige?“ Er sah ihr tief in die Augen.

„Ja“, hauchte sie.

Marc griff an ihre rechte Brust, zwirbelte den Nippel mit Daumen und Zeigefinger, dann ließ er die Klemme zuschnappen.

Karen schnappte nach Luft. Ein ziehender Schmerz fuhr durch ihre Brust. Noch bevor sie ausatmen konnte, zwirbelte er auch den anderen Nippel und befestigte die zweite Klemme.

Karen wimmerte.

„Es wird gleich besser", versprach er und behielt recht.

Aus dem anfänglichen ziehenden Schmerz wurde ein stetiges Pochen, das direkt in ihre Pussy schoss. Sie sah an sich hinab und konnte die Kristallsteine der Klemmen sehen. Sie funkelten an ihren Brüsten und dieser Anblick wirkte wie ein Aphrodisiakum auf sie.

„Ein wunderschöner Anblick", flüsterte Marc und sah sie an. Er unterbrach den Blickkontakt und ging zu dem Sideboard an der gegenüberliegenden Wand des Raumes. Kurz darauf kam er wieder zu Karen zurück. In seiner Hand hielt er eine Augenbinde und legte sie ihr an. Alles um sie herum verschwand in Dunkelheit.

„Vertrau mir und genieße, was ich dir schenke." Er entfernte sich wieder einige Schritte von ihr, dann war es still.

Minutenlang hörte sie nur ihren eigenen Atem, der mit jeder weiteren Minute, die verstrich, schneller wurde. Ihre Gedanken liefen auf Hochtouren. *Was passiert jetzt? Ist Marc noch da oder hat er mich allein gelassen?* Ihr Herz klopfte wie wild in ihrer Brust. Plötzlich wurde sie federleicht an der Schulter berührt. Karen zuckte erschrocken zusammen.

Etwas sehr Weiches wanderte an ihrem Körper hinab. Eine Feder?

„Marc?“, fragte sie mit zittriger Stimme.

„Ich bin hier, ich lasse dich nicht allein. Genießen, nicht denken“, riet er ihr und Karen ließ locker.

Er zeichnet ihre Körperkonturen nach und überall, wo er ihre Haut berührte, spürte sie ein sanftes Kribbeln. Das Gefühl war unbeschreiblich schön. Er fuhr über ihre Scham, es kitzelte, und Karen zuckte. Er berührte sie an den Beinen, an ihren Füßen und streichelte langsam wieder nach oben, bis zu ihrem Hals. Er nahm den Gegenstand weg und es war wieder still.

Sie hörte das Ratschen von Streichhölzern, die an der Verpackung entlanggezogen wurden, und das Zischen, als sie sich entzündeten. Es dauerte eine Weile, dann nahm sie den Geruch von einer Kerze wahr und spürte die Hitze nah bei ihrer Scham. Erschrocken atmete sie ein. In der Erwartung, etwas Heißes auf ihrem Körper zu spüren, spannte sie ihre Muskeln an. Doch nichts geschah.

Plötzlich presste Marc seine warme flache Handfläche auf ihre Scham, und Karen quiekte auf, weil sie im ersten Moment dachte, er hätte heißes Wachs auf sie gegossen. Als sie jedoch realisierte, dass es nur seine Hand war, atmete sie erleichtert aus. Marc fuhr mit seinem Mittelfinger an ihren Schamlippen entlang, zupfte diese leicht, bevor er ihre Feuchtigkeit verteilte und ihre Klit massierte, was sie stöhnen ließ. Er drang mit zwei Fingern in sie ein und massierte ihre Pussy.

„Wie nass du bist“, sagte er anerkennend, zog

seine Finger zurück und klapste mit der Hand auf ihre Scham.

Karen zuckte kurz. Dann war seine Hand fort, und zurück blieb ein Pochen in ihrem Unterleib. Sie spürte die Feuchtigkeit, die aus ihrer Pussy lief und die Innenseiten ihrer Schenkel benetzte. Marc kam zurück und legte etwas wie ein Seil erst um ihre Beine, dann um ihr Becken. Es fühlte sich an, als würde er etwas an ihr befestigen. Dann drückte etwas Kühles auf ihre Klit. Kaum saß es an seinem Platz, setzte eine Vibration ein.

„Oh", stöhnte Karen und versuchte, ihr Becken vorzuschieben, um das vibrierende Gefühl zu verstärken. Ein harter Klaps traf sie an ihrer rechten Schenkelseite.

„Lass das!" Sein strenger Tonfall ließ sie still stehen. „Ab jetzt verlange ich, dass du nicht mehr versuchst, dich zu bewegen. Schaffst du es nicht, werde ich mir eine passende Bestrafung einfallen lassen, hast du verstanden?"

Karen nickte. Es vergingen ein paar Sekunden, dann spürte sie, wie Lederstrippen über ihre Schulter weiter nach unten wanderten und wieder hinauf. Das Gefühl vermischte sich mit der Vibration und Karen legte ihren Kopf in den Nacken und seufzte. Plötzlich trafen die Riemen mit einem klatschenden Geräusch auf ihre Oberschenkel und hinterließen ein leichtes Brennen und Kribbeln. Karen konnte gar nicht reagieren, als die Riemen wieder auf die Haut ihrer Oberschenkel und Unterschenkel trafen. Karen versuchte aus einem

Das wiederholte er einige Male, bis Karen aufschrie und sich Tränen hinter ihren Augenlidern sammelten.

„Das war nur ein Vorgeschmack auf das, was ich mit dir mache, wenn du meine Befehle nicht befolgst. Ich rate dir, gehorsam zu sein, denn beim nächsten Verstoß versohle ich dir den Arsch." Seine Stimme klang grimmig und streng.

Karens Unterlippe fing an zu zittern. Sie wollte nicht weinen, aber ihre Gefühle fuhren Achterbahn. Sie schluchzte auf, hörte seine Schritte, die sich von ihr entfernten. Kurz darauf kam er zurück, kniete sich wieder vor sie und presste etwas an ihre Perle. Erneut vibrierte es und Karen keuchte auf.

„Das ist ein Druckwellenvibrator. Ich verlange von dir, dass du nicht kommst, bis ich es dir erlaube", befahl er.

Es vibrierte nicht einfach, kleine Stoßwellen trafen in stetigem Rhythmus auf ihre empfindliche Klit, und es kam ihr vor, als ob diese auf die doppelte Größe anschwoll. Lauter kleine Blitze schossen in ihre Pussy, und sie hatte Mühe, sich auf ihre Aufgabe zu konzentrieren.

Die Stoßwellen nahmen an Intensität zu, Marc musste die nächste Stufe eingestellt haben. Karen konnte nicht anders, als laut zu stöhnen, biss die Zähen aufeinander, presste die Lippen zusammen und ballte ihre Hände zu Fäusten, aber nichts konnte sie von diesem stetigen Klopfen ablenken. Sie hielt es nicht mehr aus. Die vibrierenden Wellen wurden noch heftiger, und Karen schrie ihren Orgasmus in den Raum und kam der Vibration mit ihrem Becken entgegen, soweit es die Fesselung zuließ.

Marc nahm das Gerät nicht fort, und kaum war der erste Orgasmus abgeklungen, rauschte sie in den nächsten. Ihr ganzer Körper zuckte, sie schrie und wimmerte, weil der Orgasmus wie ein Tsunami durch sie hindurchfegte.

Endlich nahm Marc den Druckwellenvibrator fort, und sie wäre zusammengesackt, wenn die Fesseln sie nicht gehalten hätten. Sie war völlig erschöpft.

„Ich mache dich jetzt los, lass dich einfach gegen mich fallen, wenn du nicht stehen kannst, ich halte dich", versprach er, löste zuerst ihre Fußfesseln und dann ihre Handfesseln.

Karen stieg von den kleinen Vorsprüngen. Ihre Beine fühlten sich wie Pudding an und zitterten. Marc legte seinen Arm um sie und schob sie sanft in den Nebenraum, den sie schon kannte. Er bat Karen, sich rücklings auf das Bett zu legen. Sie legte sich hin und schloss die Augen, bis sie ein Rascheln hörte. Dann öffnete sie ihre Augen, blickte nach vorn und sah, wie Marc sich auszog. Karen konnte jetzt zum ersten Mal einen Blick auf seinen nackten Körper werfen. Er war wirklich Zucker für die Sinne, durchtrainiert und leicht gebräunt.

Karen schluckte, als ihr bewusst wurde, dass er sie ficken wollte, und verkrampfte sich leicht.

Marc wäre der Erste nach Toms Angriff, und ihr kamen Bedenken, ob sie sich genug entspannen könnte, dass er sie ficken und sie es genießen konnte.

Er kam auf sie zu, legte sich neben sie und drehte ihren Kopf zu sich. „Sieh mich an Karen. Was ist los?“

Sie wollte seinem Blick ausweichen, aber er hielt ihren Kopf fest. Sie sah ihn an und schwieg weiter. Er gab ihr einen Klaps auf den Oberschenkel und sie riss die Augen auf.

„Es ist nichts“, log sie.

„Denkst du wirklich, dass es gut ist, mich zu belügen? Noch ist die Session nicht vorbei, aber vielleicht hilft dir ein brennender Arsch dabei, mir die Wahrheit zu sagen.“ Er packte sie und drehte sie mit Leichtigkeit auf den Bauch.

„Nein!“

„Nein?“ Marc war dicht über ihr. „Du trägst deine Emotionen im Gesicht und ich sehe den Unterschied zwischen Aufregung und Angst. Du hattest gerade Angst, also was ist los?“

Karen brauchte einen Moment, um die richtigen Worte zu finden. Tränen brannten in ihren Augen. „Es ist nur, ich hatte nach Tom keinen Sex mehr, und ich hatte nicht daran gedacht, dass du mit mir schlafen willst. Dein Penis, er ist ziemlich …“ Sie brach ab und verbarg ihr Gesicht in den Händen. „Ich weiß nicht, ob ich mich genug entspannen kann.“

Marc konnte sich das Lachen nicht verkneifen

und Karen lief feuerrot an. Marc drehte sie wieder auf den Rücken und sah ihr tief in die Augen. „Wenn du nicht willst, dass ich dich ficke, dann sag dein Safeword und wir beenden alles, schon vergessen?"

Karen kam sich so dumm vor, sie hatte es vergessen. „Es tut mir leid, ich wollte die Session nicht kaputtmachen."

„Du hast nichts kaputtgemacht", beruhigte er sie. „Willst du, dass wir weitermachen? Denk kurz darüber nach, denn ich will dich noch einmal schreien hören, ich will dich hart ficken, und ich werde dir auch noch mal wehtun, Karen, aber ich werde es langsam angehen", sagte er und zwinkerte ihr zu.

Die Worte reichten, dass sich das beklemmende Gefühl in Karen auflöste und Platz für Neugier und Lust machte. „Ich möchte die Session noch nicht beenden", sagte sie leise.

„Nimm deine Arme über deinen Kopf und lass sie dort liegen", wies er sie an.

Karen tat, was er verlangte. Er küsste sie, leckte mit seiner Zunge an ihrem Hals entlang und biss leicht hinein. Karen erfasste ein erregender Schauer. Sein Mund wanderte weiter nach unten zu ihren Brüsten und dort zog er mit den Zähnen an einer der Nippelklemmen. Der leichte Schmerz schoss sofort in ihre Pussy und entfachte ein Verlangen nach heißem Sex und einem weiteren Orgasmus.

Marc führte eine Hand an ihre Scham und ließ

seinen Mittelfinger durch ihren Spalt gleiten, bevor er ihn in sie schob und ihren G-Punkt massierte. Sie begann zu stöhnen.

„Du bist noch immer nass und erregt. Ich werde mit meinem Schwanz ganz leicht in dich stoßen können", versprach er und stimulierte diesen wundervollen Punkt weiter.

Karen wand sich auf dem Bett, so gut fühlte es sich an. Er verstärkte den Druck, legte seinen Daumen auf ihre Perle und reizte sie mit kreisenden Bewegungen. Karen hob lustvoll ihr Becken und kam seinem Finger auffordernd entgegen.

„Du bleibst still liegen", mahnte er, und Karen presste ihren Körper in die Matratze, um seinem Wunsch Folge zu leisten.

Es kostete sie viel Kraft, denn der Finger auf ihrer Klit wurde immer schneller. Sie keuchte, stöhnte und wimmerte, aber es half ihr nicht. Er brachte sie bis kurz vor einen Orgasmus, aber nur, um ihr dann wieder jede Berührung zu entziehen. In ihrer Pussy pochte und kribbelte es vor Verlangen.

Marc lehnte sich zur Seite und griff zum Nachttisch, der neben dem Bett stand. Er nahm ein Kondom aus einer Schale, die darauf stand, riss die Verpackung auf und rollte es über seinen Schaft, der prall von seinem Körper abstand. Karen verfolgte mit ihren Augen jede seiner Bewegungen. Er kniete sich zwischen ihre gespreizten Beine, griff nach ihren Waden und zog sie an seinen Schoß; ihre Beine winkelte er an und legte sie dann an seiner Brust ab.

„Du siehst verdammt geil aus, so weit geöffnet für mich. Entspann dich, es wird dir gefallen." Ohne ein weiteres Wort zog er sie auf seinen Schwanz und versenkte sich mit einem einzigen Stoß tief in ihr.

Karen schrie auf. Er füllte sie vollkommen aus, dehnte sie und berührte Nervenbahnen tief in ihr, die sie nie zuvor gespürt hatte. Er bewegte sich langsam vor und zurück, gab ihr Zeit, sich an seine Größe zu gewöhnen. Sie seufzte wohlig und nahm seinen Rhythmus auf. Er fickte sie langsam, rhythmisch, und nach etlichen Minuten zog er sich aus ihr zurück und legte ihre Beine neben sich ab.

„Geh auf die Knie und streck mir deinen Po entgegen", wies er sie an.

Karen rollte sich auf den Bauch und machte, was er von ihr verlangte. Er platzierte sich wieder zwischen ihren Schenkeln und stieß erneut tief in sie hinein. Durch diese Position wurden die Klemmen etwas nach unten gezogen, was ein leichtes Ziehen an ihren Nippeln verursachte und sie noch weiter erregte. Sie presste Marc ihren Po entgegen. Seine Stöße wurden fester, er fasste an ihre Hüften und zog sie jedem seiner Stöße entgegen, fest und schnell. Er steigerte das Tempo noch und seine Hoden klatschten an ihren Po. Die Mischung aus diesem leichten Schmerz und der Fülle, die sie stetig dehnte, brachte sie an den Rand eines Orgasmus. Sie hörte Marcs schweren Atem.

„Komm jetzt, Karen!“, befahl er mit belegter Stimme.

Mehr brauchte sie nicht, ihr Orgasmus fegte durch ihren Körper, ließ sie erschaudern und keuchen. Sie konnte das Blut in ihren Ohren rauschen hören, so intensiv war das Gefühl.

Marc stieß ein lautes Grollen aus, als auch er seinen Höhepunkt erreichte. Er pumpte seinen Schwanz immer weiter in sie, bis er jede Sekunde voll ausgekostet hatte. Es dauerte einen Moment, ehe er zur Ruhe kam und sich aus ihr zurückziehen konnte.

„Bleib liegen, ich entsorge nur das Kondom“, sagte er, rollte sich auf der anderen Seite vom Bett, ging zu einem kleinen Mülleimer, der neben der Tür stand, und entsorgte das Kondom. Sekunden später war er wieder bei ihr.

Karen lag erschöpft auf dem Bauch.

Behutsam drehte er sie um. „Sieh mich an, Karen“, sagte er liebevoll und sie blickte ihm direkt in seine Augen. „Das wird dir nicht gefallen, aber ich möchte dich noch einmal schreien hören.“

Karen sah ihn erschrocken an. „Willst du mich jetzt richtig bestrafen?“, fragte sie ängstlich.

Marc verzog das Gesicht zu einem Lächeln. „Verdient hättest du es, du warst nicht immer gehorsam, aber ich belasse es heute bei der Warnung, die ich ausgesprochen hatte.“

Karen verstand nicht, was er dann meinte. Sie zog die Augenbrauen zusammen. Plötzlich löste Marc die erste Klemme. Das Blut schoss zurück in ihren Nippel. Karen schrie, bog den Rücken durch und er löste sofort die zweite Klemme.

Reflexartig hob Karen ihre Arme, um sich mit den Händen an die schmerzenden Brüste zu fassen. Blitzschnell fing er ihre Arme ab und presste sie wieder auf die Matratze. Er neigte seinen Kopf und leckte sanft über die geschundenen Nippel, bis sie ruhiger wurde.

„Tapferes Mädchen, die Session ist vorbei", flüsterte er dicht an ihrem Ohr, griff nach der Bettdecke und breitete diese über sie beide aus.

Er legte sich nah an sie heran und legte seinen Arm beschützend um ihren Körper. Karen schmiegte sich an ihn. Noch völlig aufgewühlt von den Eindrücken der Session, genoss sie seine Nähe.

Eine Weile schwiegen sie.

„Ich glaube, ich habe Angst vor meinen eigenen Empfindungen", sagte sie plötzlich ganz leise.

Marc drehte ihren Kopf ein Stück zu sich und sah sie überrascht an.

„Du hast mich gefragt, ob mich etwas beschäftigt. Ich weiß nicht, ob ich es normal finden soll, dass mich Schmerz erregt, aber er steigert meine Lust viel mehr, und meine Orgasmen sind viel intensiver als bei dem Sex, den ich bisher hatte."

„Was ist denn normal? Der eine findet es normal, Sex nur im Bett zu haben, der andere will lieber in die Natur, wieder andere brauchen mehr als einen Partner und du brauchst eben den Lustschmerz. Daran ist nichts Verwerfliches."

„Und woran erkenne ich, ob der Mann ein verantwortungsvoller Dom ist? Bei Tom habe ich auch gedacht, er wäre ein liebevoller Mann, und habe nichts gemerkt." Sie zupfte verlegen an der Bettdecke.

„Woher solltest du wissen, was Tom für Hintergedanken hatte? Wenn du jetzt das Bedürfnis nach Lustschmerz hast, dann such dir einen Club. Alle Clubs handeln nach Regeln wie den SSC-Regeln. SSC steht für *sane, safe und consensual*, also alles, was geschieht, passiert einvernehmlich, vernünftig und sicher, und ein verantwortungsvoller Dom spricht vor der Session mit dir und gibt dir ein Safeword", erklärte er und sie lächelte ihn an.

„Danke für die Session und für deinen Rat." Es tat ihr gut, ihre Bedenken ausgesprochen zu haben. Sie küsste ihn auf die Wange und lächelte entspannt.

„Eigentlich bedanke ich mich immer bei den Frauen", sagte er lachend, drehte sich zu Seite und stand auf. „Komm, die Dusche wartet."

Er zog sie mit einem Ruck aus dem Bett und schob sie in das angrenzende Bad. Sie gingen gemeinsam unter die Dusche.

Das warme Wasser prasselte auf Karens Körper und sie spürte jeden Muskel. Marc stand hinter ihr, massierte ihre Schultern, den Nacken und Karen seufzte wohlig.

Nachdem sie das Bad verlassen hatten und ihre Kleidung wieder trugen, gingen sie nach oben in das Wohnzimmer. Karen setzte sich auf das Sofa gegenüber von Ron und Valerie. Sie sah zu Valerie, die sich an Ron kuschelte. Marc brachte beiden Frauen einen heißen Kakao. Verlegen nippte Karen an ihrer Tasse, als Marc sich neben sie setzte und sie in den Arm nahm.

„Habt ihr eigentlich etwas von Eric gehört?“, fragte sie schüchtern.

„Vor ein paar Wochen kam ein Telegramm. Er hat geschrieben, dass er nicht an der Front eingesetzt ist und dass es ihm gut geht. Wir sollen dich grüßen.“

Karen lächelte. *Er hat mich nicht vergessen*, dachte sie.

# Kapitel 8

*Zwei Jahre später*

Karen arbeitete jetzt als Chefsekretärin in der Kanzlei von Loren Finch. Das Team bestand aus drei Anwälten und sechs Büroangestellten. Sie fühlte sich dort wohl, denn in der Kanzlei herrschte eine sehr kollegiale Atmosphäre. Karen traf sich auch außerhalb der Arbeitszeit gern mit ihren Arbeitskollegen und baute zu einigen eine lockere Freundschaft auf.

Zoe hatte inzwischen geheiratet und war stolze Mama eines kleinen Jungen, weswegen sie sich nun nicht mehr so oft sahen. hatte ihr inzwischen von Valerie, Ron und Marc erzählt und dass sie die drei auf einer privaten Feier eines Arbeitskollegen in Minnesota kennengelernt hatte.

Die Wahrheit über die Umstände, wie sie die drei wirklich kennengelernt hatte, konnte sie Zoe nicht erzählen. Sie hätte damit alte Wunden aufgerissen und zu viel zu erklären gehabt. Diese Notlüge war der einfachste Weg für sie. Sie hatte ihr von der Tischlerei erzählt, die Ron und Marc führten, die Besonderheit der Möbel und die des Landhauses aber außen vor gelassen. Karen bezweifelte, dass Zoe ihre Neigung zu BDSM verstehen würde, da sie diesbezüglich eine sehr konservative Einstellung hatte. Zoe hatte genau einen Sexualpartner in ihrem Leben gehabt, und der war jetzt ihr Ehemann.

Wenn sie Zoe besuchte, spielten sie mit dem kleinen Liam. Die Gespräche der beiden reduzierten sich auf Kindererziehung, Spielgruppen, Kinderkrankheiten und Ähnliches. Ihre Interessen wichen mittlerweile sehr voneinander ab. Zoe war an einem anderen Punkt im Leben angekommen als sie, und Karen fragte sich oft, ob sie jemals den richten Mann finden würde, mit dem sie eine Familie gründen könnte.

Sie hatte gelegentlich Dates, die aber immer gleich abliefen. Es war nie jemand dabei, dem sie ihr Herz schenken wollte, sosehr sie es auch versuchte. Es fehlte immer etwas, und sie wusste genau, was das war. Keiner der Männer, die sie getroffen hatte, konnte sie so verzaubern, wie Eric es damals getan hatte. Es war wie verhext. Auch nach so langer Zeit bekam sie ihn nicht aus ihrem Kopf.

Den Rat von Marc damals, sie könnte einen BDSM-Club besuchen, hatte sie nie umgesetzt. Ihr fehlte der Mut dazu, obwohl Valerie sie manchmal, wenn sie telefonierten, dazu ermunterte.

Valerie und Karen sahen sich leider nicht sehr oft, denn sie arbeiteten beide sehr viel. Wenn sie dann mal einen Termin für ein Treffen gefunden hatten, musste Valerie garantiert kurzfristig ihre Schicht im Krankenhaus tauschen oder ihr selbst kam etwas dazwischen. Aber sie telefonierten mindestens einmal in der Woche miteinander.

Nach einer anstrengenden Arbeitswoche war Karen froh, dass endlich Freitag war. Kurz vor Feierabend sollte sie noch zu ihrer Chefin ins Büro kommen. Sie klopfte an die Tür und betrat den Raum.

„Karen, setz dich, ich muss was mit dir besprechen. Die Personalabteilung hat mich darauf hingewiesen, dass du noch den ganzen Jahresurlaub und jede Menge Überstunden hast." Sie legte den Kopf schief und lächelte Karen an. „Du musst den Urlaub abbauen. Am besten im September, wenn das bei dir passt, dann sind alle anderen aus ihrem Urlaub zurück. Du bist eine wirklich gute Mitarbeiterin, und es wäre schade, wenn du wegen Burn-out für längere Zeit ausfallen würdest", sagte sie ironisch und grinste.

„Schon okay, Loren, ich werde meinen Urlaub im September nehmen, versprochen." Karen hob feierlich ihre Hände und lachte. Tatsächlich war das Jahr bisher mit Aufträgen vollgepackt gewesen, sodass sie nie an Urlaub gedacht hatte.

Sie verließ das Büro und erledigte auf dem Heimweg noch ihren Wochenendeinkauf. Danach fuhr sie nach Hause, stellte sich unter die Dusche und freute sich auf einen gemütlichen Abend mit einem Glas Rotwein auf ihrer Veranda.

Sie nahm ihr Handy und die Post mit nach draußen und setzte sich in ihren Liegestuhl. Die Sonne schien noch hell am Himmel und es war herrlich warm. Die ersten Umschläge enthielten Rechnungen und Werbung, aber ein Brief erregte ihre Aufmerksamkeit. Sie wollte ihn gerade öffnen, da klingelte ihr Handy. Valerie rief an.

„Hi, Val."

„Hey, sag mir, dass du einen weißen Brief mit goldenen Schnörkeln bekommen hast", sagte sie schnell und aufgeregt.

„Ja, den wollte ich gerade öffnen. Warum fragst du? Ist der …" Weiter kam sie nicht.

„Mach ihn auf", forderte Valerie.

Karen öffnete den Umschlag und nahm eine Karte heraus. *Einladung zur Hochzeit,* stand darauf. Sie klappte die Karte auf und las den Text.

„Du und Ron gebt euch das Ja-Wort!", quiekte sie vor Freude in ihr Handy. „Und du sagst mir nichts? Wir telefonieren fast wöchentlich miteinander." Karens Stimme klang gespielt böse, dann lachte sie und Valerie fiel in das Lachen mit ein. „Ich freue mich so für euch."

„Das will ich auch hoffen, du bist nämlich meine Trauzeugin."

„Wirklich?" Karen fasste sich gerührt an ihren Hals.

„Ja, sicher, ich kann mir keine bessere Trauzeugin vorstellen als dich."

Karen hatte Tränen in den Augen, so sehr freute sie sich. „Wann ist denn die Hochzeit?", fragte sie.

„Am 23. September, das steht aber alles in der Karte. Du übernachtest dann selbstverständlich bei uns."

„September trifft sich gut. Ich habe noch viel Urlaub, den ich nehmen muss. Macht es euch was aus, wenn ich schon früher komme? Vielleicht kann ich bei den Vorbereitungen helfen."

„Klingt super, dann haben wir noch mehr Zeit füreinander. Wir freuen uns, wenn du kommst."

Karen beendete das Gespräch, sah sich die Karte noch mal genauer an und freute sich sehr, dass sie schon bald ihre Freunde wiedersehen würde.

Am Tag vor ihrer Abreise nach Minnesota fuhr Karen in ein großes Einkaufszentrum.

Vor einem Dessousgeschäft blieb sie stehen. Ihre Augen fixierten ein schwarzes Set, bestehend aus einem knappen Slip, der unten geöffnet war, und einer Büstenhebe mit mehreren glitzernden Steinen, die im Licht wie Sterne funkelten. Sie betrat den Laden, probierte das Set an und war fasziniert von ihrem Anblick. Eine Mischung aus verrucht und sexy. Sie hatte keine Ahnung, wann sie das Set tragen würde, aber sie musste es einfach kaufen.

In einem weiteren Geschäft kaufte sie noch einen Pullover, eine Jeans, Schuhe und eine warme Jacke, falls es im September schon kühlere Tage geben sollte.

Zufrieden fuhr sie nach Hause.

Am Tag der Abreise war Karen in Eile, denn sie wollte bei Valerie und Ron sein, noch bevor es dunkel wurde. Im Büro hatte die Übergabe etwas länger gedauert als gedacht, und das brachte ihren ganzen Zeitplan durcheinander. Auf dem Weg nach Hause waren dann auch noch alle Ampeln rot und der Verkehr war dicht und zäh fließend gewesen. Endlich zu Hause angekommen, sprang sie schnell unter die Dusche, zog sich um, packte noch schnell ein paar Sachen in ihren Koffer und schleppte ihr Gepäck zu ihrem Wagen, stieg ein und fuhr los.

Mit einem kurzen Zwischenstopp an einer Tankstelle erreichte sie nach fast drei Stunden Fahrt endlich die Ausfahrt auf die Landstraße in Richtung Minnesota River. Ab hier war es nicht mehr weit bis zu Valerie.

Karen fuhr den staubigen Weg zum Landhaus hoch. Sie sah Valerie, die bereits wartend auf der Veranda stand und ihr von Weitem zuwinkte.

Kaum hatte sie den Motor abgestellt, kam Valerie auf sie zu und öffnete die Autotür. „Karen, schön, dass du endlich da bist.“

Karen stieg aus und Valerie drückte sie fest. „Ich freue mich, wieder hier zu sein“, sagte Karen lächelnd.

Sie ging um ihr Auto herum, öffnete die Heckklappe ihres Wagens und nahm ihren Koffer aus dem Kofferraum.

„Soll ich dir beim Tragen helfen?“, fragte Valerie, aber Karen winkte ab.

„Nein, lass nur, so schwer ist der nicht.“ Sie stiegen die Treppe zur Eingangstür hinauf. Plötzlich stolperte Karen über eine der Stufen, versuchte, sich mit dem Koffer in der Hand zu fangen, kam ins Trudeln und prallte mit ihrer rechten

Schulter an den Türrahmen der Eingangstür.

Sie schrie auf, ein ziehender, brennender Schmerz schoss durch ihre Schulter und ließ ihre Sicht verschwimmen. Tränen standen ihr in den Augen.

„Karen!“, rief Valerie erschrocken und war sofort bei ihr. „Hast du dich verletzt? Kannst du aufstehen?“ Sie beugte sich zu Karen hinunter und wollte ihr beim Aufstehen helfen.

Bei dem Versuch, sich mit den Händen vom Boden hochzudrücken, stach der Schmerz erneut in ihrer Schulter.

„Warte, ich helfe dir hoch.“ Valerie griff unter ihren anderen Arm und zog sie hoch. „Komm, wir gehen erst mal rein.“

Sie gingen in die Küche und Karen setzte sich auf einen Stuhl.

„Ich schau mir das an.“ Valerie zog an dem Halsausschnitt von Karens Shirt und besah sich ihre Schulter. Sie erkannte eine starke Rötung, mehr sah sie in dem Moment nicht. „Kannst du die Schulter bewegen?“

„Nein, das geht nicht, scheiße, tut das weh“, fluchte Karen, als sie es versuchte.

„Warum liegt denn ein Koffer hier draußen“, hörten sie Ron rufen, der kurz danach mit dem Koffer in die Küche kam. Er sah zwischen den Frauen hin und her. „Karen, schön, dass du da bist. Dann ist das wohl dein Koffer?“ Fragend sah er sie an und bemerkten dann ihren schmerzverzerrten Gesichtsausdruck. „Alles in Ordnung?“

„Nein, ich schusseliges Huhn bin gestolpert und habe mir meine Schulter an eurem Türrahmen verletzt.“ Sie versuchte ein Lächeln. „Aber ich freue mich auch, dich zu sehen“, setzte sie nach.

„Ist es schlimm? Brauchst du einen Arzt?“, wollte Ron wissen.

„Nein, ich glaube nicht. Wenn ich den Arm ruhig halte, schmerzt es nicht so stark.“

„Gut. Ich bringe deinen Koffer schon mal nach oben ins Gästezimmer.“

„Danke, das ist lieb von dir.“

Ron war schon fast auf der Treppe, da drehte er sich noch mal um. „Wir erwarten heute Abend noch einen Gast und wollen gegen zwanzig Uhr essen. Ruh dich doch so lange aus.“

„Ist in Ordnung, das mache ich“, versprach sie und wandte sich wieder Valerie zu.

„Geh ruhig nach oben, du willst bestimmt duschen. Ich bringe dir gleich noch ein Kühlkissen für die Schulter.“

Karen nickte dankbar, stand vorsichtig auf und ging zur Treppe.

Ron kam ihr entgegen. „Wir sehen uns später. Sag Bescheid, wenn du was brauchst.“ Er ging an ihr vorbei nach unten.

Im Gästezimmer kamen ihr wieder die schönen Bilder von ihrer Zeit hier ins Gedächtnis. Sie sah Eric, wie er an ihrer Seite kniete und sie mit diesen warmen Augen anblickte. Diese Erinnerung gefiel ihr besonders, und für einen kurzen Moment wurde ihr Herz schwer.

Sie quälte sich aus ihren Klamotten, so gut es mit einem Arm ging, jede Bewegung mit dem Arm schmerzte. Trotzdem schaffte sie es, ein weites Trägertop und eine Sweathose aus ihrem Koffer zu nehmen und sich kurz zu waschen. Sie zog mühsam die frische Kleidung an, anschließend legte sie sich erschöpft auf das Bett. Der Schmerz in ihrer Schulter blieb konstant, und durch die angespannte Schonhaltung bekam sie nun noch zusätzlich Kopfschmerzen. *So ein Mist,* dachte sie, *ausgerechnet im Urlaub.* Sie versuchte, sich zu entspannen, nach einer Weile fielen ihr die Augen zu und sie schlief ein.

Valerie war unten in der Küche und bereitete das Abendessen vor. Ron schlang von hinten seine Arme um ihren Bauch und küsste sie auf den Hals. Einige Minuten später stand auch Marc in der Küche, der in der Werkstatt beschäftigt gewesen war und deshalb nicht mitbekommen hatte, dass Karen schon angekommen war.

„Hey, warum sagt mir keiner, dass Karen schon da ist? Ich habe ihr Auto auf dem Hof gesehen."

„Entschuldige, Marc, Karen hatte einen kleinen Unfall, sie hat sich ihre Schulter am Türrahmen angehauen, da haben wir dich vergessen." Valerie lächelte entschuldigend.

„Hat sie sich schlimm verletzt?"

„Sie sagte, es geht. Sie ist jetzt oben im Gästezimmer und ruht sich aus."

„Gut. Ron, kommst du? Ich wollte jetzt zum

Flughafen fahren, Erics Maschine landet bald."

Valerie klatschte vor Freude in die Hände. „Ich kann es kaum erwarten, bis er wieder hier ist. Seit er sich vor vier Wochen bei uns gemeldet und erzählt hat, dass sein Einsatz beendet ist und er zurückkommt, freue ich mich auf diesen Tag."

Ron und Marc stimmten ihr zu.

„Am meisten bin ich gespannt darauf, wie Karen auf unseren Überraschungsgast reagiert. Eric weiß doch, dass Karen hier ist, oder?" Valerie sah zu Ron.

„Ja, das hatte ich ihm geschrieben. Wir fahren jetzt und holen ihn ab." Ron gab Valerie einen Kuss und ging mit Marc nach draußen. Sie stiegen in Marcs Pick-up und fuhren los.

Es war bereits sieben Uhr, als Valerie die Stimmen von Ron, Marc und Eric hörte. Sie lief in den Flur, direkt auf Eric zu. Der legte die Taschen, die er trug, und seinen Rucksack ab und nahm Valerie fest in den Arm.

„Hey, Wirbelwind", begrüßte er sie freundschaftlich und küsste sie auf die Wange.

„Es ist schön, dass du wieder da bist, wir haben dich vermisst." Sie hatte Freudentränen in den Augen.

„Ich habe euch auch vermisst", sagte er und löste sich von ihr.

„Du möchtest dich vor dem Essen bestimmt noch frisch machen. Wir haben für dich das Gästezimmer neben dem von Karen hergerichtet."

Valerie grinste ihn an.

Eric lächelte. „Weiß sie, dass ich hier bin?“

„Nein, wir wollten sie überraschen. Sie hat oft nach dir gefragt, und ich denke, sie wird sich freuen, dich wiederzusehen“, sagte Valerie mit verschmitztem Lächeln.

„Wo ist sie denn?“, wollte Eric wissen.

„Sie ruht sich oben in ihrem Zimmer aus. Sie hatte bei ihrer Ankunft einen kleinen Unfall und sich ihre Schulter verletzt“, erklärte Ron. „Nichts Tragisches, aber ein Arzt sollte sich ihre Schulter trotzdem mal ansehen und wir haben einen im Haus. Wer hätte es gedacht.“ Ron klopfte ihm freundschaftlich auf die Schulter.

„Ja, solche Zufälle gibt es. Ich schau mal nach ihr.“ Eric schüttelte den Kopf, lachte und griff nach seinem Rucksack, bevor er nach oben ging.

Karen lag noch auf dem Bett. Sie hatte gerade die Augen geöffnet und tastete nach ihrem Handy, das neben ihr auf dem Nachtisch lag. Ihre Schulter schmerzte noch immer bei jeder Bewegung. Sie sah auf das Display. Es war zwanzig nach sieben, sie hatte über eine Stunde geschlafen.

Plötzlich klopfte es an ihrer Tür.

„Es ist offen, komm rein“, rief sie vom Bett aus.

Die Tür wurde geöffnet, und Karen dachte, ihr Herz würde ein paar Schläge aussetzen.

„Hallo, Karen, lange nicht gesehen.“ Eric stand vor ihr und sah sie lächelnd an. Er sah noch besser aus, als sie ihn in Erinnerung hatte.

Ihr fehlten die Worte. Sie wollte sich aufsetzen, dachte nicht mehr an ihre Schulter und ein stechender Schmerz schoss hinein. „Au, verdammt“, keuchte sie, weil der Schmerz ihr kurz den Atem raubte, und sie fasste an ihren Arm.

„Langsam“, mahnte er, stellte seinen Rucksack ab und war sofort an ihrer Seite. Er setzte sich zu ihr auf das Bett und sah sie an.

Karen sah in seine Augen und verlor sich in dem samtigen Braun seiner Iriden. Erics Gesicht war so nah vor ihrem, sie roch sein Aftershave und hatte das Gefühl, dass die Luft dicker wurde. Sekunden verstrichen, bevor sie etwas sagen konnte. „Hallo, Eric, schön, dich wiederzusehen“, wisperte sie und Eric lächelte sie an.

„Ron sagte, dass du dich verletzt hast. Darf ich mal sehen?“

„Nicht nötig, es ist nicht so schlimm, glaube ich.“

„Wenn ich mir die Prellmarke an deiner Schulter ansehe, würde ich behaupten, dass das Gegenteil der Fall ist.“ Er zeigte mit dem Finger auf ihre Schulter, und Karen folgte seiner Handbewegung mit den Augen.

„Was zur Hölle!“, stieß sie hervor, als sie die blaulila Verfärbung ihrer Schulter sah. „Das sah vor einer Stunde noch nicht so aus.“

„Lass mich die Schulter ansehen“, forderte er. Seine Stimme bekam diesen Unterton, den sie auch von Marc kannte und der ihr einen Schauer über den Rücken laufen ließ.

Erst dann werde ich deinen Arm in meine Hand nehmen, meine Ferse in deine Achsel drücken und deinen Arm zu mir ziehen. Dadurch wird dein Arm wieder eingerenkt. Es wird nicht lange dauern. Ron bleibt an deiner Seite und passt auf dich auf", versuchte Eric, sie zu beruhigen.

Karen nickte tapfer.

Er öffnete seinen Rucksack und kramte kurz nach ein paar Utensilien, die er hervorholte und auf den Nachttisch legte. Karen sah ihm zu und erkannte, dass er eine Spritze aufzog. Sie schaute mit weit aufgerissenen Augen dabei zu, wie er die Flüssigkeit in die Spritze zog. Dann legte er die Spritze beiseite und nahm das Desinfektionsmittel. Routiniert nahm er ihren gesunden Arm und desinfizierte die Stelle, an der er die Nadel ansetzen wollte.

Karen zog den Arm ein Stück zurück, denn sie hasste Spritzen.

Eric blickte auf. „Soll Ron deinen Arm festhalten?", fragte er mit hochgezogenen Augenbrauen.

Karen schüttelte ihren Kopf, legte ihren Arm zurück und wimmerte.

„Scht, es pikst nur kurz", beruhigte er sie.

Karen spürte von dem Einstich fast nichts. Es war so schnell vorbei, dass sie keine Zeit hatte, zu reagieren.

„Sag mir, wenn du kaum noch Schmerzen spürst und müde wirst", bat er und verstaute alles wieder in seinem Rucksack.

Ron stand neben ihnen und sah auf Karen hinab.

Er lächelte sie aufmunternd an.

Es dauerte nicht sehr lange, bis Karen Mühe hatte, ihre Augen offen zu halten, und Eric Bescheid sagte.

„Gut. Ron, geh bitte auf die andere Seite vom Bett und setz dich zu ihr“, wies er ihn an. Eric selbst stand auf, zog seine Schuhe aus, nahm ihren Arm und drückte die Ferse seines rechten Fußes in ihre Achsel.

Karen schrie auf, weil die Bewegung trotz des Schmerzmittels wie ein Messer in ihre Schulter stach. „Bitte hör auf“, flehte sie benommen und sah ihn unter Tränen an.

Eric nutzte den Moment und zog ihren Arm mit einer langsamen Bewegung zu sich heran, drehte ihn vorsichtig ein Stück nach außen, nahm seinen Fuß zurück und legte ihren Arm dann auf ihrem Bauch ab. Der Schmerz, der dabei durch ihren Arm und Oberkörper schoss, war so übermächtig, dass ihr gellender Schrei im ganzen Haus zu hören war. Instinktiv atmete sie in den Schmerz, bis er erträglich wurde und sie leise weinend mit geschlossenen Augen auf dem Bett lag. Eric sah kurz zu Ron, dann wieder auf Karen hinab. Er setzte sich wieder neben sie, betastete die Schulter und nickte zufrieden. Dann berührte er mit seiner Hand ihre Wange und Karen schmiegte sich daran.

„Es ist vorbei, dein Schultergelenk ist wieder drin. Du warst sehr tapfer, ich bin stolz auf dich“, lobte er sie. „Dein Arm muss ein paar Tage geschont werden, und morgen fangen wir an, ein paar Übungen zu machen, damit du schnell wieder fit bist. Ich möchte doch auf der Hochzeitsfeier mit dir tanzen."

Karen öffnete kurz ihre Augen, sah, wie Eric sie verführerisch anlächelte, bevor das Schmerzmittel seine volle Wirkung entfaltete und sie einschlief.

Karen erwachte und blinzelte in das Licht der Nachttischlampe neben ihrem Bett. Sie drehte ihren Kopf zur Seite und sah, dass Eric auf der anderen Seite neben ihr auf dem Bett lag und auf das Display seines Handys schaute.

„Hey", sagte sie mit belegter Stimme.

Er legte sein Handy zur Seite und lächelte sie an. „Wie geht es dir? Hast du Schmerzen?"

„Nein, habe ich nicht. Wie lange habe ich geschlafen?"

„Fast zwei Stunden", antwortete er und stand auf.

Sie folgte ihm mit ihrem Blick.

„Ich hole dir etwas zu essen, bin gleich wieder zurück." Er stand schon bei der Tür, da hielt Karen ihn auf.

„Seit wann bist du aus Afghanistan zurück?"

„Seit knapp vier Stunden." Er sah auf die Uhr an seinem Handgelenk. „Warum fragst du?"

„Dann habt ihr Jungs euch doch bestimmt viel zu erzählen, und ich will nicht schon wieder diejenige sein, die euch im Wege steht. Valerie ist bestimmt so nett und bringt mir etwas zu essen,

„Netter Versuch, Karen, aber du wirst dich in Zukunft noch oft nackt vor mir zeigen, und es wird dir und mir Freude bereiten“, stellte er fest und setzte sich, ohne weiter auf das Gesagte einzugehen, zu ihr auf das Bett.

„Wie meinst du das?“, hakte Karen nach.

„Das besprechen wir später. Jetzt kümmere ich mich erst mal um deine verspannte Nacken- und Rückenmuskulatur.“ Seine warmen Hände berührten ihren Rücken und Karen durchlief ein wohliger Schauer.

Er beträufelte ihre Rückseite mit dem Massageöl aus der kleinen Flasche, die er mitgebracht und in der Hand gehalten hatte. Ein leichter Rosenduft verteilte sich im Raum. Mit sanften Bewegungen verteilte er das Öl. Dann fing er an, ihre Schulter und den Nacken zu massieren. Karen seufzte unter seinen Berührungen. Es war eine Wohltat, und sie spürte, wie die Anspannung aus ihrem Körper wich und sie sich immer weiter fallen ließ.

Erics Hände wanderten nach unten zu ihrem Po, bis an den Bund ihres Slips und wieder hinauf. Er wiederholte die Berührung mehrmals, bis er an den Bund ihres Slips griff und ihn nach unten zu ihren Oberschenkeln zog. Noch bevor Karen reagieren konnte, massierte er ihren Po wie selbstverständlich. Karen versuchte, sich aus der Berührung zu winden. Eric versetzte ihr einen Klaps auf den Po, nicht zu fest, aber Karen verstand die Botschaft, dass sie sich nicht bewegen sollte.

„Entspann dich und bleib liegen“, sagte er und

Karen versuchte, sich wieder zu entspannen.

Seine Berührungen fühlten sich gut an, und plötzlich wünschte sie, er würde sie auch an ihren Brüsten und ihrer Scham berühren. Sie hatte oft daran gedacht, wie es wohl wäre, wenn Eric sie dort anfassen würde. Der Gedanke, dass er sie züchtigen und unterwerfen könnte, erregte sie dabei zusätzlich. Schnell wischte sie den Gedanken wieder beiseite. Sie hatte ja, bis auf die Erfahrung mit Marc und Ron vor zwei Jahren, keine Ahnung von BDSM und dem, was Eric anmachte.

„Gefällt es dir?", unterbrach Eric ihre Gedanken.

„Mhm."

„Gut." Seine Finger glitten plötzlich über den Spalt an ihrem Po weiter nach unten zu ihrer Pussy, strichen sanft über ihren Eingang und Karen zuckte erschrocken zusammen. Damit hatte sie nicht gerechnet, und sie wollte der Berührung aus einem Reflex heraus ausweichen, indem sie versuchte, sich wegzudrehen. Eric presste sie jedoch mit der freien Hand auf die Matratze. „Liegen bleiben! Lass die Berührung einfach zu."

Karen sank zögernd zurück auf die Matratze, entspannte sich und fing an, seine intime Berührung zu genießen.

Er drang mit einem Finger immer tiefer in ihren warmen, feuchten Spalt, glitt in einem stetigen Rhythmus hinein und wieder hinaus, krümmte den Finger und erreichte ihren G-Punkt. Karen konnte nicht anders, als leise zu stöhnen, so gut fühlte es sich an. Er kniff leicht in ihre Klit und rieb darüber, was Karen ein lautes Keuchen entlockte. Sein Finger stieß immer fester zu und Eric presste einen weiteren in sie hinein. In einem schnellen Rhythmus glitten seine Finger in sie hinein, wieder heraus, massierten ihre Klit und stießen wieder fest in sie hinein. Karen gab sich ihren Gefühlen hin, seufzte, stöhnte, bis sie die ersten Wellen eines Orgasmus spürte.

Eric entzog ihr die Berührungen und versagte ihr den erlösenden Orgasmus.

„Nein, hör jetzt nicht auf", wimmerte sie.

„Ich werde dir noch viele Orgasmen schenken, wenn du mich lässt, aber alles zu seiner Zeit. Ich muss erst etwas mit dir besprechen." Eric stand auf und sah auf Karen hinab. „Geh duschen und zieh dir was an. Ich erwarte dich in einer halben Stunde auf dem Hof, wir machen einen kleinen Ausflug." Eric stand auf und ging ohne ein weiteres Wort.

Verdutzt blieb sie zurück und verspürte einen kleinen Anflug von Scham und Wut. *Warum ließ sie sich wie eine Marionette einfach von ihm fingern, und warum fingerte er sie und ließ sie dann einfach in diesem erregten Zustand, ohne es zu beenden?*

Schließlich huschte sie ins Bad und stand pünktlich auf dem Hof.

Eric erwartete sie bereits und hielt ihr galant die Tür zu seinem Pick-up auf. „Steig ein", sagte er und sie setzte sich auf die Beifahrerseite.

Sie schnallte sich gerade an, als auch Eric in den

Wagen stieg. „Wo fahren wir hin?“

„Lass dich überraschen“, antwortete er, startete den Motor und fuhr los.

Nach zwanzigminütiger Fahrt erreichten sie ein kleines Waldstück. Er fuhr weiter in den Wald hinein. Am Ende des befahrbaren Weges lagen ein kleiner See und eine Holzhütte, vor der Eric anhielt.

„Wir sind da.“ Eric stieg aus und öffnete Karen die Tür.

Sie sah sich um. Es war ein wunderschöner Anblick. Die Sonne schimmerte auf dem See, der mit Gräsern und Blumen eingefasst war, und von der Holzhütte führte ein Steg auf den See hinaus.

„Gefällt es dir?“

„Ja, es ist wirklich schön hier.“

„Komm!“ Er nahm sie bei der Hand und führte sie bis zum Ende des Steges. Dort breitete er eine Decke aus und bat sie, sich zu setzen.

„So viel Romantik hätte ich dir gar nicht zugetraut“, sagte Karen und sah zu Eric, der auf das Wasser hinaussah und lachte.

„Ich stecke voller Überraschungen. Jetzt erzähl mir, wie es dir in den Zwischenzeit ergangen ist, seit wir uns zuletzt gesehen haben. Was hast du gemacht? Wie lebst du?“

Jetzt schaute auch Karen auf den See und fing an, zu erzählen. „Ich habe ein kleines Haus in Minneapolis gemietet und arbeite als Sekretärin für eine Kanzlei. Der Job macht mir sehr viel Spaß und die Kollegen sind alle sehr nett. Gelegentlich gehen wir gemeinsam aus, aber meistens bin ich allein zu Hause."

„Gibt es keinen Mann in deinem Leben? Was ist mit Sex?" Er sagte das so lässig, dass Karen erst dachte, sie hätte sich verhört.

„Ich habe keinen Partner, wenn es das ist, was du wissen möchtest", wich sie der Frage aus und sah Eric direkt in die Augen. „Warum hast du vorhin einfach aufgehört?"

„Weil ich erst klare Verhältnisse schaffen möchte. Wir beide fühlen uns zueinander hingezogen, daran gibt es keinen Zweifel. Ich habe oft an dich gedacht, und ich empfinde mehr für dich als für die anderen Frauen, die ich vor dir kennengelernt habe. Mit einer Ausnahme …"

Karen war klar, dass er damit seine verstorbene Frau meinen musste. Da er aber nicht weiter darauf einging, schwieg auch sie zu dem Thema.

„Mir geht es mit dir genauso", gestand sie.

„Ich weiß, und deshalb müssen wir darüber reden. Ich bin dominant und liebe BDSM. Wenn du mit mir zusammen sein willst, dann geht das nur, wenn du bereit bist, dich mir hinzugeben. In einer Session bin ich nicht immer sanft und zärtlich, ich bringe dich an deine Grenzen, und wenn du mich lässt, werde ich sie erweitern. Wenn wir spielen, erwarte ich, dass du tust, was ich dir sage, ohne meine Wünsche infrage zu stellen. Ich möchte, dass du mir vertraust und dich bei mir sicher fühlst, damit du dich vollkommen fallen lassen kannst. Ich brauche dieses Gefühl von Macht und deine Hingabe, es macht mich an. Ich will dich bis zur Ekstase erregen, dich schweben lassen, dich ficken und dann wieder sicher auffangen."

Seine Worte machten sie nervös, aber auch neugierig. „Wirst du mir, wenn wir eine Session haben, wehtun?" Mit zittrigen Fingern strich sie sich ein Haar aus dem Gesicht.

„Wenn du mich lässt und es dir gefällt, dann ja."

Karen schluckte.

„Aber ich verspreche dir, dass du immer sicher bei mir bist, dass ich niemals etwas machen werde, was du nicht willst, und dass du mit deinem Safeword alles jederzeit beenden kannst. Während der Session erwarte ich absoluten Gehorsam von dir. Du wirst nicht immer mit dem einverstanden sein, was ich mit dir mache, weil ich dich aus deiner Komfortzone herausholen werde. Jede Reaktion gegen meine Handlungen und Befehle wird eine Konsequenz in Form einer Bestrafung für dich haben, aber du solltest wissen, dass es einen Unterschied gibt: Wenn ich etwas von dir verlange, von dem ich weiß, dass du es von vornherein nicht erfüllen kannst, werde ich dich zu unser beider Vergnügen lustvoll bestrafen. Eine richtige Bestrafung erfolgt nur dann, wenn ich mit deinem Verhalten nicht einverstanden bin und eine Änderung herbeiführen will. Das kann passieren, wenn du dich einer Anweisung komplett entziehst, zickig und laut wirst oder mir keinen plausiblen Grund für dein Verhalten nennen kannst. Es liegt somit auch bei dir, wann eine richtige Bestrafung nötig ist. Das Wichtigste ist, dass du immer ehrlich zu mir bist, deshalb muss ich wissen, welche Erfahrungen du mit BDSM hast und wo du deine Grenzen ziehst und was für dich ein Tabu darstellt."

„Ich hatte eine Session mit Marc und Ron und dann noch mal eine mit Marc alleine. Das sind meine einzigen Erfahrungen, aber das weißt du sicher schon", sagte Karen schließlich und Eric nickte.

„Ja, die Jungs haben mir davon erzählt, auch von deiner Liebe zu den Nippelklemmen", erwiderte er grinsend und Karen wurde rot.

„Danach hatte ich einige Dates, aber ich war mit keinem der Männer im Bett. Was meintest du mit Tabu?"

„Tabus sind die Dinge, zu denen du absolut nicht bereit bist, und Grenzen sind Dinge, zu denen du im Moment noch nicht bereit bist, bei denen du dir aber eventuell vorstellen kannst, sie irgendwann auszuprobieren. Es gibt nichts Schlimmeres, als wenn ich dir etwas zumute, was du eigentlich nicht willst, und du benutzt dein Safeword nicht, weil du meinst, meine Handlungen ertragen zu müssen. Aus diesem Grund möchte ich, dass du genau über deine Grenzen und Tabus nachdenkst. Schreib deine Grenzen und Tabus auf und wir reden darüber. Vertrauen ist ein wichtiger Bestandteil einer BDSM-Beziehung, und ich möchte, dass du mir voll und ganz vertraust."

Karen verstand, was Eric ihr damit sagen wollte. Er würde ihr niemals absichtlich Schaden zufügen und nichts machen, zu dem sie nicht bereit wäre. Sie nickte zustimmend und gab ihm ihr Wort, eine Liste zu schreiben.

„Komm, ich möchte dir die kleine Hütte von innen zeigen", sagte er, stand auf und streckte ihr seine Hand entgegen.

Karen legte ihre Hand in seine und stand ebenfalls auf.

Eric nahm die Decke und ging mit ihr zurück zur Hütte. Nachdem er die Tür aufgeschlossen hatte, führte er sie in das Innere. Schnell schloss er die Tür hinter ihnen, presste Karen gegen die geschlossene Tür und küsste sie stürmisch.

Karen gab seinem Drängen nach, öffnete den Mund, und seine Zunge suchte sich den Weg hinein. Ihre Zungen tanzten miteinander, und die gegenseitige Sehnsucht spiegelte sich in diesem Kuss wider, bis beide atemlos voneinander abließen. Eric sah ihr tief in die Augen. Karen konnte sich nicht erinnern, jemals so geküsst worden zu sein.

„Wow!", brachte sie atemlos hervor und Eric lachte leise.

„Das war nur ein kleiner Vorgeschmack auf das, was dich noch erwartet." Er wackelte mit den Augenbrauen und Karen lächelte ihn verliebt an. Er trat einen Schritt beiseite und gab den Blick auf das Innere der Hütte frei.

Staunend sah sie sich um. Von außen wirkte die

Hütte eher unscheinbar, aber im Inneren war sie wunderschön eingerichtet. Ein großes Bett dominierte den Raum, links davon stand eine Tür offen und gab den Blick in das Badezimmer frei. Eine kleine Pantryküche war ebenfalls darin, und direkt vor dem Kamin, der in einen Steinrahmen gefasst war, befand sich eine gemütliche Sitzecke.

„Wem gehört diese Hütte?“, fragte Karen.

„Sie gehört den Jungs und mir. Wir haben sie vor Jahren günstig gekauft und renoviert.“

„Sie ist wirklich traumhaft“, sagte sie anerkennend.

„Danke. Setz dich doch“, forderte Eric sie auf und zeigte auf die Sitzecke am Kamin.

Karen zog ihre Schuhe aus und machte es sich auf dem Sofa bequem. Er ging zum Kamin und entzündete ein Feuer, denn auch wenn es für September draußen noch recht warm war, war die Hütte ausgekühlt.

„Ich hole noch etwas aus dem Wagen, denn wir werden die Nacht hier verbringen“, sagte er, verließ die Hütte und kam mit einer großen Kiste voller Leckereien und Getränken wieder zurück.

„Möchtest du einen Tee?“ Fragend sah er zu Karen rüber.

„Ja, sehr gern.“

Nachdem er zwei Tassen Tee zubereitet hatte, stellte er diese auf einem kleinen Tisch neben dem Sofa ab, setzte sich zu Karen und zog sie in seine Arme. Sie schmiegte sich an ihn, konnte sich aber nicht richtig entspannen, weil sie nicht wusste, was er vorhatte. Eric war nur schlecht zu durchschauen, und dass sie ihn nicht gut kannte, machte es noch schwieriger.

„Du bist so angespannt. Was ist los?“

„Ich bin etwas verunsichert, weil ich dich schwer einschätzen kann und nicht weiß, was du mit mir vorhast.“

Eric lächelte. „Im Moment möchte ich einfach nur mit dir hier sitzen, dich in meinen Armen halten und ein wenig verwöhnen. Wenn ich eine Session möchte, werde ich dir eindeutige Befehle geben.“

„Okay“, sagte sie mit wenig Überzeugung.

„Mach dir nicht so viele Gedanken, Karen. Zu dem Spiel gehören zwei, wir werden uns mit der Zeit besser kennenlernen und verständigen. Bis dahin helfe ich dir, indem ich dir Anweisungen gebe“, sagte er und küsste sie liebevoll auf die Nasenspitze.

Sie saßen eine Weile eng umschlungen auf dem Sofa, nur gelegentlich stand Eric auf und legte neues Holz in das Feuer, damit es nicht ausging. Der Raum wurde langsam warm. Karen genoss diesen intimen Moment, kuschelte sich eng an Eric, sog seinen Duft in sich ein und war glücklich.

Er küsste sie, streichelte an ihrem Hals entlang, bis zu dem Ausschnitt ihres Shirts. Karen streichelte seinen Rücken und seufzte wohlig.

„Ist dir jetzt warm?“, wollte er wissen.

„Ja.“

Ohne ein weiteres Wort zog er ihr behutsam das Shirt über den Kopf und fuhr mit seinen Fingern an den Konturen ihres weißen BHs entlang.

„Was hast du vor?", wisperte sie.

„Ich bringe zu Ende, was ich heute Morgen angefangen habe."

Ein leichter Schauer rieselte über ihren Körper.

„Komm!" Er führte Karen hinüber zu dem großen Bett, öffnete ihren BH und ließ ihn zu Boden fallen. Mit seinen starken Händen umfasste er ihre Brüste, knetete sie und strich mit den Fingern an ihren Seiten entlang, bis er beim Bund ihrer Jeans ankam. Ohne den Blick von ihr zu nehmen, öffnete er die Knöpfe und zog die Hose samt Slip nach unten. Er kniete sich vor sie und bedeutete ihr, die Füße zu heben, damit sie aus beiden Sachen steigen konnte. Schließlich stand sie nackt vor ihm.

„Du bist wunderschön, Karen", sagte er, als er sich wieder erhob, und er küsste sie ausgiebig, bevor er sich ebenfalls seiner Kleidung entledigte. „Leg dich mit dem Rücken auf das Bett", bat er heiser.

Karen legte sich in die Mitte des Bettes und betrachtete Erics nackten Körper. Sie konnte den Blick nicht von ihm abwenden. Er sah einfach fantastisch aus. Seine Bauchmuskeln waren vom Training definiert, seine Beine waren schlank und muskulös und sein Schwanz war groß und halb erigiert.

Eric kam auf das Bett zu, nahm ihren verletzten Arm behutsam in seine Hand und legte ihn vorsichtig an ihrer Seite ab. Karen verkrampfte sich für den Bruchteil einer Sekunde, was Eric sofort bemerkte.

„Das hier wird keine Session, Karen, du bist noch verletzt. Schließ deine Augen und genieß einfach, was ich mit dir mache."

Eric küsste sie auf die empfindliche Stelle an ihrem Hals, was ihr eine Gänsehaut über den Körper jagte. Er saugte an ihren Nippeln, die prall und hart emporstanden. Ab und zu biss er leicht hinein, bis sie wimmerte. Sein Mund wanderte weiter hinab und seine Zunge schlängelte über ihren Bauch hinunter zu ihrem Venushügel und weiter bis zu ihrem Spalt. Er leckte hindurch und saugte an ihrer geschwollenen Perle, bis Karen wohlig seufzte. Minutenlang umkreiste, leckte und saugte er daran, biss leicht in ihre Schamlippen, zupfte diese mit seinen Zähnen und widmete sich wieder ihrer Klit. Karen wimmerte und fasste mit ihrer Hand in sein Haar.

„Hör jetzt bitte nicht auf", keuchte sie.

Eric blickte kurz auf und lächelte, bevor er seinen Kopf wieder senkte. Seine Zunge leckte erneut durch ihren Spalt und er ließ sie in einem stetigen Rhythmus in sie gleiten. Er kam wieder hoch, legte seinen Mund auf ihre geöffneten Lippen und seine Zunge spielte mit ihrer. Er massierte ihre Brüste, knetete sie und zwirbelte ihre Nippel, während er sie küsste, und Karen bog den Rücken durch, um ihm entgegenzukommen. Seine Hand wanderte wieder an ihrem Bauch entlang, hinunter zu ihrer Pussy, und zwei Finger seiner Hand drangen tief in sie ein.

Karen stöhnte und presste ihr Becken seiner Hand entgegen. Eric verlangsamte daraufhin sein Fingerspiel, was sie frustriert keuchen ließ.

„Nicht so schnell!“ Seine Stimme klang rau und heiser. Er gab ihr einen Moment, bis sie ruhiger wurde, nur um sie erneut zu reizen bis kurz vor ihren Höhepunkt. Seine Finger massierten die inneren Wände ihrer nassen Pussy, trafen ihren G-Punkt, stießen immer fester in sie hinein, bis sie laut aufstöhnte. Karen war so erregt, dass sie keuchte und bettelte, er möge nicht aufhören. Aber er lachte nur, verlangsamte seine Bewegungen wieder und zog seine Finger langsam aus ihr zurück.

„So gierig?“, fragte er, denn Karen reagierte auf all seine Berührungen mit Lust und Leidenschaft. Wie oft hatte er sich vorgestellt, dass sie genau so vor ihm liegen und sich ihm hingeben würde!

„Bitte, Eric, bitte“, flehte sie keuchend.

Er biss daraufhin leicht in ihren rechten Nippel und sie bäumte sich stöhnend auf.

„Bitte was?“, fragte er und seine Hand massierte nebenbei ihre Schamlippen.

„Ich brauche, ich will, oh bitte, Eric, fick mich.“

Er lachte leise, ließ einen Finger erneut in sie gleiten und stieß ihn fest und schnell in ihre weiche Pussy.

Karen keuchte, als er einen zweiten Finger dazu nahm, sie dehnte und so den Druck in ihr erhöhte.

Karen schloss ihre Augen und gab sich voll und ganz seinem Fingerspiel hin. Sie spürte, wie ein leichter Schweißfilm ihre Haut bedeckte, und gleichzeitig fröstelte sie. Sie war so nah an einem Orgasmus, ihr ganzer Körper sehnte sich nach Erlösung, und es fehlte nur ein kleiner Funke, um sie zu erlösen. In diesem Moment ließ Eric von ihr ab, zog seine Finger aus ihrem weichen Spalt und erhob sich. Karen schlug mit der flachen Hand frustriert auf das Bett.

„Keine Sorge, ich werde dich noch ficken", versprach er und griff zum Nachttisch, der an der Seite des Bettes stand, um ein Kondom aus der Nachttischschublade herauszunehmen. Schnell riss er die Verpackung auf und rollte es über seinen harten Schwanz. „Setz dich auf mich, Prinzessin", sagte er mit rauer Stimme und legte sich neben ihr auf den Rücken.

Karen öffnete die Augen, richtete sich auf und stieg etwas unsicher über ihn und spreizte die Beine. Als seine Eichel ihren Eingang berührte, stöhnte er auf und sie ließ sich langsam auf seinen Schwanz hinabsinken. Er dehnte sie, und Karen wimmerte, weil das Gefühl fast zu intensiv war.

„Du fühlst dich so verdammt gut an", stöhnte er.

Karen fing an, sich zu bewegen, und Eric strich mit seinem Daumen über ihre Klitoris, was sie stöhnen und keuchen ließ. Ihre Bewegungen wurden daraufhin schneller.

„Ruhig. Langsam, Karen, ich will jede Sekunde

mit dir auskosten“, sagte er mit erstickter Stimme.

Ihre Atmung beschleunigte sich, aber sie versuchte, das Tempo zu drosseln. Eric hob sein Becken und stieß mit seinem Schwanz tief in sie hinein, dabei wippten ihre Brüste auf und ab. Eric griff nach ihnen, knetete und streichelte sie und kniff hinein, bis Karen schrie. Sie legte den Kopf in ihren Nacken, ihre Lider hatte sie leicht geschlossen, und sie spannte die Muskeln in ihrer Pussy an, damit er sie noch besser spüren konnte.

Erics Stöße wurden schneller und härter, dabei rieb er mit dem Daumen immer wieder hart über ihre Klit. Karen keuchte, und als der Orgasmus durch ihren Körper floss, ihre inneren Muskeln sich noch fester um seinen Schwanz spannten, konnte auch er sich nicht mehr zurückhalten. Er rammte seinen Schwanz tief in ihre Pussy, und sie konnte spüren, wie sein Schwanz noch härter wurde. Er kam mit einem lauten Stöhnen, seine Stöße verlängerten das schöne Gefühl tief in ihr.

Ermattet beugte Karen sich nach vorn und lag mit ihrem Kopf an seiner Halsbeuge. Er schlang seine Arme fest um ihren Körper. Sie konnte seinen wilden Herzschlag hören. Beide brauchten einen Moment, bis ihre Herzen wieder langsamer schlugen.

Eric half Karen, von ihm zu klettern, und legte sie behutsam mit dem Rücken auf das Bett. „Bin gleich wieder bei dir.“

Er verschwand im angrenzenden Bad, um das Kondom zu entsorgen, und ging dann zur Couch,

# Kapitel 10

Die Nacht verbrachten Eric und Karen eng umschlungen. Sie schlief entspannt, traumfrei und wachte am nächsten Morgen ausgeruht auf.

Eric hatte ein fantastisches Frühstück zubereitet. Karens Herz öffnete sich immer weiter für diesen Mann, auch wenn sie die Bedenken hinsichtlich seiner dominanten und sadistischen Seite nicht ganz ausblenden konnte. Bisher kannte sie nur seine sanfte Seite. Ein Treffen mit dem Dom in ihm stand ihr noch bevor.

Sie saßen am Frühstückstisch, unterhielten sich und Eric fixierte Karen mit seinem Blick, in dem sie das Verlangen sehen konnte. Nervös rutschte sie auf ihrem Stuhl hin und her.

„Steh auf, Karen", sagte er tonlos.

Sie stoppte jede Bewegung und sah ihn an. *War das ein Befehl?*

„Bitte", setzte er nach und seine Miene wurde sanft.

Ihre kurze Anspannung löste sich und Karen stand auf. Eric erhob sich ebenfalls und ging auf sie zu. Vorsichtig zog er ihr das Schlafshirt über den Kopf, bedeckte ihr Dekolleté mit Küssen und massierte sanft ihre Brüste. Karen warf den Kopf in den Nacken und wimmerte nach mehr.

„Leg dich auf das Bett."

Sie ging zum Bett und legte sich hin. Eric nahm

etwas aus der Seitentasche seiner Sweathose, bevor er zu ihr auf das Bett kam. Er zog ihr den Slip nach unten, streichelte die Innenseiten ihrer Schenkel, bedeckte sie auch dort mit Küssen, leckte sich hinauf, bis er ihre Klit erreichte, um seine Zunge dort kreisen zu lassen. Karen kam seiner Zunge entgegen und hob ihr Becken an. Er ließ sich Zeit, sie ausgiebig zu verwöhnen.

Sie spürte, wie er mit einem Finger ihre Feuchtigkeit auf ihrer Klit und den Schamlippen verteilte und wie etwas Hartes, Kühles sie berührte. Er fuhr damit mehrfach durch ihren feuchten Spalt, bevor er es in sie einführte. Karen hielt still. Sie hatte keine Ahnung, was er in sie gesteckt hatte, bis es leicht zu vibrieren anfing.

„Oh“, gab sie von sich.

„Das ist ein Vibro-Ei“, erklärte er. „Ich kann die Intensität mit einer Fernbedienung steuern.“ Er drehte eine kleine Fernbedienung in seiner Hand, drückte einen Knopf und Karen stöhnte erschrocken auf.

Sie sah, wie er grinste, bevor er die Vibration wieder auf eine niedrigere Stufe stellte, seinen Kopf wieder zwischen ihre Schenkel senkte und ihre Perle erneut mit seiner Zunge umspielte. Er knabberte, saugte und lutschte an ihrer Klit, was in Verbindung mit der stetigen Vibration ein Gefühl in ihr auslöste, welches sie fast um den Verstand brachte. Sie stöhnte ununterbrochen.

Eric erhöhte die Intensität der Vibration, welche jeden empfindlichen Punkt tief in ihrem Unterleib erreichte. Seine Zunge leckte ihren Spalt entlang, und Karen wand sich unter ihm, ihre Atmung kam stoßweise. Sie rollte unaufhaltsam auf einen Orgasmus zu. Er biss ein letztes Mal fast schmerzhaft in ihre geschwollene Perle und Karen kam mit einem Schrei zum Höhepunkt. Ihr ganzer Körper zuckte, und Eric leckte weiter, bis auch die letzte Welle ihres Höhepunktes abgeklungen war.

Er ließ ihr keine Zeit für eine Erholung von ihrem Orgasmus. Er nahm sofort ein Kondom vom Nachttisch, riss die Verpackung auf und rollte es über seinen harten Schwanz. Dann entfernte er behutsam das Vibro-Ei und versenkte sich mit einem Stoß tief in ihr. Karen keuchte, ihre Vagina war überempfindlich, und sie spürte Eric viel intensiver, weil ihre Nerven noch von ihrem Orgasmus gereizt waren.

Er fing an, seinen Schwanz mit kräftigen Stößen in ihr zu bewegen. Er nahm ihre Beine und zog sie ein Stück höher auf seinen Schoß. Ihre Beine waren nach oben gestreckt und er stützte sich mit den Händen am Kopfteil des Bettes ab. Eric stieß seinen Schwanz immer wieder tief in ihren engen Gang, fickte sie schnell und hart. Karen krallte sich mit den Händen in seinem Rücken fest und kam jedem seiner Stöße mit ihrem Becken entgegen. Sein Schwanz rieb über diesen herrlichen Punkt in ihr und neue Wellen bauten sich in ihr auf.

Eric stöhnte seine Lust und sein Verlangen in den Raum. „Ich will, dass du noch mal kommst und mir dabei in die Augen siehst", keuchte er.

Karen sah in seine Augen und sie sah pures Verlangen in ihnen. Er veränderte den Winkel, in dem sein Schwanz in sie gestoßen hatte, indem er ihre Beine weiter nach hinten bog, bevor er seinen Schwanz erneut fest in sie stieß. Mit seiner freien Hand rieb er fest und schnell über ihre geschwollene Klit.

Karen wimmerte, weil der Reiz so stark war. Sie keuchte, ihre Atmung beschleunigte sich und sie erreichte ein weiteres Mal den Höhepunkt. Es kostete sie alle Kraft, den Blick nicht von ihm abzuwenden. Sein Blick wurde starr, er fixierte ihre Augen, als auch er den Höhepunkt erreichte und stöhnend kam.

„Fuck, ja", presste er hervor, stieß noch mehrfach in sie, bevor er nach vorn sank und sie leidenschaftlich küsste.

Sie blieben einen Moment erschöpft liegen und ihre Herzen schlugen im Gleichklang.

Eric brachte Karen eine Stunde später zum Landhaus zurück. Er selbst musste zu seinem Elternhaus, weil die Maler heute anfangen wollten, die unteren Räume zu renovieren. Am Nachmittag wollte er zurück sein, und er versprach, dann mit ihr über ihre Grenzen und Tabus zu reden.

Karen saß schon über eine halbe Stunde am Küchentisch und grübelte, was sie auf die Liste für Eric schreiben konnte. Sie hatte keine Ahnung, was sie hinsichtlich der Aufstellung über Grenzen und Tabus auflisten sollte, und kaute gedankenverloren auf ihrem Stift herum.

„Hi, Karen, wie war euer Ausflug?“, fragte Valerie, als sie in die Küche hereinkam.

„Wunderschön, die Hütte ist einfach traumhaft“, antwortete Karen und lächelte verhalten.

„Alles in Ordnung? Du siehst nachdenklich aus.“

„Ja, es ist alles in Ordnung, irgendwie, aber irgendwie auch nicht“, antwortete Karen, zog die Stirn kraus und sah zu Valerie, die sich zu ihr an den Tisch gesetzt hatte.

„Was ist los?“, fragte sie und Karen erzählte ihr von dem Ausflug mit Eric und auch von dem Sex mit ihm. Sie erzählte von der Liste und dass sie überfordert war, ihre Grenzen und Tabus zu formulieren. „Ich weiß überhaupt nicht, was er von mir erwartet“, gab Karen zu.

„Eric ist ein sehr verantwortungsvoller Dom. Mit der Liste möchte er erreichen, dass du dich mit dem Thema auseinandersetzt. Ihr steckt damit den Rahmen ab, in dem sich die Session abspielt.“

„Aber ich bin mir unsicher, was für mich ein Tabu ist und wo ich eine Grenze ziehe, die ich im Moment nicht überschreiten will. Ich weiß ja nicht mal, wie Eric als Dom ist. Er hat zwar mit mir darüber gesprochen, wie er sich in einer Session verhält, erlebt habe ich ihn aber noch nicht.“

„Okay, ich helfe dir“, erwiderte Valerie, stellte die Kaffeemaschine an und setzte sich dann wieder an den Tisch. „Fangen wir mit deinen Tabus an. Du hast damals einige Sessions von Marc beobachtet. Erinnerst du dich, welche Handlungen dir überhaupt nicht gefallen haben?"

Karen fasste sich an die Stirn und schloss kurz die Augen. „Ich kann mir nicht vorstellen, mit einem Rohrstock geschlagen zu werden, ebenso schreckt mich die Gerte ab. Ich finde es furchtbar, ins Gesicht geschlagen zu werden."

„Sind das Dinge, bei denen du absolut keinen Spielraum gewähren würdest, dann sind es Tabus. Kannst du es dir irgendwann vorstellen, sieh es als eine Grenze an, bei der du Eric irgendwann vielleicht erlaubst, sie zu erweitern. Und genauso schreibst du die Dinge auf, die dir gefallen oder die du sicher ausprobieren möchtest. Es kommt darauf an, dass du klar bestimmen kannst, was für dich in Ordnung ist."

„Verstehe", antwortete Karen lächelnd.

„Am besten ist es, wenn du ohne zu denken in eine Session gehst und Eric wirklich vertraust, denn dann kannst du dich fallen lassen und die Session genießen. Am Anfang ist es schwer, weil alles neu ist, aber je öfter ihr miteinander spielt, desto vertrauter werdet ihr miteinander umgehen", sagte Valerie, stand auf und lächelte Karen aufmunternd zu, bevor sie den Raum verließ und Karen wieder allein war.

Karen verbrachte über eine Stunde mit ihrer Liste. Als sie mit ihr fertig war, ging sie nach draußen, um etwas frische Luft zu schnappen. Sie war gerade auf dem Hof angekommen, da kam Eric ihr entgegen.

„Hey, wohin des Weges, hübsche Frau?“ Er zog sie in seine Arme und küsste sie.

„Ich wollte nur etwas frische Luft schnappen. Ich habe die Liste, die ich schreiben sollte, fertig“, antwortete sie und lächelte ihn verliebt an.

„Braves Mädchen. Ich gehe schnell unter die Dusche, dann treffen wir uns im Keller.“

Sie schnappte nach Luft.

„Nicht für eine Session. Aber Fragen klärt man am besten, wenn man die Dinge vor Augen hat“, sagte er und stupste ihre Nasenspitze an. „In zwanzig Minuten unten“, rief er noch, als er schon fast im Haus war.

Karen stand etwas verloren auf dem Hof, bevor sie zurück ins Haus und direkt zur Kellertreppe ging.

Sie schaltete das Licht ein und sah sich um. Der Raum hatte eine ganz besondere Atmosphäre. Immer wenn sie hier unten war, beschleunigte sich ihr Herzschlag.

Eric betrat kurze Zeit später den Dungeon. Seine Haare waren noch feucht vom Duschen, seine Jeans hing locker auf seinen Hüften und das weiße Shirt schmiegte sich eng an seinen Oberkörper. Er blieb direkt vor ihr stehen.

„Okay, zeig mir deine Liste“, bat er und Karen reichte ihm das Papier.

Er las zunächst die Dinge, die für sie in Ordnung waren, schmunzelte gelegentlich, als ob er im Geiste schon eine Session plante. Karen trat von einem Bein auf das andere und sah ihn gespannt an. Jetzt wendete er das Blatt und las die Dinge, die für sie nicht infrage kamen, laut vor. Karen wurde rot.

„Knebel, egal welche? Dann werde ich wohl andere Mittel finden müssen, um dich zum Schweigen zu bringen. Abschnüren von Körperteilen, Blut, Kot und Urin. Das deckt sich größtenteils mit meinen Tabus“, sagte er und musterte sie genau. „Pussyklemmen, Paddle und Pussypeitsche? Hast du mit Valerie gesprochen oder woher kennst du diese Begriffe? Und was bedeuten die Fragezeichen dahinter?“ Fragend schaute er sie an.

„Ja, Valerie hat solche Spielzeuge früher erwähnt, wenn wir telefoniert haben. Ich habe aber auch gelegentlich im Internet nachgelesen und mir Bilder von den einzelnen Spielzeugen angesehen. Bei den Dingen, zu denen ich keine genaue Beschreibung gefunden habe und bei denen ich mir nicht sicher war, wie du diese benutzen könntest, habe ich die Begriffe mit einem Fragezeichen versehen“, antwortete Karen, sah zu Boden und schabte mit dem Fuß hin und her.

„Sieh mich an, Karen, deswegen sind wir hier unten.“ Er führte sie zu einem Schrank, öffnete die erste Schublade und nahm eine gekreuzte Kette heraus, an deren vier Enden jeweils eine Klemme befestigt war.

Karen zählte eins und eins zusammen. Wenn zwei der Klemmen für ihre Brüste bestimmt waren, konnten die andern beiden sehr wahrscheinlich nur an ihren Schamlippen befestigt werden. Die Vorstellung fand sie nicht so erschreckend, und nachdem Eric ihre Vermutung bestätigt hatte, bat sie ihn, die Kette auf die Seite ihrer Liste mit den Dingen, die sie ausprobieren wollte, zu setzen. Aus einem weiteren Schrank nahm er ein Paddle sowie eine Pussypeitsche. Beides hatte sie schon auf Bildern gesehen. Der Schaft beider Schlagwerkzeuge war kurz und mit einer Handschlaufe versehen, das Paddle hatte eine flache, glatte Schlagfläche und die Peitsche viele kurze Schnüre aus Leder.

„Mit dem Paddel kann ich dir hervorragend den Arsch versohlen, diese Art Paddle kommt Schlägen mit der flachen Hand am nächsten. Es gibt aber durchaus auch Paddel aus anderen Materialien, und auch welche mit Nieten versehen. Dadurch lässt sich der Schmerz variieren. Mit der kleineren Version davon könnte ich dir auch auf die Klitoris schlagen und dich damit reizen und erregen, sofern es dir gefällt."

„Oh, ähm, das Paddle für den Po ist okay, aber nur das, nicht mit Nieten oder Ähnlichem, und die Peitsche will ich nicht ausprobieren", entschied sie schnell, und Eric lachte, weil sie dabei wild mit dem Kopf schüttelte.

„Anale Stimulation und jegliches Spielzeug für diese Region ist ein Tabu." Eric hob die Augenbrauen und sah sie eindringlich an. „Steht das auf der Tabuseite, weil du es schon mal ausprobiert hast?"

„Nein, ich kann mir nur nicht vorstellen, dass es schön ist, dort berührt zu werden, geschweige denn einen Finger oder einen Gegenstand dort in mir zu haben und es auch noch schön zu finden. Erfahrungen habe ich aber nicht." Karen strich nervös eine Haarsträhne hinter ihr Ohr.

„Dann schlage ich vor, dass wir es auf die Seite mit deinen Grenzen setzen, damit du eine Vorstellung davon bekommst und dich dann vielleicht neu entscheidest", bot er an.

„Okay, aber ich kann das abbrechen, wenn es mir nicht gefällt?", hakte sie nach.

„Das gilt für alles, was wir machen. Du hast immer die Ampel als Safeword", beruhigte er sie.

Sie gingen zu anderen Schränken und Kommoden, und Eric erklärte ihr ruhig und ausführlich, was sich darin befand und was der Dom damit machen konnte. Es gab verschiedene Vibratoren, Dildos, Massagestäbe, Spielzeuge mit Elektrostimulation, Gerten, Rohrstöcke, Flogger und Peitschen aus verschiedenen Materialien. Karen war überfordert, eine klare Entscheidung zu treffen, sie kannte den Schmerz ja nicht, den Eric ihr mit den verschiedenen Schlagwerkzeugen geben konnte, und sie entschied sich am Ende mit einem klaren Tabu gegen die Rohrstöcke und die Elektrostimulation. Alles andere beließ sie bei einer Grenze.

„Wie sieht es mit Bondage aus? Darf ich dich fesseln?"

„Marc und Ron haben mich an das Andreaskreuz und auf den Bock gefesselt. Das war für mich in Ordnung“, gab sie zurück.

„Hast du sonst noch Fragen?“ Eric nahm Karen in den Arm, sah auf sie hinab, und sie hob den Kopf, um ihm in die Augen zu sehen.

„Im Moment nicht, das waren viele Informationen, die muss ich erst mal sacken lassen“, antwortete sie.

„Aller Anfang ist schwer. Ob dir etwas gefällt oder nicht, wirst du mit der Zeit wissen. Ich bin froh, dass du vieles auf die Seite deiner Grenzen gesetzt hast und dir und mir somit erlaubst, an diese Grenzen heranzugehen und – wenn es dir gefällt – auch darüber. Aber keine Sorge, dafür haben wir jede Menge Zeit.“ Eric senkte seinen Kopf, küsste sie und sah sie dann wieder an. Diesmal war sein Blick streng.

„Zieh dich aus, Karen“, befahl er.

Karen sah ihn irritiert an und bewegte sich nicht.

Er wartete einen Moment, ohne den Blick von ihr zu nehmen. „Hast du mich nicht verstanden?“, hakte er nach.

„Ja, doch, aber …“

„Aber was?“

„Ich war nicht darauf vorbereitet, dass du mit mir spielen willst“, sagte Karen schüchtern.

„Möchte ich aber, also zieh dich aus“, wiederholte er und ließ sie nicht aus den Augen.

Karen stand steif vor ihm, unschlüssig, was sie machen sollte. Eric gab ihr wieder einen Moment Bedenkzeit. Schließlich siegte ihre Neugierde. Sie öffnete den Knopf ihrer Hose, zog jedes Kleidungsstück langsam aus und legte alles auf den Boden.

Eric fixierte sie mit seinen Augen wie eine Raubkatze ihre nächste Mahlzeit.

„Sehr schön", lobte er sie, als sie nackt vor ihm stand. „Jetzt knie dich auf den Boden, leg deine Hände auf deinen Oberschenkeln ab, halte deinen Rücken gerade, und dann wartest du auf mich, bis ich wieder zurück bin."

„Wohin gehst du?", fragte sie ängstlich.

„Ich hole nur ein paar Dinge aus den Schränken und bin gleich zurück. Aber ab jetzt redest du kein Wort mehr, außer wenn ich dich etwas frage oder es dir erlaube. Und jetzt mach, was ich dir befohlen habe."

Karen schnaubte verächtlich. *Ich bin doch keine Marionette,* dachte sie.

„Was war das?", fragte er mit ruhiger, aber strenger Stimme.

Karen schluckte sichtbar.

Eric stand dicht vor ihr, hatte seine Augenbrauen hochgezogen und sah sie eindringlich an.

„Was meinst du?", fragte sie mit zittriger Stimme.

„Ich habe dir klare Anweisungen gegeben. Gefällt dir daran etwas nicht, weil du so schnaubst?"

„Es tut mir leid."

„Das wird es gleich, komm mit." Er nahm sie am Arm und schob sie bis zu einem Sessel, der keine Armlehnen hatte. Er setzte sich und zog sie mit einer fließenden Bewegung über seine Knie.

Sie versuchte, sich aufzurichten, aber weil ihr Arm noch nicht richtig verheilt war, gelang es ihr nicht. Eric klemmte sie so zwischen seinen Beinen ein, dass ihr nackter Po emporragte.

„Lass mich sofort los“, schrie sie und zappelte. Ein scharfer Klaps traf ihren Po und sie jaulte auf.

„Hör sofort auf, du tust dir nur selbst weh und nimmst mir mein Vergnügen, dir einen kleinen Einblick zu geben, was es bedeutet, wenn du mir nicht den nötigen Respekt erweist.“ Seine Stimme triefte vor Sarkasmus.

Er fing an, ihren Po zu kneten. Jeder Versuch von Karen, sich zu befreien, scheiterte. Er hatte sie mit seinen Beinen fest im Griff. Ihr Herz hämmerte wild in ihrer Brust.

„So, Prinzessin, das hier wird dein erstes richtiges Spanking“, sagte er ruhig, als der erste harte Schlag ihre linke Poseite traf.

„Au, verdammt! Hör auf, hör sofort auf“, schrie sie, aber er ließ sich nicht beirren und machte weiter.

Die Schläge prasselten in schneller Reihenfolge mal auf die rechte und mal auf die linke Seite ihres Pos, einige platzierte er am Übergang zu ihren Oberschenkeln, was Karen lauter schreien ließ. Sie keuchte, schrie und fluchte.

„Vergiss nicht, zu atmen“, riet er und schlug weiter auf ihren Po.

So verrückt es war, es machte sie stolz, der Grund für seinen harten Schwanz zu sein, den sie an ihrem Bauch spüren konnte. Dieses Gefühl veränderte etwas in ihr. Sie atmete tief ein und aus, lockerte ihre Muskeln und akzeptierte, was er tat. Sie wurde ganz weich auf seinen Beinen und wartete aufgeregt, was als Nächstes geschehen würde.

„So ist es gut, Karen, lass los und nimm deine Bestrafung an", sagte er und seine Schläge hörten auf.

Karen schnaubte erleichtert, und Eric lachte leise, bevor er federleicht mit seinem Finger durch ihre nasse Spalte strich.

„Scheinbar hat dir das Spanking gefallen." Er nahm seinen Finger zurück und zeigte Karen, wie sein Finger von ihrer Feuchtigkeit glänzte.

Karen drehte ihren Kopf zur Seite und schloss beschämt ihre Augen.

Eric lachte erneut. „Der Schmerz hat dich erregt, kein Grund, sich dafür zu schämen." Er führte seinen Finger erneut zwischen ihre Schenkel, verteilte ihre Nässe über ihre Klit und massierte sie.

Karen griff mit ihren Händen fest in sein Hosenbein. Sie war erregt, wollte sich ihm entgegenpressen, um mehr von diesem herrlichen Gefühl, das er ihr schenkte, zu spüren, und wand sich vor Lust auf seinen Beinen. Er rieb immer schneller und fester über ihre Klit, schnippte mit seinem Finger dagegen und Karen stöhnte laut auf. Ihr Becken zuckte, ihre Muskeln zitterten leicht, sie stand kurz vor einem Orgasmus.

Eric hörte sofort mit der Stimulation auf, versagte ihr den erlösenden Orgasmus und gab ihr einen letzten Klaps auf ihren Po. Karen wimmerte frustriert. Er half ihr hoch und setzte sie auf seinen Schoß. Sie wollte sich von ihm losreißen, aber er hielt sie eisern fest.

„Lass mich sofort los!“, keifte sie mit hochrotem Kopf. Sie war so aufgewühlt, dass sie nach ihm schlagen wollte, aber er ergriff ihre Hände und hielt sie eisern auf seinem Schoß gefangen.

„Ich lasse dich erst los, wenn du dich beruhigt hast“, sagte er und sie schnaubte vor Wut.

„Du bist so ein mieser Affe“, brüllte sie und fing an, zu weinen.

Er lockerte seinen Griff und legte beschützend die Arme um sie. Karen schmiegte sich an seine Halsbeuge. Leise schniefend wurde sie langsam ruhiger.

„Was hat dich so wütend gemacht?“, fragte er und nahm ihr Gesicht in seine Hände.

Beschämt sah sie an ihm vorbei.

„Karen, wenn das zwischen uns funktionieren soll, musst du mit mir reden.“

„Ich habe gesagt, dass du aufhören sollst, aber du hast einfach weitergemacht. Dann hat es mir doch gefallen und du hast aufgehört“, warf sie ihm vor.

„Du weißt doch, dass mich ein Nein, deine Schreie oder deine Tränen nicht stoppen. Du hättest aber Gelb oder Rot sagen können. Es hat dir jedoch gefallen, und ich glaube, du bist so aufgewühlt, weil du noch nicht bereit bist, deine devote

Neigung zu akzeptieren, und weil in deinem Kopf jetzt ein kleines Chaos herrscht."

Er hatte recht, sie hatte ein Problem mit ihren Gefühlen. „Es tut mir leid, dass ich mich so aufgeführt und versucht habe, nach dir zu schlagen", flüsterte sie.

„Du musst loslassen und versuchen, nicht so viel zu denken und nicht so viel infrage zu stellen. Versuch, zu akzeptieren, dass du devot bist und das Spiel dir Spaß macht. Es ist okay", sagte er und küsste sie zärtlich.

Karen wischte die letzten Tränen mit ihren Fingern von ihrem Gesicht und nickte ihm zu.

„Auf den miesen Affen komme ich ein anderes Mal zurück. Während einer Session haben deine Taten Konsequenzen", sagte er ernst. „Bist du bereit, dich mir noch mal zu unterwerfen, dich mir hinzugeben und zu machen, was ich dir befehle?"

„Ja", sagte sie schüchtern.

„Wenn du dir noch unsicher bist, ist das nicht schlimm. Wir haben alle Zeit der Welt, um das, was wir besprochen haben, umzusetzen. Wir werden dann sehen, in welche Richtung es gehen kann und wo es endet. Brennt dein Po noch?", fragte er, grinste frech und Karen nickte. „Gut, leg dich über den Bock!", befahl er und stellte sie auf die Füße.

„Du willst mir noch mehr wehtun?"

„Karen, geh zum Bock, bitte." Seine Stimme war weich, und ihre Anspannung löste sich etwas.

Sie ging langsam auf den Bock zu und blieb zittrig davor stehen.

Eric trat von hinten an sie heran, küsste sie hinter ihrem Ohr, beugte sie nach vorn und flüsterte: „Vertrau mir, Prinzessin."

Ergeben legte sie ihren Kopf auf das weiche Leder.

Eric stand seitlich neben dem Bock und strich mit seiner Handfläche ihren Rücken hinunter, über ihren geröteten Po, den er jetzt massierte und damit das Brennen wieder aufflackern ließ. Karen wimmerte.

„Ich lege dir jetzt die Hand- und Fußfesseln an und du bleibst still liegen", sagte er und ging hinter ihr in die Hocke, um die Manschetten um ihre Fußgelenke zu legen und zu verschließen. Er kam wieder hoch, ging um den Bock herum und machte dasselbe mit ihren Händen.

„Ich hole kurz etwas, bin sofort wieder bei dir", versprach er und war kurz aus ihrem Sichtfeld verschwunden.

Sie konnte aber seine Schritte im Raum hören. Karens Atem kam stoßweise, sie war aufgeregt und hatte zugleich Angst.

Wenige Sekunden später stand Eric wieder hinter ihr. Mit seinem Zeigefinger fuhr er an ihrem Po hinunter, bis er ihre Pussy erreichte. Sie war immer noch feucht, und er führte seinen Finger vorsichtig in ihren Spalt, zog ihn ein Stück zurück und ließ ihn dann erneut tief in sie gleiten. Dies wiederholte er minutenlang, bevor er einen weiteren Finger hinzunahm und seine Stöße intensivierte.

Karen stöhnte leise, und ein schmatzendes Geräusch, das seine Finger erzeugten, war zu hören. Er nahm seine Finger fort und führte etwas Größeres und Kaltes an ihren Eingang. Sie zuckte zusammen.

„Nicht bewegen", sagte er streng und schob den Gegenstand mit leichtem Druck ein Stück in sie hinein. Es fühlte sich wie kaltes Metall an, die Größe dehnte sie.

„Oh", stöhnte Karen.

Eric ließ sich Zeit, sie konnte jeden Zentimeter spüren, den er damit passierte. Zwischendurch zog er das Ding wieder etwas zurück, nur um es tiefer in sie gleiten zu lassen. Karen versuchte, ihr Becken anzuheben, sie wollte das, was er in sie schob, noch intensiver spüren.

Eric versetzte ihr einen Klaps auf ihre rechte Poseite. „Still liegen bleiben, habe ich gesagt", sagte er streng.

Karen sog zischend die Luft ein, weil die Stelle noch von dem vorherigen Spanking empfindlich war.

„Das war eine Warnung. Bewegst du dich noch mal unerlaubt, erneuere ich das Brennen auf deinem Hintern. Hast du das verstanden?"

„Ja", zischte Karen und seine Hand klatschte erneut auf ihren Po. „Ahh", schrie sie.

„Etwas leiser, bitte", sagte er, griff wieder zwischen ihre Beine und zog das Metallteil ein Stück heraus, um es dann schnell und tief wieder vorzuschieben.

Karen keuchte und spannte alle Muskeln an, damit sie sich nicht versehentlich bewegte.

„Das machst du sehr gut“, lobte er sie. „Mal sehen, wie weit deine Beherrschung reicht.“

Plötzlich vibrierte es tief in ihr. Karen biss ihre Zähne fest zusammen, um nicht laut zu schreien, so gut fühlte es sich an.

„Das, was du in dir spürst, ist ein Metallvibrator mit fünfzehn Vibrationsstufen. Im Moment steht er auf Stufe drei, jede Minute schalte ich eine Stufe höher. Ich erwarte, dass du nicht eher kommst, bis wir bei zehn angekommen sind, verstanden?“

„Ja“, wimmerte sie und konnte sich nicht vorstellen, wie sie das aushalten sollte.

Die Minuten verstrichen, die Vibration stand jetzt auf Stufe acht und Karen brach der Schweiß aus. Der Orgasmus stand kurz bevor. Sie ballte die Hände zu Fäusten, presste ihre Lippen zusammen, spannte ihre Vaginalmuskeln an, um die Wellen zurückzuhalten. Ihr Körper zitterte vor Anstrengung. Stufe neun. Sie wimmerte laut, als sie spürte, dass Eric mit seiner anderen Hand unter sie fasste und anfing, ihre Schamlippen zu massieren; gelegentlich strich er dabei über ihre Klitoris.

Die zusätzliche Stimulation brachte sie über die Grenze, wo sie den Orgasmus nicht mehr aufhalten konnte. Sie spürte den nahenden Orgasmus tief in ihrem Unterleib.

„Komm nicht, Karen, wir sind erst bei Stufe neun", ermahnte er sie und rieb fester über ihre Klit.

Dieser Satz stieß sie unaufhaltsam ihrer Erlösung entgegen. Karens gesamter Körper zuckte unkontrolliert, sie schrie und stöhnte den gewaltigen Orkan, der in ihr wütete, in den Dungeon hinaus.

„Karen, Karen", sagte Eric theatralisch, während er den Vibrator aus ihr zog und beiseitelegte. Er ging um den Bock herum, hockte sich vor sie und sah sie gespielt mitleidig an.

Karen lag völlig ermattet auf dem Bock.

„Du warst so nah dran, meinem Befehl bis zum Ende Folge zu leisten." Er strich ihr eine Haarsträhne aus dem Gesicht. „Leider hat dein Ungehorsam Konsequenzen."

Karen sah ihn ängstlich an. Sie war völlig erschöpft und ihr Po brannte immer noch leicht.

„Was mache ich nur mit dir?" Nachdenklich sah er sie an.

Karen erwiderte seinen Blick, blieb aber stumm. Ohne eine Antwort löste er ihre Handfesseln, kam hoch, ging um sie herum und befreite auch ihre Beine von den Fesseln. Er half ihr, sich aufzurichten, griff nach dem Metallvibrator, bevor er einen Arm um ihre Taille legte und sie in den Raum führte, in den auch Marc sie damals geführt hatte.

„Leg dich mit dem Rücken auf das Bett", wies er sie an.

Karen krabbelte auf die Matratze und ließ sich auf den Rücken fallen.

Eric lachte. „Sehr elegant."

Sie sah ihn misstrauisch an. „Was hast du vor?"

„Erst mal werde ich dich jetzt ficken."

Er zog seine Schuhe und seine Kleidung aus, kam zu ihr auf das Bett und küsste sie. Sie konnte seinen harten Schwanz an ihrem Bauch spüren. Seine Hand glitt zu ihrer Klit, die noch empfindlich und geschwollen war. Karen wimmerte bei der Berührung. Er löste sich von ihr, nahm ein Kondom vom Nachttisch, rollte es über seinen prallen Schwanz und versenkte sich mit einem kräftigen Stoß tief in ihr.

Sie hörte ihn laut stöhnen, und das erweckte auch ihre Erregung von Neuem. Eric fickte sie mit harten Stößen und sie kam ihm mit ihrem Becken entgegen.

„Fuck, Karen", stöhnte er und erhöhte das Tempo.

Er rieb über ihren G-Punkt, stieß so fest in sie, dass es fast schmerzte, und dieses Gefühl schubste sie in einen weiteren Orgasmus. Sie bebte und zuckte und schrie, als sie erneut kam. Ihre Vaginalmuskeln massierten seinen Schwanz und er kam fast zeitgleich mit ihr.

Er rollte sich zur Seite, zog das Kondom von seinem Schwanz, verknotete es und warf es neben das Bett in einen Mülleimer. Dann drehte er sich wieder zu ihr und tippte mit dem Finger an ihre

Klit. Karen zuckte zusammen und sah ihn an.

„So empfindlich“, sagte er, kam über sie und setzte sich rittlings auf ihre Beine. „Streck deine Arme nach oben“, befahl er und Karen machte, was er sagte.

Er griff nach dem Metallvibrator, den er zuvor mitgenommen hatte, und stellte ihn auf die höchste Stufe. Noch bevor Karen reagieren konnte, drückte er mit einer Hand ihre Handgelenke auf die Matratze, hielt sie so unter sich gefangen, und presste den Vibrator auf ihre Klit.

Karen quiekte laut, dieser extreme Reiz der Vibration war zu viel für ihre geschwollene Perle. Sie versuchte, sich mit aller Kraft zu befreien, aber Eric hielt sie eisern fest.

„Ich hatte dir eine Konsequenz versprochen. Du kommst noch einmal. Du darfst schreien und deine Augen schließen, aber ich höre nicht auf, bevor ich sehe, wie deine heiße Pussy für mich zuckt.“

Karen kniff die Augenlider zusammen, sie hatte das Gefühl zu zerreißen, weil die Vibration so intensiv war und sich wie tausend Nadelstiche auf ihre Klit anfühlte. Sie atmete hektisch, schrie und jammerte, bis ihr Becken zuckte. Innerhalb weniger Sekunden jagte ein weiterer Orgasmus durch ihren Körper, der ihr Tränen in die Augen trieb und sie wimmern und schluchzen ließ.

Erich ließ sie los und stellte den Vibrator aus. „Das hast du sehr gut gemacht“, lobte er sie und ließ sie frei. Er legte sich zu ihr und zog sie fest in seine Arme.

Sie sah ihn mit Tränen im Gesicht an und lächelte. Eric küsste jede einzelne Träne fort.

Karen ging zum Duschen in ihr Zimmer. Sie bat Eric um etwas Zeit allein und wollte sich ausruhen.

Eric nutzte die Dusche im Dungeon und ging anschließend zu den anderen in die Scheune. Er öffnete die knarzende Tür und sah, wie Marc und Ron an einem Tisch standen, auf dem ein Bauplan lag, und diskutierten.

Beim Geräusch der Tür sah Ron auf. „Eric, komm rein. Wie ist es mit Karen gelaufen?"

„Die Hütte gefällt ihr", sagte er grinsend.

„Sehr witzig."

„Es läuft gut", fügte er mit wenig überzeugender Stimme hinzu.

Marc sah jetzt ebenfalls auf und legte die Pläne beiseite. „Was ist los?", fragte er.

„Ich habe gewaltige Angst, dass ich sie überfordere. Ich möchte sie nicht verletzen", sagte er und rieb sich über das Gesicht.

„Hast du das Gefühl, dass du zu weit gegangen bist?"

„Nein."

„Wirkte sie verletzt oder überfordert?"

„Nein, nur unsicher."

„Du bist verliebt", mischte sich Ron ein und Eric lachte verhalten. „Du darfst es einfach nicht versauen“, sagte Ron lachend.

„Super Tipp, mehr davon!“, blaffte Eric ihn an.

„Gib ihr und dir genügend Zeit, euch richtig kennenzulernen“, riet Ron.

„Karen ist in dich verliebt, Eric. Das kann jeder sehen. Ihr werdet das schon hinbekommen“, ermunterte Marc ihn und klopfte ihm freundschaftlich auf den Rücken.

„Ich hoffe es. Danke, Jungs, wir sehen uns später“, erwiderte Eric, stand auf und ging.

# Kapitel 11

Es waren schon zwei Wochen von Karens Urlaub verstrichen. In einer Woche wollten sich Ron und Valerie das Ja-Wort geben. Karen konnte sehen, wie Valerie von Tag zu Tag aufgeregter wurde. Es gab noch so viel, was erledigt werden musste. Karen war oft unterwegs und machte Besorgungen für Valerie. Eric war oft bei seinem Elternhaus, um den Fortschritt der Renovierungsarbeiten zu begleiten.

Am frühen Nachmittag rief Valerie aus der Klinik bei Karen an. Sie wollte sie an den Termin für die Kleideranprobe erinnern.

„Wie sollte ich denn den Termin vergessen? Ich werde pünktlich da sein“, sagte Karen zu ihr, atmete tief durch und legte auf.

Die Anprobe sollte in der kleinen Modeboutique stattfinden, in der Valerie ihr Brautkleid ausgesucht hatte. Karen graute es vor dem Termin. Im Nachhinein bereute sie jetzt, dass sie Valerie die Erlaubnis gegeben hatte, ihr ein Kleid auszusuchen. Valerie hatte, im Gegensatz zu ihr, eine traumhafte Figur und konnte alles tragen.

Zu der Anprobe waren noch die zwei anderen Brautjungfern eingeladen: Sharon und Olivia. Sharon kannte sie von einer Session mit Marc und ihrem Ehemann. Sie war eine kleine Amazone, sehr sportlich und hatte schwarze Haare bis zum Po. Olivia war eine Arbeitskollegin von Valerie.

Vor der Boutique angekommen, bekam Karen feuchte Hände und zögerte, bevor sie die Tür aufstieß. Die anderen waren schon da und stießen gerade mit einem Glas Sekt an.

Als Valerie Karen entdeckte, kam sie freudestrahlend auf sie zu. „Da bist du ja, komm, stoß mit uns an." Sie nahm Karen am Arm und stellte ihr Olivia vor.

Die Stimmung unter den Frauen war ausgelassen und alle verstanden sich auf Anhieb. Die Besitzerin der Boutique kam dazu und forderte die Gruppe auf, nach hinten zu gehen, wo sie die Kleider für die Anprobe aufgehängt hatte.

Karen wurde immer unruhiger und Valerie bemerkte die Veränderung sofort. „Karen, alles gut?"

„Ja, alles gut."

„Glaube ich nicht."

„Bist du sicher, dass ein Kleid die richtige Wahl für mich ist?", fragte Karen und steckte ihre Hände in die Taschen ihrer Hose.

„Jetzt kränkst du mich aber. Meinst du, ich hätte nicht das perfekte Kleid für dich gewählt? Du wirst super aussehen, vertrau mir. Komm!", sagte sie, und wenig überzeugt folgte Karen der Gruppe.

Olivia und Sharon sollten beide das gleiche Kleid aus luftiger gelber Seide tragen, mit einem Halstuch aus Chiffon und kleinen Kristallen, die überall am Oberteil verteilt waren und funkelten.

Karen rutschte nervös auf dem Stuhl herum, als

die Inhaberin ein weiteres, wunderschönes Kleid vom Ständer nahm. Es war ein dunkelblaues Kleid in einer A-Linie mit einer Korsage. Hellblaue und silberne Akzente schimmerten durch den Tüll des Rockes und ein schmaler, mit funkelnden Steinen besetzter Gürtel rundete es ab. Karens Augen leuchteten.

„Karen, du bist dran!" Valerie stupste sie an den Arm.

Karen sah sie überrascht an, stand auf und ging in die Umkleide. Die Frauen warteten gespannt auf ihren Anblick. Als Karen aus der Umkleide trat und sich im Spiegel sah, riss sie erstaunt ihre Augen auf. Der Schnitt des Kleides verdeckte ihre Problemzonen und betonte ihren Busen und ihre Taille. Die dunkle Farbe passte perfekt zu ihrem Haar.

„Was sagst du, Karen?", fragte Valerie und sah die Freundin neugierig an.

„Es ist wundervoll, Val, danke." Karens Augen waren feucht.

„Ich wusste, dass es dir gefallen wird. Ich habe es gesehen und wusste, das ist dein Kleid!"

Karen strahlte mit den Glitzersteinen um die Wette. Es war eine erfolgreiche Anprobe und freudestrahlend stießen die Frauen miteinander an.

„Kommt, Mädels, ich lade euch zum Essen ein", rief Valerie und klatschte in die Hände.

Die Frauen zogen sich um und verließen die Boutique. Gemeinsam fuhren sie mit einem Taxi zu *Paolo,* einem kleinen italienischen Restaurant, und feierten bis spät in den Abend.

Am nächsten Morgen wollte Karen zu Eric fahren. Er hatte das Landhaus sehr früh am Morgen verlassen, als sie noch schlief, und war zu seinem Haus gefahren. Er wollte sie später dort treffen, um es ihr zu zeigen, denn die Renovierungsarbeiten waren so gut wie abgeschlossen.

Kurz bevor sie das Landhaus verlassen wollte, bekam sie eine Nachricht von ihm.

*Ich erwarte dich in fünfzehn Minuten und rate dir, pünktlich zu sein. Ich möchte außerdem, dass du kein Höschen trägst!*

Karen starrte auf ihr Handy. Sie las die Nachricht noch einmal und dachte an die Strecke zu seinem Haus. Es war unmöglich, in fünfzehn Minuten dort zu sein, das wusste er genau. Adrenalin schoss in ihre Venen, sie atmete schneller und in ihrem Körper kribbelte es. Sie ging schnell zurück in ihr Zimmer, streifte Schuhe und Jeans ab, zog ihren Slip aus, dann Jeans und Schuhe wieder an.

Es war ein merkwürdiges Gefühl, unter der Jeans nackt zu sein. Sie fühlte sich nicht besonders wohl, dennoch wollte sie dieser Anordnung nachkommen, weil die Vorstellung, was sie erwarten würde, auch aufregend war. Schnell ging sie in Richtung Tür.

Auf der Treppe kam ihr Ron entgegen, und aus irgendeinem Grund hatte Karen das Gefühl, dass man ihr ansah, dass sie keinen Slip trug.

„Viel Spaß“, sagte er grinsend und ging an ihr vorbei.

Obwohl sie sich beeilt hatte, waren seit der Nachricht schon zwanzig Minuten vergangen, als sie beim Haus ankam. Eric stand bereits wartend vor der Tür.

Sie atmete tief durch, ihr Herz fing an zu rasen. Ihre Hände wurden feucht. Angespannt stieg sie aus dem Wagen und trat auf ihn zu. „Du hast gewusst, dass ich es nicht pünktlich schaffen kann.“

„Sei still.“ Eric hob mahnend seine Hand, seine Stimme war kühl, streng.

Karen wich einen Schritt zurück. Mit zittrigen Beinen stand sie auf dem Rasen und starrte ihn an.

„Ins Haus mit dir, sofort!“, setzte er nach, aber Karen rührte sich nicht. Am liebsten wäre sie davongelaufen.

„Wenn ich dich holen muss, wirst du es sehr bereuen“, sagte er.

Ihre Atmung kam stoßweise, sie wischte ihre feuchten Hände an der Hose ab. Ganz langsam setzte sie einen Fuß vor den anderen und ging in seine Richtung. Er trat beiseite, damit sie in das Haus gehen konnte. Sie stand bebend im Flur und wartete, dass er zu ihr kam. Als er das Haus betrat, fiel die Tür hinter ihm ins Schloss und sie zuckte zusammen.

Eric fasste sie am Arm und führte sie weiter ins Wohnzimmer. Im Kamin knisterte ein Feuer. „Ich hoffe, dass du wenigsten in der Lage warst, meinen zweiten Wunsch zu erfüllen?", fragte er, strich an ihrer rechten Seite entlang zum Bund der Jeans, öffnete den Knopf und den Reißverschluss. Seine Hand glitt unter den Stoff und ein zufriedenes Lächeln umspielte seinen Mund.

„Gut für dich. Zieh dich aus, knie dich hin, Gesicht zum Kamin", sagte er ruhig und sah ihr in die Augen.

Karens Herz klopfte in ihrer Brust, sie war nervös und aufgeregt. Mit zittrigen Fingern legte sie ein Kleidungsstück nach dem anderen ab, ging auf die Knie und starrte in die Flammen des Kamins.

Eric umrundete sie. Er strich über ihre Schulter und eine Gänsehaut breitete sich auf ihrem ganzen Körper aus. „Sieh mich an."

Karen legte den Kopf in den Nacken und blickte nach oben.

„Für deine Verspätung werde ich mir eine angemessene Bestrafung ausdenken, aber da war ja noch die Sache mit dem miesen Affen", stellte er fest und sein Gesichtsausdruck war völlig emotionslos. „Beug dich nach vorn und leg deinen Kopf auf dem Boden ab."

Er trat einen Schritt zur Seite, damit sie genügend Platz hatte, und zog einen Hocker, der neben ihm stand, heran.

Sie kam seiner Aufforderung verunsichert nach. Ihr Po ragte in dieser Position nach oben und Karen konnte ihren eigenen Herzschlag hören. Sie versuchte, ihre Atmung unter Kontrolle zu bringen.

Eric trat hinter sie, setzte sich auf den Hocker und fing an, ihren Po sanft zu streicheln. Sie glaubte, dass er ihr anschließend den Po versohlen wollte, und entspannte sich etwas.

„Du hast wirklich einen fantastischen Arsch, Prinzessin“, stellte er fest und zog mit den Fingern kleine Kreise auf ihrem Po. „Zieh deine Pobacken auseinander. Ich will auch hier alles von dir sehen.“

Karen keuchte auf. Das Zittern in ihr wurde stärker. *Hatte er etwa vor, sie dort zu berühren?* Sie ballte ihre Hände zu Fäusten, um sich davon abzuhalten, empört aufzuspringen.

„Sofort. Oder du sagst dein Safeword, deine Wahl.“

Verzweiflung machte sich in ihr breit und Tränen verschleierten ihre Sicht. Nicht zu wissen, ob er sie dort berühren wollte oder was er sonst mit ihr vorhatte, ängstigte sie. Sie liebte ihn, wollte ihm vertrauen, und dennoch blieben immer Zweifel, ob er ihr nicht doch zu viel zumuten könnte. Das Safeword sagen wollte sie nicht, weil er eigentlich nichts machte, was wirklich schlimm für sie war. Hin- und hergerissen, eine Entscheidung zu treffen, legte sie ihre Hände an ihren Po. *Du kannst das,* redete sie sich Mut zu, kniff ihre Augen fest zusammen und zog die Pobacken auseinander.

Eric legte eine Hand oberhalb ihres Pos auf ihren Rücken. „So ist es perfekt, Prinzessin. Atme und vertraue mir."

Karen atmete aus, denn sie hatte angespannt die Luft angehalten, und Eric ließ ihr einen Moment Zeit, um sich zu entspannen. Dann hörte sie, wie er etwas in die Hand nahm und öffnete. Es klang wie das Geräusch einer Cremetube, und im selben Moment spürte sie, wie etwas Kaltes über ihren Pospalt lief. Sie zuckte kurz, verharrte aber weiter in ihrer Position. Eric verteilte die Kühle auf ihrem Anus und Karen ruckte instinktiv zu Seite. Ein scharfer Hieb traf sie auf die linke Pobacke und Eric zog sie wieder in ihre Position zurück.

„Hör auf, ich will das nicht", jammerte sie.

„Du bleibst in dieser Position", sagte er bestimmend, und Karen wagte es nicht, sich zu rühren.

Die Tränen hinter ihren Augenlidern bahnten sich ihren Weg an ihren Wangen entlang auf den Boden, als sie begriff, was Eric vorhatte.

„Beruhig dich, Karen, es ist alles gut. Wir haben doch über anale Stimulation gesprochen. Schalte für einen Moment deine Gedanken ab und entspann dich. Ich werde dir nicht wehtun, versprochen", sagte er sanft.

Karen atmete zittrig ein und aus. Seine Worte halfen ihr, und sie ließ es zu, dass er weitermachte.

Eric umkreiste mit den Fingern ihren Anus, ließ sich Zeit, und Karen empfand seine Berührungen gar nicht mehr so unangenehm. Erst als sie spürte, dass er seinen Finger in ihren Anus einführen wollte, presste sie die Muskeln zusammen und nahm ihre Hände weg.

Er stoppte die Bewegung, nahm den Finger aber nicht fort. „Ich sagte, stillhalten." Seine Stimme war ruhig und leise, und er gab ihr einige Sekunden, um sich zu entspannen. „Vertrau mir, Prinzessin. Ich bin mir sicher, dass es dir gefallen wird, aber du musst dich entspannen."

Karen wimmerte leise. „Okay, ich versuche es", wisperte sie.

„Zieh deine Pobacken wieder auseinander."

Mit zitternden Fingern machte sie, was er von ihr verlangte. Erneut verteilte er Gel zwischen ihren Pobacken, umkreiste mit seinem Finger ihren Anus und schob ihn sanft, mit leichtem Druck ein Stück hinein. Er verharrte einen Moment, bis Karen sich an das Gefühl gewöhnt hatte. Langsam schob er seinen Finger weiter vor. Karen hielt die Luft an, denn es brannte ein wenig, und das war unangenehm. Eric griff um sie herum, sie spürte das Gel an ihrer Klit, als er mit dem Mittelfinger der anderen Hand darüberrieb. Er massierte sie, und das Gefühl vermischte sich mit dem Gefühl in ihrem Po.

Karen stöhnte leise und Eric führte seinen Mittelfinger zwischen ihre nassen Schamlippen. Er schob beide Finger weiter vor, zog sie ein Stück zurück, um sie erneut in ihren Anus und in ihre Pussy gleiten zu lassen.

„Oh!", keuchte sie überrascht.

„Sag mir, wie es sich anfühlt.“ Seine Stimme klang rau, es machte ihn offensichtlich an.

„Eben war es etwas unangenehm, aber jetzt fühlt es sich ganz gut an.“

„Meinen Finger in deinen Arsch gleiten zu sehen, lässt mich hart werden“, sagte er erregt und stieß mit seinem Mittelfinger schneller in ihren engen Gang und bewegte den anderen Finger leicht in ihrem Anus.

Karens Erregung wuchs stetig, und sie bewegte ihr Becken, um seinen Fingern entgegenzukommen. Sie stöhnte lauter, weil das Gefühl, das er tief in ihr erzeugte, das dieser kleinen Wellen, die einen beginnenden Orgasmus ankündigten, so intensiv war.

„Ich führe jetzt einen Plug ein. Bleib ganz locker, es wird dir gefallen“, versprach er. Er zog erst seinen Mittelfinger aus ihrer Pussy und dann den Finger aus ihrem Po.

Karen fühlte sich seltsam leer. Sie spürte erst das kalte Gel, und dann presste sich etwas Großes gegen ihren Hintereingang. „Nein, nicht, das ist zu groß“, klagte Karen und ruckte nach vorn.

„Es ist ein ganz kleiner Plug, kaum dicker als mein Finger, entspann dich“, sagte er und zog sie zurück. Erneut griff er um sie herum und rieb über ihre Klit und schob gleichzeitig den Plug an seinen Platz. „Gut gemacht“, lobte er sie.

Karen fühlte sich ausgefüllt, aber das Gefühl war auf eine ihr unbekannte Art angenehm und erregend.

Er half ihr auf die Beine, ging ein paar Schritte mit ihr und legte sie mit dem Oberkörper über die Lehne seiner Couch. „Ich will dich ficken, während der Plug in deinem hübschen Arsch steckt. Stütz dich mit deinen Armen auf der Sitzfläche ab."

Karen hörte, wie er eine Kondompackung aufriss, und fühlte, wie er seinen harten Schwanz zwischen ihre Beine führte. Er zog ihn mehrmals durch ihre nasse Pussy, ehe er sich mit einem Stoß in sie versenkte und laut stöhnte.

Karen keuchte und stöhnte gleichzeitig, denn sie hatte das Gefühl, zu zerreißen, so ausgefüllt fühlte sie sich. Er war tief in ihr und fickte sie langsam. Sein Schwanz glitt heraus und wieder hinein und berührte den empfindlichen Punkt in ihr.

„Geht es dir gut?"

„Mhm, ja!", stöhnte sie und Eric bewegte sich schneller.

Karen spürte die ersten Wellen eines Orgasmus tief in ihrem Unterleib, aber sie hatte das Gefühl, mehr zu brauchen, Erics Schwanz noch tiefer spüren zu müssen.

„Bitte fick mich härter", flehte sie.

Eric zog sich ein Stück aus ihr zurück, fasste an ihre Hüfte, zog sie seinem Schwanz entgegen und stieß fester zu; immer schneller und härter trieb er seinen Schwanz in ihre Pussy. Jeder ihrer Muskeln spannte sich an und sie schrie ihren Höhepunkt in den Raum.

Erst jetzt ließ auch Eric los, keuchte, stöhnte und ergoss sich in das Kondom. Sein lautes, grollendes Stöhnen hallte in Karen nach. Er richtete sich auf und zog seinen Schwanz aus ihr zurück. „Bleib noch einen Moment so liegen, ich entferne nur den Plug und entsorge das Kondom." Behutsam zog er den Plug aus ihrem Anus und ging in sein Badezimmer.

Kurz darauf war er wieder bei ihr, half ihr, sich aufzurichten, und ging mit ihr um die Couch herum. Er bat sie, sich auf die Couch zu legen. Liebevoll drapierte er ein Kissen unter ihrem Kopf, legte sich zu ihr, nahm sie fest in den Arm und küsste sie auf die Schläfe.

„Wie fühlst du dich?", fragte er.

„Müde und befriedigt", sagte Karen und lächelte.

„Darf ich anale Stimulation als Grenze auf deine Liste setzen, die wir vielleicht erweitern können?"

Karen schlug die Hände vor ihr Gesicht und wurde rot, weil sie sich schämte, dass es ihr so gut gefallen hatte.

Eric nahm ihr lachend die Hände vorm Gesicht weg. „Es hat dir gefallen. Das ist kein Grund, rot zu werden", sagte er schmunzelnd, küsste sie zärtlich und sie blieben eine Weile eng aneinandergekuschelt liegen.

„Bevor wir duschen gehen, wartet noch deine Strafe auf dich."

Sofort war Karen hellwach. Sie starrte ihm direkt in die Augen. *Das konnte er nicht ernst meinen*!

„Das ist unfair, ich konnte doch gar nicht pünktlich hier sein." Trotzig reckte sie das Kinn vor.

„Vier Schläge mit dem Paddle. Du wirst dich nicht wegdrehen und sie stolz ertragen. Kannst du das für mich machen?"

Tränen brannten hinter ihren Augenlidern, trotzdem nickte sie tapfer. Sie stand auf und stellte sich aufrecht hin.

Eric trat an sie heran, sah ihr tief in die Augen. „Beug dich vor, Hände an die Knie."

Karen machte, was er sagte, und wartete. Er ging zu seinem Wohnzimmerschrank und kam dann wieder zu ihr zurück. Er stand seitlich hinter ihr. „Bleib genau so stehen, nicht bewegen", wies er sie an.

Der erste Schlag landete auf ihrem Po und war nicht allzu fest. Sie atmete ruhig weiter und blieb in der Position. Der zweite war gemeiner und Karen zischte. Die letzten beiden Schläge folgten schnell hintereinander, waren schmerzhaft und Karen setzte einen Fuß nach vorn. Sie quiekte und wimmerte.

Eric warf das Paddle zur Seite, zog sie an der Schulter hoch und drehte sie zu sich um. In ihren Augen schimmerten Tränen.

„Du hast deine Strafe mit Stolz ertragen", sagte er voller Zuneigung.

Karen lächelte ihn verlegen an.

Eric legte eine Hand an ihre Wange. „Die Session ist vorbei, wir gehen jetzt duschen, ziehen uns an und danach führe ich dich durch mein Haus."

# Kapitel 12

Nur noch ein Tag bis zur Hochzeit. Um sechs Uhr morgens klopfte es laut an Karens Zimmertür und Valerie kam wie ein aufgescheuchtes Huhn hineingestürmt.

„Aufstehen, Langschläferin, es gibt viel zu tun!“, rief sie und wollte ihr gerade mit Schwung die Bettdecke wegziehen, als sie im fahlen Licht der Morgensonne zwei Paar Füße sah, die unter der Bettdecke hervorguckten. Sie riss die Augen auf, machte auf dem Absatz kehrt und wollte das Zimmer schnell wieder verlassen.

„Stehen bleiben!“, schallte Erics Stimme durch den Raum.

Abrupt blieb Valerie stehen. Langsam drehte sie sich um und lächelte ihn unschuldig an. „Guten Morgen, Eric.“

Karen zog ihren vor Scham roten Kopf ein. Zwischen ihren Beinen pochte es noch von Erics Zunge, die sie bis vor wenigen Sekunden dort gespürt hatte. Stumm zog sie die Decke höher und versteckte ihr Gesicht.

„Was zum Teufel hat dich geritten, hier so reinzupoltern?“, fragte er mit bedrohlich leiser Stimme und Valeries Lachen erstarb.

„Morgen ist meine Hochzeit, es gibt noch so viel zu erledigen. Ich brauche dringend Karens Hilfe“, versuchte sie sich zu verteidigen.

„Du machst seit Tagen alle wahnsinnig, Valerie.

Was du brauchst, ist ein roter Arsch! Ich rede später mit Ron, denn wir finden in deinem straffen Zeitplan sicher noch ein paar Minuten, um dir den Po zu versohlen.“ Er grinste gemein und Valerie schluckte sichtbar.

„Geh jetzt. Karen wird dir in einer Stunde zur Verfügung stehen.“

Karen streckte ihren Kopf unter der Bettdecke hervor und sah ihn erstaunt an. „Ist das so?“, fragte sie.

Eric hob die Augenbrauen. „Ich bin noch nicht fertig mit dir!“

Valerie machte schnell kehrt, ging raus und schloss die Tür hinter sich.

Eric steckte seinen Kopf wieder unter die Decke und begann, Karen erneut zu lecken, was ihr ein entzücktes „Oh!“ entlockte. Er saugte an ihre Klit und schnellte mit seiner Zunge darüber.

Karen spürte das Pochen, das von ihrer Klit tief in ihren Unterleib zog. Sie wollte ihm ihr Becken entgegenstrecken, aber Eric presste sie fest auf die Matratze und saugte so fest an ihrer Klit, dass es beinahe schmerzte und diese Stelle noch empfindlicher wurde. Er schob seine Zunge in ihre Pussy und ließ sie dort kreisen. Die Mischung aus Lecken und Saugen ließ Karen aufstöhnen.

Eric verwöhnte sie minutenlang, ehe er seine Zunge zurücknahm, die Decke zur Seite schlug, sich aufsetzte und zwei Finger in sie einführte. Mit schnellen Bewegungen stieß er seine Finger immer wieder in sie und sah sie an. Karen hielt sich an seinen Augen fest. Eric nahm einen weiteren Finger und dehnte sie, mit dem Daumen der anderen Hand massierte er ihre Klit. Karen kam seinen Fingern entgegen.

„Du bist so wunderschön, wenn du dich mir hingibst“, sagte er anerkennend.

„Oh Himmel“, keuchte sie, als er seine Finger krümmte und über ihren G-Punkt fuhr. Sein Daumen presste sich fest auf ihre Klit und massierte sie mit kreisenden Bewegungen. Karen konnte die ersten Muskelkontraktionen tief in ihrer Pussy spüren, und wenn er in dem Tempo weitermachte, würde es nicht mehr lange dauern, bis sie den Höhepunkt erreichte.

„Halte deinen Orgasmus noch zurück“, mahnte er, ohne die Bewegungen mit seinen Fingern zu verlangsamen. Eric verstärkte den Druck auf ihren G-Punkt, zupfte und rieb an ihrer Klit. Sie versuchte alles, um ihren Höhepunkt hinauszuzögern, aber als die ersten Wellen ihren Orgasmus ankündigten, wusste sie, dass sie nicht mehr in der Lage war, diesen aufzuhalten.

Eric kniff fest in ihre Klit, und Karen drückte den Rücken durch, kam seinen Stößen entgegen, ließ sich von seinen Fingern ficken, schrie, keuchte und bebte, als ihr Körper von ihrem Orgasmus erschüttert wurde. Eric hörte nicht auf, stieß seine Finger weiter in ihren engen Gang und reizte ihre bereits überempfindlich Klit. In Karens Unterleib pochte es, sie wand sich unter seinen Berührungen, aber er hörte nicht auf, sie weiter mit den

Fingern zu ficken. Karen schrie, zappelte, wollte ihre Beine schließen, um den starken Gefühlen zu entkommen, aber Eric saß zwischen ihren Schenkeln und stimulierte sie unerbittlich weiter. Ein weiterer Orgasmus brach über sie herein, stärker als der erste. Karen wurde schwarz vor Augen, so intensiv fühlte es sich an. Sie konnte nur schreien, um das Gefühl zu kompensieren.

Nur langsam kam sie wieder zur Ruhe, öffnete die Augen und sah direkt in Erics. Er sah voller Stolz auf sie hinab, streichelte sanft ihre Scham, beugte sich über sie und küsste sie innig.

„Was machst du nur mit mir?“, fragte Karen noch atemlos, als Eric sich neben sie legte.

„Ich lasse dich fliegen und fange dich auf“, antwortete er mit einem Lächeln.

Ermattet legte sie ihren Kopf an seine Brust und fuhr verträumt mit den Fingern über sein Tattoo am Oberarm. „Welche Bedeutung haben die Worte?“, fragte sie und sah zu ihm auf.

„Il vero amore non puó separer la morte. Das ist Italienisch und bedeutet so viel wie: Wahre Liebe kann der Tod nicht trennen.“

Karen nickte. „Valerie hat mir erzählt, warum du damals gegangen bist.“

Eric nickte, blieb einen Moment stumm, räusperte sich dann und sah zu ihr. „Ich habe Amber sehr geliebt. Sie trug unser Kind unter ihrem Herzen. Als ich sie verlor, hat es mich fast um den Verstand gebracht, ich konnte nicht mehr richtig leben ohne sie, alles war leer. Mittlerweile bin ich über ihren Tod hinweg und habe meinen Frieden damit geschlossen, aber sie wird immer einen Platz in meinem Herzen haben." Er schaute in den Raum, während er sprach, und Karen spürte, dass die beiden eine besondere Beziehung gehabt hatten.

„Wie war sie als deine Sub?", wollte Karen wissen und Eric lächelte.

„Amber war ein kleiner Teufel, sie hat jedem Dom die Stirn geboten, was nicht immer gut für sie war. Ron, Marc und ich haben sie sehr oft für ihre Vergehen bestraft."

Karen atmete geräuschvoll ein. „Ihr habt sie zu dritt dominiert?"

Eric nickte. „Du solltest besser aufpassen, was du machst, Prinzessin, sonst ereilt dich vielleicht das gleiche Schicksal", sagte er und wackelte mit den Augenbrauen.

Karen musste lachen. Die Vorstellung schreckte sie noch nicht mal ab. *So weit ist es jetzt also schon, einer reicht nicht mehr.*

„Los, raus mit dir, Valerie wird sonst noch zur Furie." Eric riss Karen aus ihren Gedanken und schubste sie unsanft an den Rand des Bettes.

Das Frühstück stand schon auf dem Tisch, als Karen und Eric in die Küche kamen. Ron und Marc saßen bereits am Tisch, und Valerie musterte ihren Teller, als ob die Weisheit des Tages darauf geschrieben stände.

„Was hast du angestellt, Val?", fragte Ron, der

sofort bemerkte, dass sie etwas zu verbergen hatte.

Aber Valerie blieb stumm.

„Nichts", kam Karen ihr zur Hilfe und Valeries Kopf ruckte hoch. Dann richteten sich vier Augenpaare auf sie.

„Wie es aussieht, möchtest du auch einen glühenden Po, bevor der Tag richtig angefangen hat!" Erics Stimme klang wie die des Teufels persönlich.

„Was habe ich denn jetzt wieder falsch gemacht?", fragte Karen und schob trotzig ihr Kinn vor.

Ron kam auf sie zu, musterte sie und seine Augen bohrten sich förmlich in ihre. Karen wäre gern auf die Größe einer Maus geschrumpft, so streng wirkte er in diesem Moment.

„Wir haben hier eine alte Regel in unserem Haus, die besagt, dass eine Sub sich niemals mit einer anderen gegen deren Dom verbünden sollte, weil sie für dieses Vergehen ebenfalls eine angemessene Strafe erhält."

Karen hielt erschrocken den Atem an.

„Sag mir, womit sich mein rothaariger Wirbelwind diesmal in die Scheiße geritten hat, und du wirst verschont."

Valerie sah mit einem flehenden Blick zu Karen. Sie hatte zwar keine Ahnung, um was es hier eigentlich gerade ging, aber sie entschied, der Freundin beizustehen, und überlegte nur kurz.

*Eine Strafe von Ron konnte nicht schlimmer sein als eine von Marc oder Eric.*

„Ich bin keine Verräterin!“, fauchte sie.

„Kommt mir irgendwie bekannt vor“, sagte Eric und alle Männer lachten fies.

„Aufstehen, Val“, befahl Marc, und Valerie stellte sich zu Karen, die an ihrem Oberteil zupfte.

„Eric und Marc, ihr kümmert euch um Valerie. Ich werde mich mit Karen beschäftigen.“ Rons Stimme war schneidend und beide Frauen holten geräuschvoll Luft. „Weißt du, Karen, Valerie mag es gar nicht, von Eric bestraft zu werden, und ich bin gespannt, wie wir beide harmonieren, weil du mich heute auch von einer anderen Seite kennenlernen wirst.“ Er baute sich vor ihr auf und sah bedrohlich auf sie herab.

Eric griff nach Valeries Arm und führte sie, gefolgt von Marc, aus der Küche. Karen konnte nichts gegen das aufsteigende Gefühl von Eifersucht machen, das in ihr hochkroch, als sie ihnen nachsah.

„Du bist nicht ganz bei der Sache, das ändern wir gleich!“, riss Ron sie aus ihren Gedanken, nahm sie am Arm und führte sie nach draußen in Richtung Scheune.

In Karen kochte es, weil Eric sie einfach alleingelassen hatte. Sie presste die Lippen fest aufeinander. *Warum bestraft Ron Valerie nicht?* Ihr Herz hämmerte. Das Gefühl der Eifersucht schlug in Wut um, und der Gedanke, dass Eric Valerie vielleicht intim berühren würde, steigerte die Emotion noch. Sie sollte nicht so fühlen, sie vertraute Eric, und Valerie war ihre Freundin, dennoch steigerte sie sich so in ihre Gedanken hinein, dass sie sich nicht mehr unter Kontrolle hatte. Noch bevor sie die Scheune erreichten, riss sie sich von Rons Arm los und schubste ihn.

Er kam nicht mal aus dem Gleichgewicht und sah sie irritiert an. Das steigerte ihre Wut weiter. Sie versuchte, ihn mit den Fäusten zu schlagen und nach ihm zu treten. Aber er packte sie mit Leichtigkeit und warf sie sich wie einen Mehlsack über die Schulter.

„Schluss jetzt!", befahl er und versetzte ihr einen unsanften Schlag auf den Po. „Was zur Hölle ist denn in dich gefahren?", fragte er, als er die Scheune betrat und Karen wieder auf die Füße stellte.

Er packte ihre Handgelenke und führte sie auf den Strafbock zu, der weiter hinten in der Scheune stand. Ohne zu zögern, drückte er sie darüber und fixierte ihre Hände, anschließend ihre Füße. Erst als sie sicher fixiert war, trat er in ihr Sichtfeld. „Mädchen, für die Aktion sollte ich dir so den Arsch versohlen, dass du morgen auf der Hochzeit nur stehen kannst!"

Karen drehte den Kopf zu Seite und fing an zu weinen. Sie ärgerte sich über sich selbst. Eric berührte ihr Herz mehr, als sie bisher gedacht hatte, das begriff sie in diesem Moment, weil sie nie zuvor eine solche Eifersucht verspürt hatte.

Ron ging vor ihr in die Hocke. „Sieh mich an, Karen", sagte er ruhig und sie drehte den Kopf zu ihm.

„Warum weinst du?“, fragte er und sah sie eindringlich an.

Karen schniefte wortlos vor sich hin.

„Ich mache erst weiter, wenn du ehrlich zu mir bist. Mir ist egal, wie lange das dauert.“

„Ich liebe Eric sehr, bin aber zu feige, ihm das zu sagen. Er soll mich bestrafen und lieben, nicht Valerie. Ich bin wütend auf ihn, weil er eben einfach gegangen ist, und auf mich selbst, weil ich dir gegenüber so reagiert habe. Jetzt zufrieden?!“, schniefte Karen und Ron sah sie einen Moment regungslos an.

„Ich habe einen Fehler gemacht. Wir alle helfen anderen Paaren und fassen auch andere Frauen an, wenn sie in der Szene neu sind und Hilfe brauchen. Aber wir sind nicht mit dem Herzen dabei. Es ist nicht von Bedeutung, auch nicht für Eric. Ich bin davon ausgegangen, dass er mit dir darüber gesprochen hat, als ich ihm Valerie anvertraut habe, aber an deiner Reaktion erkenne ich, dass du eifersüchtig bist. Es tut mir leid. Du musst mit ihm darüber reden. Sag ihm, was du für ihn empfindest, er wird es verstehen.“

Karen nickte und beruhigte sich. „Mir tut es leid, dass ich dich angegriffen habe.“

„Es sei dir verziehen“, sagte Ron und lächelte.

„Dann bestrafst du mich nicht?“, fragte sie hoffnungsvoll.

„Im Grunde haben wir beide eine Strafe verdient, du für deine unbedarfte Äußerung und ich für mein unüberlegtes Handeln, also sind wir quitt."

Karen atmete erleichtert aus.

„Geht es dir jetzt besser?", hörte sie eine Stimme aus Richtung Tür.

Erschrocken drehte Karen ihren Kopf und sah Eric, der langsam auf sie zukam.

„Eric, warum bist du hier?", fragte Karen, die jetzt gar nichts mehr verstand.

„Ich habe deinen Blick gesehen, als ich vorhin mit Valerie und Marc gegangen bin. In ihm lagen Wut und Traurigkeit. Es gefiel dir nicht und wir hätten darüber sprechen müssen."

Eric stellte sich neben Ron, der inzwischen aufgestanden war. Karen wendete den Blick ab und sah auf den Boden.

„Ich sehe mal nach meinem roten Teufel." Ron gab Karen einen Kuss auf ihr Haar, bevor er die Scheune verließ.

„Möchtest du mir etwas sagen, Karen?", fragte Eric, sah sie liebevoll an und Karen schluckte.

„Ich liebe dich, Eric. Ich habe Angst, dich zu verlieren. Es tut mir leid, wenn ich deine Erwartung, mich von Ron bestrafen zu lassen, enttäuscht habe." Bei ihren Worten kullerten Tränen aus ihren Augenwinkeln, die er zärtlich wegwischte.

„Es gibt nichts, was dir leidtun muss, und du hast mich auch nicht enttäuscht. Ich habe mit dir nicht über die Möglichkeit einer solchen Situation gesprochen, in der ich die Bestrafung einer anderen Sub übernehme oder als dritte Person bei einer Session dabei bin. Ich liebe dich auch, Karen, und hoffe, du kannst mir verzeihen."

Sie sah zu ihm hoch, lächelte und nickte erleichtert. „Dann gibt es also keinen Grund mehr, mich zu bestrafen?", fragte sie zaghaft.

„Wenn ich das eben richtig mitgehört habe, hast du Ron angegriffen und ich finde, für das Benehmen hast du eine kleine Strafe verdient, oder wie siehst du das?", sagte er und grinste sie an.

Karen ließ den Kopf sinken und nickte.

„Ich mache dich jetzt los. Du ziehst dich aus und legst dich wieder hin. Ich erwarte, dass du liegen bleibst und deine Strafe annimmst, dich nicht wegdrehst und mir vertraust", befahl er und eine Gänsehaut breitete sich auf ihrem Körper aus.

Er machte die Fesseln los. Karen zog sich aus und legte sich dann wieder über den Bock. Sie zitterte am ganzen Körper. Eric streichelte sanft an ihrem Oberkörper entlang, über ihren Rücken zu ihrem Po und wieder zurück. Er entfernte sich kurz, war aber sofort wieder bei ihr. Einen Moment war es ganz still. Plötzlich kitzelte er sie mit einem Gegenstand in Höhe ihrer rechten Brust, hinab zu ihrem Po. Karen nahm an, dass er eine Feder in der Hand hielt, konnte es aber nicht erkennen, weil er seitlich neben ihr stand.

Sie musste kichern und zuckte zur Seite, dann klatschte etwas leicht auf ihren Po. Es tat nicht wirklich weh, aber sie erschrak und hielt dann wieder still.

„Nicht bewegen, habe ich gesagt", sagte Eric, kitzelte sie auf der linken Seite, und Karen hatte

Mühe, stillzuhalten. Sie musste ein Prusten unterdrücken.

Er fuhr an ihren Waden hinauf zu ihrem Po. Es kitzelte so schlimm, dass sie leicht nach ihm trat und wieder kichern musste. Es half auch nicht, dass sie ihre Hand vor ihren Mund schlug, um das Kichern zu unterdrücken. Sofort landete ein weiterer Klatscher auf ihrem Po, etwas fester, aber es schmerzte immer noch nicht wirklich.

„So undiszipliniert", sagte Eric ironisch, wiederholte die Prozedur an ihrer anderen Wade, stoppte aber nicht an ihrem Po, sondern kitzelte sie überall.

Karen lachte, zuckte und wimmerte, bis sie anfing, nach Luft zu schnappen, weil sie vor Lachen keine mehr bekam.

„Eric, hör auf", flehte sie und sprang vom Bock. Sie versuchte, etwas Abstand zu ihm zu bekommen, aber er reagierte blitzschnell, packte ihren Arm und zog sie dicht an sich heran.

Er küsste sie stürmisch und sah sie danach an. „Ich liebe dich, Prinzessin", sagte er liebevoll.

„War das jetzt meine Strafe?", fragte Karen vorsichtig.

„Eine Strafe muss nicht immer schmerzvoll sein, wie du gerade festgestellt hast."

„Womit hast du mir auf den Po geklapst?"

Eric zeigte ihr eine Gerte mit einer herzförmigen Klatsche aus Leder und Karen musste lachen. „Wenn du mich damit fester geschlagen hättest, hätte ich jetzt ein rotes Herz auf meinem Po."

„Das stimmt, aber es hätte auch ordentlich gebrannt“, gab er zu bedenken.

Karen sah ihn sekundenlang an, ihr Herz klopfte schnell, so viel Liebe empfand sie in diesem Augenblick für ihn. „Ich will, dass du es machst. Ich will das Herz“, wisperte sie.

Erics Augen verengten sich, und Karen konnte das Feuer darin erkennen, das sie mit ihrem Satz ausgelöst hatte.

„Leg dich wieder über den Bock“, befahl er streng und Karens Herz legte einen Zahn zu und hämmerte immer aufgeregter in ihrer Brust. Sie ging zurück zum Bock und legte sich wieder darüber. Jeder Muskel war fest angespannt.

„Du musst dich entspannen, atme tief ein und aus, es ist nur ein Schlag.“

Karen holte tief Luft, und noch während sie ausatmete, holte Eric aus und versetzte ihr einen kräftigen Schlag mit der Gerte. Die Klatsche traf auf ihren Po und Karen presste die restliche Luft aus ihren Lugen.

„Au“, quiekte sie, als das Brennen einsetzte.

Eric kam zu ihr, half ihr vom Bock und führte sie ein paar Meter weiter zur hinteren Seite der Scheune. Dort stand ein alter Spiegel, der schon leicht blind geworden war. Eric drehte Karen, sodass sie ihren Po betrachten konnte, auf dem sich ein kleines rotes Herz abzeichnete. Sie strich darüber und spürte die leichte Schwellung ihrer Haut.

„Gefällt es dir?“, fragte Eric.

„Ja“, wisperte sie.

„Zieh dich an, Karen, du hast deine Strafe mutig und tapfer angenommen.“ Eric lächelte.

Valerie lag auf der Couch in Rons Armen, als Karen und Eric zurückkamen. Ihre Bestrafung schien schmerzhaft und schön gewesen zu sein, denn ihr Gesicht war noch verheult, aber sie lächelte, als sie Karen und Eric sah.

Plötzlich blickte sie zur Uhr. „Mist, in einer Stunde kommen das Zelt und die Stühle“, sagte sie, sprang wie von der Tarantel gestochen auf und rannte durchs Haus.

Alle blickten ihr amüsiert hinterher.

„Ron und ich müssen noch Möbel ausliefern. Das wollten wir gestern schon erledigen, aber der Auftraggeber konnte den Termin nicht einhalten. Schlechtes Timing, aber wir beeilen uns und sind in zwei Stunden zurück“, erklärte Marc, bevor er und Ron ebenfalls gingen.

Karen und Eric blieben allein zurück.

„Setz dich, Karen“, sagte Eric und grinste.

Karen sank auf die Couch und spürte das leichte Brennen von dem Herz auf ihrem Po. „Ich habe Herzschmerzen“, sagte sie und beide fielen in ein heiteres Lachen.

„Leg dich auf den Bauch und zieh die Hose ein Stück nach unten, ich will mir das Herz noch mal ansehen“, sagte er.

Karen machte, was er sagte, und er setzte sich zu ihr auf die Couch. Sanft strichen seine Finger über die rote Stelle auf ihrem Po. „Geht es dir gut, Prinzessin?“

„Sehr gut“, seufzte sie und Eric lächelte sie an.

Gegen Mittag brachte eine Firma das Zelt, Tische und Stühle und die Crew baute alles neben dem Landhaus auf. Valerie musste alles koordinieren und dafür sorgen, dass alles seinen richtigen Platz fand. Karen und Eric packten tatkräftig mit an.

Nach drei Stunden war alles aufgebaut, und als der Transporter vom Hof fuhr, wurden auch die Dekoartikel geliefert. Valerie besorgte Leitern, damit Karen und sie die Lichter und Girlanden am Zeltdach befestigen konnten. Eric kümmerte sich in der Zeit um die Stromversorgung und suchte im Haus nach Kabeltrommeln. Überall standen Kartons mit Tischdekoration und Blumenschmuck herum.

„Du hast wirklich an alles gedacht“, lobte Karen Valerie.

„Ich bin nur froh, dass bisher alles so reibungslos geklappt hat. Das Geschirr und der Kühlwagen für die Getränke kommen jetzt auch jeden Moment.“

Nachdem alle Lichter und Girlanden hingen, machten die Frauen eine kurze Pause. Es war herrlich warm und die Arbeit war anstrengend.

Karens Handy vibrierte und zeigte eine neue Nachricht an. Sie nahm das Handy aus ihrer Hosentasche, öffnete die Nachricht und las die Zeilen. Ihr Herz fing an zu rasen, ihre Hände wurden schweißnass.

„Keine guten Nachrichten? Du bist ganz blass“, sagte Valerie und musterte die Freundin besorgt.

„Ach so, nein, ich habe nur etwas falsch gelesen. Ich gehe kurz zur Toilette, bin gleich wieder zurück. Alles gut!“, winkte Karen ab.

Karen lief ins Haupthaus. Im Bad spritzte sie sich Wasser ins Gesicht, atmete tief durch und las den Text noch mal.

*Hey, Karen,*

*ich hoffe, diese Nachricht erreicht dich. Tom Watts wird mehrfache sexuelle Nötigung, Vergewaltigung und schwere Körperverletzung vorgeworfen. Er wurde mit sofortiger Wirkung entlassen. Angeblich hat er eine hohe Kaution gezahlt und befindet sich nun auf freiem Fuß. Er darf das Land nicht verlassen. Ich weiß nicht, was zwischen euch gelaufen ist, aber ich dachte, du solltest das wissen. Pass auf dich auf! Gruß, Elaine.*

Elaine war eine frühere Kollegin aus der Kanzlei von Michael Meyers.

Karen wurde schlecht. Alles fing an, sich zu drehen. Sie atmete mehrmals tief durch, und es dauerte einen Moment, bevor sie antworten konnte.

*Hey, Elaine,*

*ich danke dir für die Nachricht. Ich passe auf!*

Karen dachte kurz darüber nach, wer ihn angezeigt haben könnte. Sie verwarf den Gedanken aber schnell wieder, denn es spielte keine Rolle mehr. Sie wäre froh, wenn er im Gefängnis verrotten würde.

Tom hatte bestimmt kein Interesse daran, sie wiederzusehen. Er wusste ja nicht mal, wo sie war, also gab es auch keinen Grund, sich Sorgen zu machen.

Sie brauchte noch einen Moment, ehe sie sich wieder unter Kontrolle hatte, und machte sich noch etwas frisch, bevor sie wieder zu Valerie nach draußen ging.

„Alles in Ordnung mit dir?“ Besorgt schaute Valerie zu Karen rüber.

„Ja, alles gut. Mir war nur kurz übel. Ich habe wohl zu wenig getrunken. Es geht schon wieder. Wir können weitermachen.“

„Okay.“ Valerie nickte und erklärte Karen, wie sie die Tische dekorieren sollte.

Es waren runde Gestecke aus weißen und roten Rosen mit kleinen Efeuranken drumherum. Sie sahen auf den runden Tischen richtig edel aus.

Kurz nachdem alle Tische dekoriert waren, kamen Ron und Marc zurück. Ron pfiff anerkennend, weil die beiden Frauen ohne ihre Hilfe schon so weit gekommen waren. Wenige Minuten später stand auch Eric wieder in dem Zelt und hatte drei Kabeltrommeln dabei.

„Scheint ja gut zu laufen bei euch“, sagte er anerkennend.

„Eric, du darfst Karen bei euren Liebesspielen nicht so überfordern, sie hatte eben einen Schwächeanfall“, rief Valerie scherzhaft zu ihm rüber und Eric schaute auf Karen hinab.

„Sie übertreibt, es ist alles in Ordnung“, winkte

Karen ab und verdrehte die Augen.

„Du bist wirklich etwas blass um die Nase. Mach eine Pause und trink etwas mit Zucker, okay?“, meinte Eric und klang besorgt.

„Gut, ich trinke jetzt was, aber dann machen wir weiter.“

Zu fünft kamen sie viel schneller voran als zu zweit. Am späten Nachmittag gingen Ron und Marc in die Scheune und holten einen Torbogen, den sie für die Hochzeit gebaut hatten, um ihn an seinen Platz zu bringen. Valerie fing beinahe an zu weinen, als sie ihn sah. Er war komplett in Efeu gekleidet, dazwischen steckten weiße und rote Rosen. Oben am Bogen waren goldene ineinander verschlungene Ringe befestigt und an beiden Seiten waren weiße Schleifen befestigt.

„Er ist wunderschön, Ron“, rief sie und küsste ihn stürmisch.

„Hey, ich habe auch daran gearbeitet“, beschwerte sich Marc und alle lachten.

Valerie nahm auch ihn in den Arm und bedankte sich mit einem freundschaftlichen Kuss. „Ich danke euch allen für die Hilfe“, sagte Valerie und war überglücklich.

„Morgen früh kommt der Caterer, danach die Stylistin mit den Kleidern, um zwölf der Pfarrer, um die Zeremonie noch mal zu besprechen, dann kommen die Gäste, und wenn alles gut läuft, bin ich um sechzehn Uhr Mrs. Marshall“, stellte Valerie fest und strahlte mit der Sonne um die Wette.

„Wo schläfst du eigentlich heute Nacht, Ron?“, wollte Eric wissen.

Ron sah ihn fragend an.

„Sagt bloß, ihr habt alles bis ins kleinste Detail geplant, aber vergessen, dass der Bräutigam in der Nacht vor der Hochzeit nicht mit der Braut in einem Bett schlafen darf?“, fragte Eric lachend.

„Du hast recht, das haben wir wohl vergessen. Nicht schlimm, ich schlafe in deinem Zimmer, du bist ja eh bei Karen“, sagte er gelassen.

„Ach, und wenn ich das nicht will?“ Karen sah ihn aufmüpfig an.

Ron trat langsam auf sie zu und baute sich vor ihr auf. „Du bist ganz schön frech! Eric möchte sich bestimmt heute Abend mit dir beschäftigen. Soll ich ihm ein paar Tipps geben, was er mit dir machen könnte?“

„Eric kann bei mir schlafen, kein Problem“, winkte Karen nun gelassen ab.

„Dann hätten wir das ja geklärt“, sagte Ron, schlenderte an ihr vorbei und klopfte Eric auf die Schulter.

Mittlerweile war es Abend und alle hatten Hunger.

„Ich mache jetzt das Abendessen“, bestimmte Karen.

„Warte, ich helfe dir“, erwiderte Eric, legte den Arm um sie und gemeinsam gingen sie ins Haus.

Eric und Karen standen zusammen in der Küche und sie erteilte ihm Anweisungen, wie er das Gemüse für den Salat zu schneiden hatte, während sie die Steaks würzte. Eric Anweisungen zu geben gefiel ihr und sie wurde immer frecher.

„Die Tomaten sind viel zu dick geschnitten, das kannst du bestimmt besser“, feixte sie. „Das Dressing musst du noch abschmecken, sonst ist es fade.“

Karen wollte gerade die Steaks in die heiße Pfanne legen, als Ron in den Raum kam. „Lass mich das machen, Fleisch ist ein Männerding“, sagte er lachend und schob sie beiseite.

„Macho“, rutschte es ihr heraus.

„So, Prinzessin, jetzt ist das Maß voll. Ab mit dir in den Keller.“ Eric legte das Messer aus der Hand, mit dem er die Tomaten geschnitten hatte, drehte sich zu ihr um und sah sie eisig an. „Wer so um eine Session bettelt, sollte nicht länger warten müssen.“

Karen blickte zu Ron. „Entschuldigung“, murmelte sie und Ron lachte wissend.

Eric schob Karen aus der Küche und weiter zur Kellertreppe. „Ich bin gleich zurück, fangt nicht ohne mich mit dem Essen an“, rief er noch aus dem Flur, bevor er hinter Karen die Stufen zum Keller hinabstieg. Sie öffnete die Tür zum Dungeon, ging hinein und Eric folgte ihr. „Ausziehen! Stell dich mit dem Gesicht zur Wand an das Andreaskreuz.“

Karen zog ihre Kleidung aus und stellte sich wie gewünscht hin. Adrenalin schoss durch ihren Körper. Nicht zu wissen, womit er sie bestrafen würde, machte sie nervös und hibbelig.

Er fixierte sie an dem Kreuz, küsste ihren Nacken und tätschelte ihren Po. „Hier kannst du ganz in Ruhe über deine Vergehen nachdenken, Prinzessin. Ich gehe etwas essen, habe dich aber die ganze Zeit über die kleine Kamera, die wir nur für solche Fälle wie diesen hier benutzen, im Blick." Er zeigte in die Richtung, in der eine Kamera angebracht war, ging und ließ sie allein zurück.

„Du kannst mich doch nicht einfach hier so stehen lassen!", brüllte sie ihm nach und rüttelte an den Fesseln, die jedoch keinen Millimeter nachgaben.

„Eric, verdammt, komm zurück." Wut und Angst mischten sich in ihren Gedanken. Ihr Körper zitterte und jedes Geräusch ließ sie zusammenzucken. Die Haltung wurde mit jeder Minute, die verstrich, unbequemer. Sie hatte keine Ahnung, wie viel Zeit vergangen war, es fühlte sich ewig an. *Was, wenn er sie hier den ganzen Abend allein ließ?* Sie atmete schneller.

„Was macht deine Kleine?" Marc sah fragend zu Eric, der genüsslich und seelenruhig sein Steak aß.

Er blickte auf sein Handydisplay. Karen stand stocksteif am Andreaskreuz, ihr Rücken bewegte sich und ließ darauf schließen, dass sich ihr Brustkorb in schneller Reihenfolge hob und senkte. Sie war alles andere als entspannt.

„Sie ist viel zu verkrampft. Ich kann sie bis hier denken hören", sagte er scherzhaft und legte das

Handy beiseite.

„Ich gehe mal runter und sehe nach ihr“, entgegnete Marc, stand auf und ging in den Keller.

Karen atmete hastig, sie konnten sich nicht beruhigen. *Was ist, wenn Eric sie mit Isolation bestrafen wollte und sie stundenlang hier allein ließ, sie beobachtete und sein Vergnügen hatte? Aber warum sollte er das tun? Vielleicht schickt er auch Marc oder Ron? Aber das hätte er ihr bestimmt gesagt.* Diese absurden Gedanken schwirrten die ganze Zeit in ihrem Kopf umher.

Plötzlich ging die Tür auf und Schritte waren zu hören. „Eric, bist du es?“, flüsterte sie, aber es kam keine Antwort. „Eric, bitte sag doch was“, wimmerte sie verzweifelt.

Plötzlich legte jemand seine Hand auf ihre Schulter, und sie zuckte heftig zusammen, schrie überrascht auf und begann, hektisch zu atmen.

„Beruhig dich, Karen, ich bin es nur.“

„Marc“, weinte sie leise, als sie seine Stimme erkannte.

„Was ist denn los mit dir?“ Beruhigend strich er ihr über den Rücken.

„Du hast mich zu Tode erschreckt“, sagte sie vorwurfsvoll.

„Wir lassen eine gefesselte Sub nie ohne Aufsicht. Eric hat dir doch gesagt, dass er dich beobachtet. Was macht dich so panisch?“

„Warum hat Eric mich hier allein gelassen?“ Sie versuchte, den Kopf nach hinten zu drehen.

„BDSM ist eine Spielart, bei der es nicht allein um körperliche Züchtigung geht. Es gibt viel mehr. Unter anderem auch das Spielen mit psychischen Empfindungen wie Nervosität und Angst. Eric hat dich bestraft, indem er dich allein gelassen hat. Das hat dich verunsichert und Angst ausgelöst. Es gibt aber einen Unterschied zwischen erregender Angst und richtiger Angst. Wenn du bei einer Session wirklich Angst verspürst, sag dein Safeword und das Spiel ist vorbei. Ich mache dich jetzt los und bringe dich nach oben." Marc löste die Manschetten.

„Eric wird enttäuscht sein. Er möchte sicher nicht, dass du mich losbindest." Sie blieb an Ort und Stelle stehen und Marc lächelte sie an.

„Manchmal bist du, wie Amber war. Der gleiche kleine Sturkopf! Glaub mir, er wäre enttäuscht, wenn ich dich hier unten weiter deinen Gedanken nachhängen lassen würde. Du hattest Panik, und das geht weit über erregende Angst und Nervosität hinaus. Du bist an eine Grenze gekommen, die musst du nicht aus falschem Stolz überschreiten."

Karen löste sich vom Andreaskreuz, zog sich an und ging gemeinsam mit Marc wieder nach oben. Als sie die Küche betrat und in Erics Gesicht sah, ging sie weinend auf ihn zu. Er nahm sie in den Arm.

„Ist schon gut, Prinzessin. Du musst nichts für mich ertragen, was du nicht willst, und du musst lernen, dein Safeword zu benutzen, in Ordnung?" Er nahm ihr Gesicht in seine Hände und sah ihr tief in die Augen.

Sie nickte stumm.

Ron stand von seinem Platz am Tisch auf und trat an ihre Seite. „Dieses eine Mal vergebe ich dir dein loses Mundwerk. Beim nächsten Mal werden dich deine Tränen nicht retten. Jetzt setz dich an den Tisch und iss!“, befahl er und ging zurück an seinen Platz.

Eric küsste sie auf die Stirn, und Karen war erleichtert, dass er weder wütend noch enttäuscht war.

Nach dem Essen gingen Karen und Eric gemeinsam in Karens Zimmer. Am Kleiderschrank hing der Smoking, den Eric morgen bei der Hochzeit tragen würde, und Karen konnte es kaum erwarten, ihn darin zu sehen.

„Du lächelst wieder.“ Eric nahm sie von hinten in den Arm und zog sie an seine Brust.

Karen drehte den Kopf zur Seite und küsste ihn. „Du wirst morgen göttlich in dem Anzug aussehen“, schwärmte sie.

„Ich bin sehr gespannt, wie du aussehen wirst“, gab Eric zurück, bevor er ernst wurde. „Benutzt du dein Safeword nicht, weil du denkst, ich könnte enttäuscht sein oder weniger für dich empfinden, wenn du es benutzt?“, fragte er und Karen löste sich von ihm und sah ihn traurig an.

„Nein, denk das bitte nicht. Du hast nichts dergleichen gemacht. Ich liebe eigentlich alles, was du mit mir machst. Es ist nur alles so neu und verwirrend. Bitte gib mir Zeit", sagte sie und Eric lächelte.

„Gut, mehr muss ich nicht wissen. Ich möchte dich nur nicht mit meinen Spielchen überfordern." Er küsste sie zärtlich auf ihr Haar. „Morgen wird ein anstrengender Tag, lass uns zu Bett gehen."

Karen beteuerte ihm noch mal, dass sie ihn liebte, einfach nur Zeit brauchte, sich an die Sessions zu gewöhnen, und mit ihren Gefühlen manchmal überfordert war.

# Kapitel 13

Die Sonne schien schon hell vom Himmel, als Karen erwachte und sah, dass der Platz im Bett neben ihr leer war. Noch verschlafen, sah sie auf die Uhr. Es war nicht mal acht.

Sie zog sich schnell an und lief nach unten in die Küche. Valerie machte gerade Frühstück. Sie war total überdreht.

*Kein Wunder,* dachte Karen, *in wenigen Stunden wird sie heiraten.*

„Guten Morgen, wo sind denn alle?“, fragte Karen, nahm sich eine Tasse Kaffee und lehnte sich an die Küchenfront.

„Die Jungs sind draußen, sie rollen noch den roten Teppich zum Torbogen aus und stellen die Stühle für die Zeremonie hin“, antwortete Valerie und stellte Butter und Marmelade auf den Tisch.

„Du bist ja total aufgeregt“, bemerkte Karen und sah von ihrer Kaffeetasse hoch.

„Und wie! Nicht mal Rons Spanking heute Nacht konnte daran was ändern“, lachte sie und ließ sich auf einem der Stühle nieder.

Karen verschluckte sich an ihrem Kaffee, lachte und hustete gleichzeitig. „Das wird eine tolle Hochzeit werden, mach dir keine Sorgen“, japste sie.

„So, alles erledigt“, sagte Ron, als die Männer wenig später in die Küche zurückkamen. Er setzte sich an den Tisch, nahm sich Kaffee und ein Brötchen. Die anderen taten es ihm gleich.

Nachdem das Frühstück beendet war, gingen Valerie und Karen schnell duschen, denn die Stylistin und die beiden Brautjungfern würden bald kommen.

Um zwölf Uhr kam die Stylistin mit den Kleidern an. Karen stand in ihrem Zimmer und holte eine Schachtel aus ihrer Reisetasche, in der das gekaufte schwarze Dessous-Set lag. Sie zog die Wäsche an und fühlte sich sexy und verrucht, weil der Slip unten offen war.

Karen zog nur den Morgenmantel über und ging zu den anderen Frauen ins Wohnzimmer, da alle erst ihr Make-up bekamen, bevor sie die Kleider anzogen. Valerie wurde als Erste gestylt, denn sie wollte im Anschluss mit dem Pfarrer noch einmal den Ablauf durchsprechen. Ihre Haare wurden so hochgesteckt, dass der Schleier perfekt in die Frisur hineingesteckt werden konnte.

Karens Haare wurden auch hochgesteckt und einige Strähnen fielen in Locken auf ihre Schulter herab. Sie betrachtete sich im Spiegel und lächelte. So gestylt war sie noch nie gewesen, und in Verbindung mit der Wäsche, die sie trug, fühlte sie sich sexy und schön. Nun wurde es Zeit, sich umzuziehen, bevor die ersten Gäste eintreffen würden.

Im Wohnzimmer standen wenig später drei wunderschöne Frauen. Valerie kam ebenfalls zurück, nachdem sie das Gespräch mit dem Pfarrer beendet hatte. Sie sah in ihrem Hochzeitskleid wie eine Meerjungfrau aus dem Märchen aus und sie strahlte über das ganze Gesicht.

Karen betrachtete sie und wünschte sich, dass sie auch einmal so vor Glück strahlen würde, wenn sie irgendwann mal heiratete.

Draußen ertönte Musik aus einer Box, das war das Zeichen für die Frauen, ihren Platz einzunehmen. Sharon und Olivia gingen vor, Karen folgte ihnen.

Auf dem Weg nach draußen trat Eric plötzlich an Karens Seite. „Du siehst umwerfend schön aus", flüsterte er anerkennend in ihr Ohr.

Karen dankte es ihm mit einer Gänsehaut. Verlegen gab sie das Kompliment zurück, denn auch Eric sah zum Anbeißen aus. Wie ein britischer Geheimagent, sexy und gefährlich. Karen wollte Eric in dieser Nacht verführen und freute sich bereits auf den Moment, wenn sie sich vor ihm ausziehen würde.

Beide folgten den anderen nach draußen, Eric ging nach rechts, um sich zu den anderen Gästen zu setzen, und Karen ging weiter in Richtung Torbogen, um ihren Platz neben den anderen Brautjungfern einzunehmen.

Valerie wurde von Marc zum Torbogen geführt, da ihr Vater vor einem Jahr verstorben war. Ron rieb sich seine Hände, während er wartete, und als sie endlich auf ihn zukam, strahlte er über das ganze Gesicht. Marc stellte sie an seine Seite und nahm seinen Platz neben Olivia ein.

Die Zeremonie, bei der der Pfarrer rührenden Worte sprach, begann. Schließlich wurde die alles entscheidende Frage gestellt. „Möchten Sie, Ron Marshall, die hier anwesende Valerie Livingston zu Ihrer Ehefrau nehmen, sie lieben und ehren in guten wie in schlechten Zeiten, bis dass der Tod euch scheidet? So antworten Sie mit: ‚Ja, ich will'."

Ron räusperte sich ergriffen. „Ja, ich will."

„Möchten Sie, Valerie Livingston, den hier anwesenden Ron Marshall zu Ihrem Ehemann nehmen? Ihn lieben und ehren in guten wie in schlechten Zeiten, bis dass der Tod euch scheidet?"

Valerie schniefte. „Ja, ich will."

Als die beiden die Ringe tauschten, waren alle Anwesenden für einen Moment ergriffen und still.

„Sie dürfen die Braut jetzt küssen."

Ron hob andächtig den Schleier und legte Valeries Gesicht frei. Er legte seine Lippen auf ihre und küsste sie ehrfürchtig. Die Gäste standen auf und klatschten begeistert. Unter dem Torbogen standen nun Mr. und Mrs. Marshall.

Im Anschluss an die Zeremonie wurde gefeiert. Die Auswahl am Büfett war riesig und alles war köstlich. Es wurden auch Cocktails gemixt und die Hochzeitstorte war ein Traum aus Kalorien. Die Stimmung war ausgelassen, wie es bei einer Hochzeit sein sollte. Eric und Karen saßen mit Marc, Olivia, Shannon und ihrem Mann an einem Tisch. Marc schaute immer wieder zu Olivia rüber, da sie ihm anscheinend gefiel, was auch Karen nicht entging.

Eric forderte Karen zum Tanzen auf und stellte sich als fantastischer Tänzer heraus, der Karen gekonnt über die Tanzfläche führte.

Sie feierten bis spät in die Nacht. Nachdem alle Gäste gegangen waren, saß Marc noch mit Olivia am Tisch. Sie unterhielten sich angeregt, aber Karen war mit ihren Gedanken bereits bei der bevorstehenden Nacht mit Eric.

Valerie und Ron verabschiedeten sich und verschwanden in ihrem Schlafzimmer.

„Was wird das denn?", fragte Eric irritiert, als Karen und er in seinem Schlafzimmer ankamen.

„Heute schlafe ich bei dir. Setz dich aufs Bett, bitte." Jetzt war Karens Moment gekommen. Als Eric sich hinsetzte und sie intensiv ansah, stand sie zittrig vor ihm. Karen ging noch etwas näher auf Eric zu und bat ihn, den Reißverschluss von ihrem Kleid zu öffnen. Sie drehte sich um, ging in die Knie und er zog den Reißverschluss nach unten. Karen kam wieder hoch, drehte sich wieder zu Eric und streifte das Kleid Zentimeter für Zentimeter von ihren Schultern, bis es über ihre Hüften rutschte und zu Boden glitt. Sie stieg aus dem Kleiderhaufen und stand jetzt nur in den Dessous und ihren Pumps vor ihm.

Eric fixierte die ganze Zeit über ihr Gesicht. Seine Augen wurden dunkel und stürmisch, als er ihr in die Augen sah.

„Bitte zieh dein Jackett aus“, bat sie ihn leise.

Er lockerte die Krawatte, zog das Jackett aus und krempelte die Ärmel seines weißen Hemdes hoch.

Der Anblick ließ Karen erschauern und eine Gänsehaut zog über ihren Körper hinweg. Sie kniete sich zwischen seine Beine und öffnete den Gürtel, den Knopf und den Reißverschluss seiner Hose.

„Leg dich ein Stück zurück und heb deinen Po“, wies sie ihn an, und Eric tat, was sie sagte.

Sie zog ihm die Hose samt Boxershorts bis zu den Knöcheln nach unten. Sein Schwanz ragte direkt vor ihrem Gesicht auf. Ihre Show machte ihn an, und genau das hatte Karen gehofft. Sie freute sich darüber und ihre Anspannung ließ etwas nach.

Das Bild, das er ihr bot, war Sex pur. Sein Schwanz stand hart empor und sie leckte sich über ihre Lippen. Nie zuvor hatte sie sich auf diese Weise vor einem Mann ausgezogen, aber sie wollte Eric unbedingt etwas von den wunderschönen Gefühlen, die er ihr immer schenkte, wenn er sie dominierte und fickte, zurückgeben und ihm zeigen, wie sehr sie ihn liebte. Sie umfasste seinen Schwanz, führte ihn zu ihrem Mund und leckte von unten über die gesamte Länge bis zu seiner Spitze, dabei knetete sie mit der anderen Hand zärtlich seine Hoden.

Er quittierte ihre Bemühungen mit einem langen Stöhnen. Sie wurde mutiger, leckte mehrfach an den Seiten entlang und nahm seine Eichel in ihren Mund. Sie saugte mal fest, mal sanft, und Eric warf den Kopf in den Nacken.

„Oh ja, weiter, du machst das sehr gut“, lobte er sie. Seine Hände krallten sich in ihr Haar und kurz versteifte sie sich. Aber er führte sie nicht, er ließ ihr die Kontrolle und sie machte in ihrem Rhythmus weiter.

„Oh Karen, du siehst so verdammt geil aus mit meinem Schwanz in deinem Mund“, stöhnte er und fing an, leicht in ihre Mundhöhle zu stoßen.

Karen hätte nie gedacht, dass es ihr so viel Freude machen würde, einen Mann mit einem Blowjob zu verwöhnen. Es war ein herrliches Gefühl, und es erregte sie mehr, als sie es sich vorgestellt hatte. Sie fing an, seinen Schaft zu massieren, ließ seinen Schwanz fast ganz aus ihrem Mund gleiten, presste ihre Lippen fester über seine Eichel und seinen Schaft. Ihre Hand massierte seine Hoden.

„Wenn du nicht willst, dass ich in deinem Mund komme, hörst du jetzt besser auf“, keuchte er und Karen sah mit großen Augen zu ihm auf.

Er hatte sie schon oft geschmeckt, wenn er sie geleckt hatte, und sie wollte es ihm gleichtun. Sie reagierte nicht weiter auf seine Warnung und erhöhte das Tempo. Sie saugte, knabberte und leckte an seinem Schwanz, verstärkte den Druck ihrer Hand um seinen Schaft.

„Fuck, ja, bring es zu Ende“, stöhnte er laut und stieß fester in ihren Mund.

Karen konnte spüren, wie sich seine Hoden zusammenzogen, sie schmeckte etwas Salziges, bevor Eric laut stöhnend kam und sein warmes Sperma in ihre Mundhöhle schoss. Karen versuchte zu schlucken, musste aber leicht würgen.

Eric nahm seinen Schwanz zurück und ein Teil des Spermas lief aus ihrem Mund an ihrem Kinn hinab. Sie sah zu Eric, der schwer atmend, mit geschlossenen Augen vor ihr saß und langsam zur Ruhe kam. Er öffnete seine Augen und ihre Blicke trafen sich.

Eric stand auf und griff in sein Jackett. Er holte ein Taschentuch hervor. „Steh auf, Prinzessin", bat er heiser und voller Verlangen.

Karen kam hoch und Eric wischte ihr zärtlich seine Spuren von ihrem Mund und Kinn. Er warf das Taschentuch auf den Boden, zog sie fest an seine Brust und küsste sie innig.

„Ich danke dir! Jetzt geh an die Wand rechts von uns, stütz deine Hände über deinem Kopf ab, beug dich nach vorn und spreiz deine Beine", sagte er.

Karen ging langsam auf die Wand zu und stellte sich in die gewünschte Position. Sie streckte ihren Po raus, damit er einen Blick auf ihren Slip werfen konnte.

„Du williges geiles Luder", stieß er hervor, trat an sie heran und führte sofort zwei Finger durch den offenen Slip in ihre nasse Pussy ein.

Karen stöhnte laut. Sie war erregt und diese Stimulation fuhr wie ein Stromschlag durch ihren erhitzten Körper. Er stieß seinen Finger immer wieder vor, zog ihn im selben Rhythmus zurück und Karen verlor sich fast in diesem intensiven Gefühl. Sie brauchte mehr.

„Bitte schlag mich“, wisperte sie.

Eric schlug ihr mit seiner freien Hand auf den Po, was Karen mit einem noch lauteren Stöhnen quittierte. Er variierte seine Schläge mal fester, mal sanfter und nie auf die gleiche Stelle. Es folgte ein Wechsel aus Schlägen, Streicheln der geröteten Haut und seinem Fingerspiel. Der Schmerz vermischte sich mit dem Pochen in ihrem Unterleib.

Karen streckte ihren Po noch weiter raus, um ihm entgegenzukommen. Seine Schläge wurden fester, ihr Po brannte wie Feuer, und als er seine Finger krümmte und hart in sie stieß, kam sie mit einem lauten Schrei zum Höhepunkt. Ihr gesamter Körper bebte, und sie presste ihre Hände so fest an die Wand, dass ihre Knöchel weiß hervortraten, so intensiv war ihr Orgasmus.

Eric zog seine Finger zurück, drehte sie zu sich um und nahm sie fest in seine Arme. Einen Moment blieben sie eng umschlungen im Raum stehen, bevor er Karen zu seinem Bett führte und sich mit ihr hinlegte.

„Das hat mir sehr gefallen“, flüsterte er in ihr Ohr.

„Mir hat das Spanking gefallen, es war genau das, was ich gebraucht habe, und ich kann nicht glauben, dass ich dich darum gebeten habe“, wisperte Karen.

„Ich bringe eine verborgene Seite in dir zum

Vorschein und sorge dafür, dass du sie akzeptierst", sagte er und streichelte zärtlich über ihren Arm.

Nach einer Weile stand Eric auf, ging ans Bettende, löste den Verschluss von Karens Schuhen, streifte sie ihr ab und zog sie vom Bett. Karen protestierte leise, da sie schon eingenickt war und lieber im Bett geblieben wäre.

Eric lächelte und schob sie in das angrenzende Bad und dort Richtung Dusche. Er drehte den Wasserhahn auf und prüfte die Temperatur. Dann drehte er sich zu Karen um, öffnete ihren BH, warf ihn zu Boden, zog ihren Slip hinab, zog seine Kleidung aus und stellte sich mit ihr unter den warmen Wasserstrahl. Er wusch ihre Haare, seifte sie von oben bis unten ein und spülte alles wieder ab.

Es war schon vier Uhr morgens, als sie endlich im Bett lagen und eng aneinandergekuschelt einschliefen.

Karen wurde durch Geräusche im Haus geweckt. Es war schon fast Mittag. Eric lag neben ihr und schlief. Einen Moment beobachtete sie ihn und lächelte. Ein Kaffee wäre jetzt genau das, was sie brauchte, um richtig wach zu werden.

Sie schwang ihre Beine aus dem Bett und ging ins Bad unter die Dusche. Das warme Wasser weckte ihre Lebensgeister. Sie dachte an die Nacht mit Eric und an das, was er ihr gesagt hatte. Er hatte recht, er holte eine Seite in ihr hervor, die sie vorher nicht gekannt hatte. Diese Seite gefiel ihr und sie fühlte sich lebendiger denn je.

Sie stellte das Wasser ab, wickelte sich in ein Handtuch und schlich nach nebenan in ihr Zimmer, um sich frische Kleidung anzuziehen. Dann ging sie nach unten in die Küche. Sie rechnete damit, Valerie in der Küche anzutreffen, und war überrascht, dass dort Olivia stand und Kaffee machte.

„Guten Morgen, Olivia“, sagte sie erstaunt.

Olivia drehte sich zu ihr und lächelte sie verlegen an. „Guten Morgen, ich wollte Kaffee machen. Ich hoffe, das ist okay?“

„Ja, sicher, ich hatte dieselbe Idee. Ich wusste gar nicht, dass du auch hier übernachtet hast.“

„Ja, das war auch nicht geplant. Ich habe bei Marc geschlafen“, sagte Olivia schüchtern.

„Soso, bei Marc also.“ Karen grinste breit.

„Ja, und jetzt hör auf, so zu grinsen.“ Olivia wurde rot und Karen musste lachen.

„Hey, alles gut. Erlaubt ist, was Spaß macht, und offensichtlich hattet ihr gestern eine Menge Spaß, sonst wärst du nicht noch hier.“ Karen ging zur Terrassentür, öffnete sie ein Stück und sah in den Garten hinaus. Sie ließ ihren Blick über eine Baumreihe schweifen und trat erschrocken einen Schritt zurück. Ihr Atem kam hastig.

„Karen, alles in Ordnung?“ Olivia kam besorgt auf sie zu.

„Ja, alles in Ordnung. Ich dachte, ich hätte was gesehen und habe mich erschrocken“, antwortete sie und Olivia strich ihr beruhigend über den Rücken.

„Der Kaffee ist mittlerweile fertig. Ich nehme mir eine Tasse und gehe dann wieder zu Marc.“

Karen nickte, ging zurück zur Terrassentür, schloss diese schnell hinter sich, atmete tief durch und nahm zwei Tassen mit nach oben.

Eric saß im Bett, seinen Blick zur Tür gerichtet, als Karen fröhlich hereinkam und die Kaffeetassen auf den Nachttisch stellte.

„Guten Morgen. Hast du gut geschlafen? Ich habe Kaffee mitgebracht.“ Sie strahlte ihn an, aber er verzog keine Miene. Sie verschränkte unsicher ihre Hände hinter dem Rücken. *Habe ich etwas gemacht, was ihn verärgert hat?*, fragte sie sich, jedoch fiel ihr dazu nichts ein. Sein Verhalten verunsicherte sie so sehr, dass sie sich nicht mal traute, wieder ins Bett zu gehen. Sie blieb einfach stehen. Es vergingen ein paar Minuten, in denen sie nervös ihre Finger knetete.

„Zieh dich aus, leg dich auf den Rücken, Hände über den Kopf!“, sagte er streng und Karen zuckte erschrocken zusammen. In Windeseile kam sie der Aufforderung nach, noch immer darüber nachdenkend, was der Auslöser für seine Stimmung sein könnte. Er legte sich auf sie, und dann fing er an, sie überall zu küssen.

„Egal, was ich mache, deine Hände bleiben da oben, verstanden?“, sagte er und sie nickte.

Er fuhr mit dem Küssen fort und erreichte ihren

Bauch. Es kitzelte und brachte sie zum Lachen, aber sie ließ die Hände oben. Seine Küsse fanden den Weg zu ihrem Venushügel und seine Zunge leckte über ihre Klitoris. Sie wand sich stöhnend unter den Liebkosungen. Er leckte sie immer fester, drang mit der Zunge in sie ein und war dabei so geschickt, dass sie innerhalb weniger Minuten einen Orgasmus erreichte. Er kam zu ihr hoch, schob ihr seine Zunge in den Mund und Karen konnte sich selbst auf ihr schmecken.

„Guten Morgen, Prinzessin. Mir war gerade danach, dich zu schmecken, und diesen Genuss wollte ich auch dir nicht vorenthalten."

„Ich hatte schon Angst, dass ich etwas gemacht habe, was dich verärgert haben könnte." Sie schluckte.

Eric lächelte sie an und nahm eine der Kaffeetassen. „Hast du wirklich Angst gehabt oder insgeheim gehofft, dass es so sein könnte?"

Kurz überlegte sie. „Ich glaube, ich hatte es gehofft, weil du mich dann vielleicht bestraft hättest, und das hätte mir vielleicht gefallen", gab sie leise lächelnd zu.

„Trink deinen Kaffee, bevor er kalt wird. Der Tag hat gerade erst angefangen, wer weiß, was du heute noch alles anstellst", sagte er und grinste.

„Du errätst nie, wen ich unten in der Küche getroffen habe!", sagte sie und blickte zu Eric rüber, der sie mit fragendem Blick ansah. „Olivia. Sie hat die Nacht bei Marc verbracht."

„Freut mich für ihn, er hatte schon lange keine

Beziehung mehr, soweit ich weiß. Vielleicht ist sie die Richtige", gab Eric zurück.

„Ja, das wäre schön für ihn", sagte Karen lächelnd.

„Ich habe eine Idee, was wir heute Nachmittag machen können." Eric sprang aus dem Bett, fischte sein Handy vom Nachttisch und schrieb eine Nachricht an Ron und Valerie.

Eine Stunde später standen Ron, Valerie, Karen und Eric im Wohnzimmer.

„Möchtest du uns verraten, weswegen wir hier ins Wohnzimmer kommen sollten?" Ron klang wenig begeistert.

„Da wir heute freihaben, weil der ganze Krempel erst morgen abgeholt wird, machen wir einen Ausflug zur Hütte am See. Das restliche Essen und die Getränke von gestern nehmen wir mit."

„Und was ist mit Marc und Olivia?", fragte Karen erstaunt.

„Marc kann den Nachmittag alleine mit Olivia verbringen, die beiden sollten sich erst mal besser kennenlernen", antwortete Eric.

„Ja, ich denke auch, dass es besser ist, wenn die beiden erst mal Zeit zu zweit haben", stimmte Ron Eric zu.

„Wir treffen uns in dreißig Minuten draußen", bestimmte Eric.

Eine Stunde später erreichte die Gruppe die Hütte. Die Männer luden die Kisten mit dem Essen und den Getränken vom Pick-up, brachten alles in die Hütte und gingen dann zur Feuerstelle, um ein Feuer anzuzünden. Karen und Valerie packten die Kisten aus.

Aus einer der Kisten zog Karen ein Puzzle. Sie kicherte und zeigte es Valerie. „Puzzeln wollen Ron und Eric sicher nicht mit uns“, stellte sie mit einem Lachen fest.

„Kommt ihr nach draußen?“ Eric kam in die Küche und sah nach den Frauen.

„Wir kommen sofort“, antwortete Karen und Eric ging wieder raus.

Als die Frauen rauskamen, hatte Ron das Feuer schon angezündet und saß auf einem der zwei großen Holzbalken, die auf beiden Seiten der Feuerstelle lagen und als Sitzplatz dienten. Valerie und Karen setzten sich ihm gegenüber.

„Eric und ich haben uns ein kleines Spiel für euch überlegt“, sagte Ron und sah dabei beide Frauen an. „Im Haus findet ihr ein Puzzle. Eric legt es gerade auf den Esstisch und versteckt fünf der Teile im Haus. Ihr habt eine Stunde Zeit, um die Teile zu finden und das Puzzle zusammenzusetzen. Schafft ihr es, bekommt ihr eine Belohnung, schafft ihr es nicht, erhält jede von euch beiden eine Bestrafung“, fuhr er fort.

„Die Zeit läuft ab jetzt“, rief Eric, der in diesem Moment zur Feuerstelle kam, auf seine Uhr schaute und den Countdown einschaltete.

Valerie rannte mit Karen in die Hütte.

„Valerie, du suchst nach den Teilen, ich fange schon mit dem Puzzle an“, rief Karen ihr zu. Freudige Erregung mischte sich mit Ehrgeiz und Nervosität.

„Ich habe ein Teil“, rief Valerie freudestrahlend, warf es zu Karen und suchte weiter.

Karen versuchte konzentriert, das Puzzle zusammenzusetzen.

Die Zeit war fast um. Valerie hatte vier der fünf Teile gefunden und Karen hatte das Puzzle fast fertig.

„Noch zwei Minuten“, ertönte Rons Stimme von draußen.

Die Frauen standen vor dem fast fertigen Puzzle, aber mittendrin fehlte ein Teil.

„Vielleicht fällt es ihnen nicht auf“, meinte Karen naiv.

Valerie sah sie entgeistert an und lachte. „Klar, Karen, als ob die beiden da draußen“, sie zeigte zur Tür, „nicht genau diesen Fall hier“, jetzt zeigte sie auf die Mitte des Puzzles, „geplant hätten.“

Karen lachte jetzt auch. „Da hast du wohl recht.“

Die Tür ging auf, und Eric kam, gefolgt von Ron, in die Hütte. Sie gingen um dem Tisch herum.

„Wie schade, ihr habt es leider nicht geschafft.“ Rons Stimme klang theatralisch. Eric sah die beiden Frauen mit strengem Blick an. Karens Körper reagierte sofort auf seine Stimme. „Valerie, geh zu Ron und nimm deine Strafe entgegen. Karen, du kommst mit mir."

Eric streckte seine Hand aus und Karen legte ihre hinein. Sie verließen die Hütte, Ron und Valerie blieben in der Hütte zurück.

Karen wurde von Eric auf einen kleinen Platz hinter der Hütte geführt. Dort stand ein Holzrahmen aus massiven Balken. Oben waren Haken eingelassen.

Eric befahl Karen, sich auszuziehen. Dann fixierte er sie mit erhobenen Händen an dem Rahmen und küsste sie zärtlich. „Vertraust du mir?"

„Ja", hauchte sie, ohne zu zögern.

Er ging hinter sie und hob etwas vom Boden auf. Als er wieder in ihr Sichtfeld trat, hielt er zwei Flogger in der Hand.

Karen starrte auf die Schlagwerkzeuge und erschauerte. Sie richtete ihren Blick wieder nach oben, schaute kurz an Eric vorbei in den Wald und erschrak. Sie zerrte erschrocken an den Fesseln. *Das konnte nicht sein*!

„Was ist los, Karen?", fragte er besorgt, als er an ihre Seite trat. „Erschrecken dich die Flogger so sehr?"

Sie atmete tief durch und lächelte ihn an. „Nein, da war nur eine Bewegung im Wald, die mich erschreckt hat. Es tut mir leid." Ergeben senkte sie den Kopf.

„Du bist nicht voll auf mich konzentriert, aber das kann ich ändern." Seine Stimme hatte wieder diesen dominanten Unterton bekommen. „Du hast die Ampel als Safeword. Versprich mir, dass du sie auch benutzt, wenn es dir zu viel wird, denn ich muss mich auf dein Wort verlassen können." Er sah sie eindringlich an.

„Ich verspreche es dir."

„Welche Farbe hat die Ampel jetzt, Prinzessin?", wollte er wissen.

„Grün, ich vertraue dir", wisperte sie.

Zärtlich strich er ihre Wange entlang und entfernte sich von ihr. „Ich werde mit beiden Floggern im Wechsel auf deinen Rücken schlagen, fange sanft an und steigere stetig die Intensität. Je mehr Kraft ich in die Schläge lege, umso mehr wird es schmerzen. Ich möchte, dass du dich fallen lässt und den Schmerz annimmst. Wie du mich stoppen kannst, weißt du ja", erklärte er sein Vorhaben.

Karen war nervös, sie zitterte am ganzen Körper. Erics Bestrafung war nicht der einzige Grund für ihre Nervosität, die Gestalt im Wald geisterte noch in ihrem Kopf herum. Sie versuchte, sich auf Eric zu konzentrieren, und atmete noch mal tief durch. Dann nickte sie. „Ja, ich habe verstanden."

Eric trat hinter sie, ließ die Flogger in der jeweils entgegengesetzten Richtung über seine Arme rotieren und schlug locker aus seinen Handgelenken. Die Lederschnüre prasselten auf Karens Rücken.

Sie atmete ruhig und schaltete ihre Gedanken ab. In diesem Moment gab es nur sie, die Fesseln, den Schmerz und die Liebe zu dem Mann, der ihr diesen Moment schenkte. Sie nahm an, was er ihr gab.

Er steigerte die Intensität der Schläge und die Lederschnüre prasselten härter auf ihre Haut. Es brannte, und ihr Rücken kribbelte, als würden Tausende von Ameisen darüberlaufen. Er stoppte einen Moment und kam dicht an sie heran. Er trat um sie herum, fasste an ihren Hals, küsste sie und massierte ihre Brüste. Er kniff in ihre harten Nippel und Karen wimmerte laut vor Verlangen nach mehr.

„Bist du bereit, mehr Schmerzen zu erfahren?“, fragte er mit rauer Stimme an ihrem Ohr.

Karen war so in ihren Gefühlen gefangen, dass sie nur nicken konnte. Er küsste sie ein letztes Mal, dann war er wieder hinter ihr. Die Lederschnüre sausten durch die Luft und landeten klatschend auf ihrem Rücken und ihrem Po. Karen ging auf ihre Zehenspitzen und stieß einen Schrei aus. Eric holte erneut aus und der Schmerz presste ihr die Luft aus der Lunge. Sie sackte in die Fesselung, weinte und wimmerte.

„Gelb“, sagte sie mit tränenerstickter Stimme.

Eric ließ die Flogger fallen und ging sofort zu ihr. Er streichelte ihre Wangen, nahm ihren Kopf in seine Hände und küsste sie innig. Tränen liefen ihre Wangen hinab und sammelten sich an seinen Händen.

„Schht, ist ja gut, Prinzessin, du warst großartig“, tröstete er sie, bevor er die Fesselung löste und sie sicher in seinen Armen hielt.

Karen schmiegte sich an seinen Körper. Ein paar

Meter neben dem Platz hatte er eine Decke deponiert. Er führte Karen dorthin und beide legten sich darauf. Eric küsste Karen halsabwärts über ihre Brüste, hinunter zu ihrem Bauch und wieder nach oben. Er legte seine Hand auf ihren Venushügel und fuhr mit einem Finger zwischen ihren Beinen entlang, nahm ihn zurück und zeigte ihr, wie seine Fingerspitze angesichts ihrer Erregung im fahlen Abendlicht glänzte.

„Du bist genauso, wie ich dich haben will, feucht, erregt, aufgewühlt und hast Tränenspuren im Gesicht. Wie fühlst du dich?“, fragte er.

Karen brauchte einen Moment, um zu beschreiben, wie sie sich fühlte. „Mein Rücken brennt, kribbelt und fühlt sich warm an und ich hätte dich jetzt gern in mir“, gab sie schüchtern zu.

Eric lachte. „Ich danke dir für deine Hingabe. Du hast eine Belohnung verdient. Knie dich hin und leg deinen Kopf auf der Decke ab“, wies er sie an.

Sie kam seiner Aufforderung nach und er zog ein Kondom aus seiner Hosentasche. Er zog sich aus und rollte das Kondom über seinen Schwanz, ging hinter ihr in Position und versenkte sich mit einem Stoß in ihr. Eric fickte sie hart, es dauerte nicht lange, bis sich ein herrliches Gefühl in ihrem Unterleib ausbreitete und sie die ersten Wellen des nahenden Orgasmus spüren konnte.

Er griff um sie herum, rieb über ihre Klit, und vor Karens Augen blitzte es, als sie mit einem Schrei, der in den Wald hallte, zum Höhepunkt kam. Eric zog sie schneller auf seinen Schwanz, und wenige Minuten später hörte sie ein tiefes Grollen, als er seinen Orgasmus in den Wald stöhnte.

Er zog sich aus ihr zurück, rollte sich auf die Seite und zog Karen an seinen nackten Körper.

„Ich liebe dich, Prinzessin“, flüsterte er dicht an ihrem Ohr und Karen bekam eine Gänsehaut.

„Ich liebe dich auch“, sagte sie leise.

Sie blieben noch eine Weile eng umschlungen liegen, bis ihre erhitzten Körper abgekühlt waren und Karen zu frieren anfing. Eric stand auf, hob ihre und seine Kleidung vom Boden auf und beide zogen sich wieder an.

Sie gingen um die Hütte herum und fanden Ron und Valerie, die verliebt und kuschelnd am Feuer saßen. Eric und Karen setzten sich ihnen gegenüber und Eric zog Karen fest an seine Seite. Sie saßen schweigend zusammen und schauten in die Flammen.

# Kapitel 14

Karens Urlaub war fast vorbei. Eine Woche noch, dann würde sie zurück nach Minneapolis fahren und wieder arbeiten. Sie hatte keine Ahnung, wie es mit ihr und Eric weitergehen würde. Er lebte hier in Minnesota, hatte seine Freunde hier und wollte auch wieder als Arzt arbeiten. Er hatte sich schon bei Kliniken in der Umgebung beworben. Sein Haus war fertig renoviert und in wenigen Tagen wollte er dort einziehen.

Karen saß in Gedanken versunken im Bett, als Eric aus dem Bad kam und sie ansah. „Worüber denkst du nach?“, fragte er und sie schaute ihn traurig an.

„In ein paar Tagen werde ich wieder nach Hause fahren. Wie soll es dann weitergehen? Du hast deine Zukunft hier und ich habe mein Leben in Minneapolis.“

Er setzte sich zu ihr auf das Bett und berührte zärtlich ihr Gesicht. „Darüber habe ich mir auch schon Gedanken gemacht. Wir werden uns erst mal mit den Wochenenden zufriedengeben müssen. Ich verspreche dir jedoch, dass wir eine Lösung finden werden. Ich liebe dich, Karen, und möchte mit dir zusammen sein.“

„Das wünsche ich mir auch.“ Sie lächelte ihn an.

Draußen war es grau und wolkenverhangen. Es regnete nicht, aber das Wetter passte zu Karens Stimmung.

Die Zelte, Tische und Stühle sollten gegen Mittag abgeholt werden und alle mussten mit anfassen und die Möbel zusammenstellen. Ron und Marc waren schon draußen, als Karen und Eric dazukamen. Alle packten mit an.

Rons Handy klingelte. Er zog es aus seiner Hosentasche, nahm das Gespräch an und ging ein paar Schritte, während er sprach. Wenige Minuten später kam er wieder zurück. „Das war die Transportfirma. Der Laster ist liegen geblieben. Sie bitten uns darum, vierzig Stühle und fünf Tische mit unserem Transporter zur Virginia Road zu bringen. Dort findet heute eine Veranstaltung statt und die Möbel werden gebraucht. Den Rest sollen wir im Zelt unterstellen. Sobald der Laster wieder fahrbereit ist, holen sie alles Übrige bei uns ab."

„Ich hole den Transporter. Wenn wir drei anpacken, sollte das Beladen schnell erledigt sein. Valerie und Karen können in der Zwischenzeit die restlichen Stühle und Tische im Zelt unterstellen." Marc lief zum Haus und kam mit dem Autoschlüssel zurück.

Eric und Ron stellten die Stühle und Tische für den Abtransport bereit. Karen und Valerie bauten die anderen Tische ab und stellten sie sicher an einen Stützpfeiler im Zelt.

Nach einer Stunde war alles auf den Transporter geladen. Gerade noch rechtzeitig, denn plötzlich setzte ein starker Platzregen ein. Marc sprang schnell auf den Fahrersitz, Eric und Ron verabschiedeten sich schnell noch von ihren Frauen und stiegen dann ebenfalls in den Wagen.

Karen und Valerie rannten ins Haus.

„Was für ein scheußliches Wetter." Karen schüttelte das Wasser von ihrer Jacke und zog die Schuhe aus.

„Ich mache Feuer im Kamin", sagte Valerie, hängte ihre Jacke auf und zog die nassen Schuhe aus, bevor sie ins Wohnzimmer ging.

Karen folgte ihr und ließ sich in einen der Sessel fallen. Der Kamin zog gut und das Feuer brannte bereits. Valerie hatte es sich auf dem Sofa bequem gemacht. Nach einer halben Stunde wurde es warm im Raum.

„Ich werde euch ganz schön vermissen, wenn ich nächste Woche wieder nach Hause fahre. In den letzten Wochen ist so viel passiert." Karen schaute traurig in das Kaminfeuer.

„Wir werden dich auch vermissen. Wie geht es mit dir und Eric weiter? Habt ihr schon darüber gesprochen?" Fragend sah Valerie zu Karen.

„Wir haben aktuell keine Lösung. Eric hat hier seinen Lebensmittelpunkt und ich in Minneapolis. Es wird vorerst auf eine Wochenendbeziehung rauslaufen." Karen sah sie gequält an, aber Valerie lächelte ihr aufmunternd zu.

„Damals, als Eric bei dir im Zimmer war und ich reingekommen bin, hatte ich so ein Gefühl, dass ihr füreinander bestimmt seid. Er hatte nach langer Zeit wieder dieses Leuchten in den Augen und du hast auf ihn ebenfalls reagiert. Ich bin sicher, dass ihr einen Weg finden werdet."

„Schon verrückt. Ich hätte nie gedacht, dass ich es erregend finden könnte, mir von einem Mann den Po versohlen zu lassen!", sagte Karen lachend.

„Dass es in Erics Leben noch mal eine Frau geben würde, die ihn so verzaubert, wie Amber es getan hat, hätte ich nie gedacht. Du glaubst gar nicht, wie glücklich wir alle sind, dass du in unser Leben getreten bist."

„Wenn Eric mich auf diese besondere Art ansieht, bekomme ich jedes Mal eine Gänsehaut. Ich werde nervös und eine leichte Angst rieselt durch mich hindurch. Er achtet auf mich, und wenn er etwas mit mir macht, bringt er mich an meine Grenzen, aber nutzt seine Macht nicht aus. Ich vertraue ihm blind. Er bringt mich jedes Mal zur Ekstase. Mein Körper reagiert sofort, wenn er einen Befehl ausspricht. Mein Herz fängt an zu rasen, freudige Nervosität und Adrenalin schießen durch meine Nervenbahnen und ich bin wie aufgeputscht. Als wir bei der Hütte waren, habe ich das erste Mal geweint, weil der Schmerz, den er mir zugefügt hat, völlig neu war. Meine Tränen waren etwas Besonderes für ihn und er hat mich voller Stolz und Liebe angesehen." Sie seufzte verliebt und wechselte das Thema. „Was hältst du davon, wenn wir uns etwas Bequemes anziehen und uns einen Kaffee machen? In der Küche müssten auch noch Kekse sein, die wir zum Kaffee essen können. Es wird noch eine Weile dauern, bis die anderen zurück sind."

„Gute Idee. Geh du schon hoch, ich setze schnell Kaffee auf", sagte Valerie.

„Ist gut, ich bin gleich wieder da", gab Karen zurück und ging nach oben.

Valerie füllte Kaffeepulver in den Filter und Wasser in die Kaffeemaschine, stellte die Kekse auf den Tisch und holte frische Tassen aus dem Schrank. Plötzlich hörte sie die Hintertür klappern und erschrak.

*Habe ich die Tür heute Morgen nicht verschlossen*? Achselzuckend machte sie weiter. *Es war sicher nur der Wind.*

Valerie stand mit dem Rücken zur Tür, als sich plötzlich eine Hand auf ihren Mund legte. Panisch versuchte sie zu schreien, zappelte und wollte sich wehren, aber wer auch immer hinter ihr stand, war viel stärker als sie. Ein Tuch mit einem unangenehm süßen Geruch wurde auf ihre Nase und ihren Mund gedrückt und sie ging bewusstlos zu Boden.

„Valerie, ist alles in Ordnung?", rief Karen, die ein dumpfes Geräusch von unten gehört hatte. Es kam keine Antwort.

„Valerie?", rief sie erneut. Wieder nichts. Karen nahm ihr Handy und schlich langsam und ängstlich die Stufen der Treppe hinab. „Val, was soll der Scheiß? Sag bitte etwas." Mit zittrigen Beinen ging Karen zur Küche und schaute vorsichtig in den Raum. Valerie lag am Boden.

„Val!" Bestürzt lief sie zu ihrer Freundin, fasste sie an den Schultern und wollte sie auf den Rücken drehen. Aus dem Augenwinkel sah sie, wie eine Gestalt hinter der Küchentür hervorschoss und ihr ein Tuch auf Nase und Mund presste. Sie hatte keine Chance zu reagieren, kippte bewusstlos zur Seite und dabei rutschte ihr Handy unter den Küchenschrank.

Nach einer halben Stunde Fahrt erreichten die Männer die Virginia Road. Sie hielten an der genannten Adresse vor einem Seniorenheim an.

Ein älterer Mann kam auf sie zu, er musste schon auf sie gewartet haben. „Guten Tag. Vielen Dank, dass Sie uns die Tische und Stühle bringen. Wir waren schon in Sorge, dass es nicht mehr rechtzeitig klappen könnte."

„Hallo, kein Problem. Wir helfen gern. Ist denn jemand hier, der beim Abladen und Aufbauen helfen kann?" Fragend sah Ron den älteren Mann an.

„Nein, tut mir leid. Es sind nur Senioren hier, die alle zu schwach für diese Aufgabe sind. Ist das ein Problem?" Hoffnungsvoll sah der Mann in ihre Gesichter.

„Nein, ist es nicht." Ron sah resigniert über seine Schulter zu Marc und Eric, und der ältere Mann ging zurück in das Gebäude. „Der Firma werde ich morgen was erzählen“, meckerte Ron.

„Kommt, Jungs, wir laden ab und helfen beim Aufbau, dann sind wir schnell wieder hier weg“, schlug Marc vor.

Es dauerte trotzdem fast eine Stunde, bis alles abgeladen und aufgebaut war und sie sich wieder auf dem Rückweg befanden.

„Ich weiß nicht, wie es euch geht, aber ich habe Hunger“, erklärte Eric und die anderen stimmten zu. „Vielleicht haben unsere Damen ja etwas gekocht“, dachte Eric laut.

„Wenn nicht, wir haben noch Pizza im Kühlfach“, fiel Marc ein, als sie die Auffahrt zum Landhaus hochfuhren.

Marc parkte den Transporter hinter der Scheune, sie stiegen aus und gingen gemeinsam ins Haus.

„Wir sind zurück“, rief Ron, bekam aber keine Antwort. „Hallo, keiner zu Hause?“, versuchte er es erneut.

Die Männer sahen sich stumm an, weil sie wieder keine Antwort bekamen.

„Merkwürdig, die Jacken hängen an der Garderobe und ihre Schuhe stehen im Flur. Weit weg können sie nicht sein“, meinte Eric.

Zunächst dachte sich keiner der drei etwas dabei, als die Frauen nicht auf ihre Rufe reagierten. Das Landhaus war nicht gerade klein und sie konnten überall im Haus oder im Keller sein. Marc bemerkte jedoch, dass die Hintertür weit offen stand.

„Irgendwas stimmt nicht, Karen und Valerie lassen doch die Hintertür bei dem Wetter nicht einfach offen, und außerdem hätten sie uns eine Nachricht hinterlassen, wenn sie weggehen wollten.“ Marc sah alarmiert zu Ron und Eric.

„Ron, sieh du oben nach, Marc, du im Keller, ich schau mich hier unten um“, wies Eric alle an und ging ins Wohnzimmer, wo das Feuer im Kamin noch flackerte. Lange konnten sie noch nicht weg sein.

Er sah im Bad nach, aber da war auch keine der beiden Frauen, und auch nicht in den Zimmern von Ron und Marc.

„Hier oben ist alles wie immer“, rief Ron von oben.

Auch Marc kam kopfschüttelnd aus dem Keller und gemeinsam gingen sie in die Küche.

„Wenn das ein Scherz unserer Ladys ist, lernt Karen mich richtig kennen“, schnaubte Eric.

„Warte, was ist das?“ Ron ging zur Terrassentür und hob ein Stück weißen Stoff auf. „Wonach riecht das?“ Er kräuselte die Nase.

Eric nahm den Stoff in die Hand und roch vorsichtig daran. „Chloroform, verdammt!“, stieß er alarmiert hervor.

„Scheiße!“, rief Ron aus. „Los, lasst uns draußen alles absuchen, dann rufen wir die Polizei.“

Sie rannten nach draußen, konnten aber keine Spuren mehr entdecken, denn der Regen hatte den Hof völlig durchnässt. Als letzte Möglichkeit blieb noch die Scheune.

Ron öffnete das Tor und entdeckte Valerie, die gefesselt, mit einem Tuch geknebelt und ohne Bewusstsein, auf einem Stuhl saß.

„Hier ist Valerie!“, brüllte er und lief panisch auf sie zu. „Val, sag was.“ Er löste den Knebel, die Handschellen und nahm wieder den Geruch von dem Tuch aus der Küche wahr.

„Leg sie auf den Boden, Ron“, wies Eric ihn an, als er in die Scheune kam und an ihrer Seite stand.

„Was ist mit ihr?“, wollte Ron wissen.

„Ron, beruhige dich. Ich helfe ihr, okay?“, erklärte Eric ruhig, tastete nach ihrem Puls und prüfte ihre Atmung. „Sie lebt! Marc, hol meinen Rucksack aus meinem Zimmer und lass die Scheunentür auf, damit hier frische Luft reinkommt.“

„Scheiße, was ist hier los? Wer macht so was und wo zum Teufel steckt Karen?“ Ron ging hilflos auf und ab.

„Ron, setz dich. Es bringt nichts, wenn du dich aufregst, wir müssen uns um Valerie kümmern. Sie kann bestimmt zur Aufklärung beitragen.“

Es fühlte sich wie eine Ewigkeit an, bis Marc mit dem Rucksack zurück war. Eric nahm ein Stethoskop, eine Blutdruckmanschette und ein Pulsoxymeter heraus, das er ihr an den Finger steckte, um den Sauerstoffgehalt in ihrem Blut zu messen. Der Wert war in Ordnung, und wenige Minuten später stöhnte Valerie benommen und öffnete langsam die Augen.

„Valerie, hörst du mich? Los, komm, sieh mich

an!“ Eric rüttelte an ihren Schultern.

„Ah … Gott, was ist passiert?“ Langsam rappelte sie sich auf, kam in eine sitzende Position und Ron stützte sie am Rücken.

„Du wurdest mit Chloroform betäubt. Valerie, kannst du uns sagen, was passiert ist?“

Sie fasste sich an ihren Kopf, der sich anfühlte, als hätte sie eine Nacht durchgetrunken. Dann kam die Erinnerung zurück. „Oh nein, was ist mit Karen?“, fragte sie erschrocken.

„Wissen wir nicht. Sie ist nicht hier. Valerie, sieh mich an. Was ist passiert?“, fragte Eric erneut und sie rieb sich die Stirn.

„Wir wollten es uns am Kamin gemütlich machen. Karen ist nach oben gegangen, sie wollte sich was anderes anziehen. Ich war in der Küche und wollte Kaffee machen. Die Hintertür hat geklappert. Ich dachte, es wäre der Wind. Dann war da plötzlich eine Hand und dieses stinkende Tuch wurde auf mein Gesicht gepresst. Mehr weiß ich nicht.“ Sie verbarg ihr Gesicht in ihren Händen und weinte.

„Ist schon gut“, versuchte Ron sie zu beruhigen. „Wir bringen dich zurück ins Haus, du musst dich ausruhen.“ Ron half ihr auf, stützte sie und brachte sie ins Wohnzimmer.

Eric holte ihr ein Glas Wasser und gab ihr eine Kopfschmerztablette. „Kannst du dich noch an irgendetwas erinnern? Hat Karen dir gegenüber irgendetwas erwähnt?“, wollte er wissen.

Valerie dachte angestrengt nach, aber ihr fiel

nichts ein. „Nein, es war alles wie immer."

„Verdammt noch mal! Wer hat ein Interesse daran, Karen zu entführen?" Eric ging ein paar Schritte und schlug wütend gegen die Wand. Verzweifelt ließ er sich auf das Sofa fallen.

„Beruhig dich, Eric, wir werden sie finden. Wir rufen jetzt die Polizei." Ron nahm sein Handy aus der Tasche und in diesem Moment fiel Valerie was ein.

„Die Nachricht!", rief sie und alle starrten sie an. „Karen hat vorgestern eine Nachricht auf ihr Handy bekommen, danach war sie irgendwie komisch. Eric, erinnerst du dich? Sie war ganz blass."

„Ja, stimmt. Sie sagte, sie habe zu wenig getrunken", fiel ihm wieder ein.

„Wo ist ihr Handy?" Marc sah die Jungs fragend an.

„Ron, ruf sie an", schlug Eric vor.

Es dauerte einen Moment, dann klingelte es. Eric lief aus dem Wohnzimmer, dem Geräusch hinterher. Es kam aus der Küche. Er sah sich dort um, konnte das Gerät aber nicht sehen. Dann ging er vor dem Küchenschrank in die Hocke und fischte es unter dem Schrank hervor.

„Habe es!", brüllte er und Marc und Ron kamen in die Küche.

Alle waren gespannt, was sie auf dem Handy finden würden. Eric scrollte die Nachrichten durch. Bis auf „Elaine" kannte er alle Kontakte. Er öffnete den Chat, und als die Männer den Namen

Tom Watts lasen, war klar, wer für das hier verantwortlich sein musste.

„Diese Ratte", stieß Marc hervor. „Was will er noch von Karen?"

„Wenn ich die Nachricht richtig verstehe, hat er alles verloren und ihm drohen mehrere Jahre Knast. Er wird sich an jemandem rächen wollen, weil er verraten wurde", schlussfolgerte Ron.

„So kommen wir nicht weiter. Lasst uns die Polizei verständigen", schlug Marc vor.

„Nein, vergiss es, die werden ihn auch nicht finden. Wir haben keinen Anhaltspunkt, wo die Ratte Karen hingebracht haben könnte. Verdammt!" Eric warf eine Tasse voller Wut in das Spülbecken, fuhr mit der Hand durch sein Haar und atmete tief durch, bevor er weitersprach. „Ich habe Kontakt zu einem ehemaligen Elitesoldaten. Er arbeitet jetzt als Berater und undercover für das CIA. Wenn jemand diese Ratte findet, dann er." Eric holte sein Handy aus der Hosentasche.

„Und du meinst, der hilft uns?" Ron sah ihn fragend an.

„Ich habe ihm sieben Kugeln aus der Brust geholt, der hilft uns sicher", antwortete Eric und wählte, noch während er nach draußen ging, die Nummer.

Als er wieder zurückkam, sah er nicht mehr ganz so verzweifelt aus. „Er kommt morgen früh. Sein Name ist Peter Hobbs. Ich habe ihm alles erzählt, was ich über Tom weiß. Peter versucht, an die polizeiliche Ermittlungsakte zu gelangen. Ich sehe jetzt nach Valerie und bringe sie dann ins Bett. Mit Chloroform ist nicht zu spaßen", rief er Ron zu.

Eine Stunde später saß Eric auf der Terrasse. Er hatte sein Gesicht in seinen Händen vergraben und weinte.

Marc kam mit einem Tumbler Whiskey zu ihm und hielt ihm das Glas hin. „Hier, trink, du kannst es brauchen."

Eric sah zu seinem Freund hoch. „Wenn ich Karen durch dieses Arschloch verliere, garantiere ich für nichts mehr. Scheiße, Marc! Ihr darf einfach nichts passieren. Wenn ich noch mal eine Frau verliere, die ich über alles liebe, überlebe ich das nicht." Eric setzte das Glas an und leerte es mit einem Zug.

Marc fasste ihn an der Schulter. „Wir finden sie. Es kommt alles wieder in Ordnung, verstanden? Komm rein, wir sollten alle etwas schlafen. Morgen sehen wir weiter." Marc half Eric auf die Beine und brachte ihn in sein Zimmer.

An Schlaf war für ihn jedoch nicht zu denken, denn sobald er die Augen schloss, sah er Karen. Die Angst, sie zu verlieren, war groß. Es zerriss ihm das Herz, nicht zu wissen, wie es ihr ging und wo sie war.

Valerie schreckte hoch. Es war noch dunkel draußen, die Sonne war noch nicht aufgegangen. Ron schlief noch tief und fest neben ihr. Sie stand auf, schlafen konnte sie nicht mehr, weil sie immerzu an Karen denken musste. Seit sie wusste, dass Tom Watts sie entführt hatte, machte sie sich große Sorgen und Vorwürfe.

*Warum habe ich sie wegen der Nachricht, die sie erhalten hat, nicht mehr bedrängt?* Immer wieder stellte sie sich diese Frage. Tränen sammelten sich in ihren Augen. Schnell wischte sie die Tränen mit der Hand weg, zog ihren Morgenmantel an und ging nach unten.

In der Küche brannte Licht, und als sie um die Ecke bog, sah sie Eric am Tisch sitzen. Er sah furchtbar aus. Valerie kannte dieses Bild. Das letzte Mal, dass sie ihn so gesehen hatte, war auf der Beerdigung von Amber gewesen. Es zerriss ihr fast das Herz.

Sie ging auf ihn zu, beugte sich runter und küsste ihn freundschaftlich auf den Kopf. „Es tut mir so leid, Eric. Ich hätte nachbohren sollen, was in dieser Nachricht stand. Ich mache mir solche Vorwürfe."

Er nahm ihre Hand. „Mach das nicht, Valerie. Wer hätte das ahnen können? Es gab keine Anzeichen dafür, dass dieses Schwein nach fast drei Jahren nach ihr suchen würde. Dich trifft sicher keine Schuld. Wie geht es dir denn? Hast du noch Kopfschmerzen?"

„Nein. Gestern war mir noch schrecklich übel, aber heute Morgen ist alles wieder in Ordnung." Valerie ging zur Kaffeemaschine und setzte Kaffee auf.

Nachdem das Wasser durch den Filter gelaufen war, befüllte sie zwei Tassen und stellte eine vor Eric auf den Tisch. Sie tranken schweigend, jeder in seine Gedanken versunken.

Um elf Uhr versammelten sich alle im Wohnzimmer. Peter Hobbs sollte bald kommen. Valerie hatte zwischenzeitlich Elaine angerufen und sie gebeten, ihr jede Information, die sie über Tom hatte, per E-Mail zu senden. Sie legte die ausgedruckte E-Mail auf den Tisch.

Das Warten auf Peter Hobbs machte Eric fast verrückt. Wie ein Tier im Käfig lief er auf und ab.

„Eric, setz dich, du machst alle wahnsinnig", befahl Ron.

Es läutete an der Tür, Eric lief in den Flur und riss die Tür auf. „Das wurde auch Zeit."

„Dir auch einen schönen Tag, mein Freund." Peter versuchte zu lächeln, kam auf Eric zu und nahm ihn freundschaftlich in den Arm. „Schön, dich zu sehen, wenn auch unter diesen schrecklichen Umständen."

„Komm rein, die anderen sind im Wohnzimmer." Eric bedeutete ihm mit den Händen den Weg.

Als Peter das Wohnzimmer betreten hatte, stellte Eric ihm alle vor. „Peter, das sind Ron, Marc und Valerie, alles Freunde von Karen und mir."

Peter begrüßte alle per Handschlag. Valerie konnte nicht anders, als ihn anzustarren. Peter war groß und durchtrainiert, hatte eine Glatze, und sein Gesicht war wettergegerbt mit einer Narbe, die an seiner linken Wange vom Auge hinab zum Mund verlief. Sie schätzte ihn auf Mitte fünfzig.

„Splitter einer Handgranate, ist schon lange her“, sagte er und zeigte auf die Narbe in seinem Gesicht, auf die Valerie gestarrt hatte.

„Oh, tut mir leid, ich wollte Sie nicht so anstarren“, sagte sie und errötete.

„Schon in Ordnung.“ Peter lachte und setzte sich. „Was könnt ihr mir zu Tom Watts sagen?“, fragte er und hörte sich alle Details an, die sie bisher über Tom Watts gesammelt hatten. Er las die E-Mail und die Nachricht. „Ich habe die Ermittlungsakte gestern erhalten. Tom Watts heißt mit bürgerlichem Namen Steven Trainer und wird in drei Bundesstaaten wegen schwerer Körperverletzung, Menschenhandel, Vergewaltigung und Nötigung gesucht. Texas ist auch darunter. Wenn es zu einer Verhandlung kommt, wartet unter Umständen die Todesstrafe auf ihn.“

„Was? Wie konnte er so einfach eine andere Identität annehmen und frei leben?“, fragte Eric entsetzt.

„Korruption und Fehler gibt es überall, man muss nur genügend Geld haben. Steven Trainer ist tatsächlich Anwalt, er ist früh auf die schiefe Bahn geraten. Vor ein paar Jahren wurde er festgenommen, konnte aber aus dem Polizeigewahrsam fliehen, hat sich eine neue Identität besorgt und jahrelang unauffällig gelebt. Sein falsches

Spiel flog auf, als er sich an der Tochter eines einflussreichen Immobilienmoguls vergriffen hat. Er wurde angezeigt und erneut festgenommen. Die Beweise reichten für eine Festnahme, aber nicht für eine Untersuchungshaft aus, und er konnte nach der Zahlung einer Kaution gehen."

„Wow, das ist unglaublich." Eric konnte es nicht fassen und auch die anderen mussten die Informationen erst mal sacken lassen.

„Ich habe bereits das Police Department, das FBI und die Border Patrol informiert. Alle haben ein sehr großes Interesse daran, diesen Mann zu schnappen."

„Wie gehen wir weiter vor?" Fragend sah Eric zu Peter.

„Ich brauche Karens Handy. Vielleicht hat sie seine Nummer noch oder irgendwelche Daten gespeichert. In der Kriminaltechnik können diese ausgelesen werden. Ich brauche die Namen und Anschriften von Freunden, mit denen sie regelmäßig gesprochen hat. Wo arbeitet sie? Welche Hobbys hat sie? Jeder noch so kleine Hinweis ist wichtig."

„Ich schreibe die Daten auf", sagte Valerie sofort und verließ das Wohnzimmer.

„Ron und ich sind in der Küche, wenn du uns brauchst", informierte ihn Marc und schloss die Tür hinter sich und Ron. Eric blieb mit Peter allein zurück.

„Ich werde mein Bestes geben, sie zu finden, Eric, das verspreche ich dir."

Verloren sah Eric zu Peter. „Danke!"

„Du kannst mir danken, wenn du dein Mädchen wieder in den Armen hältst", entgegnete Peter und schlug ihm freundschaftlich auf die Schulter.

In diesem Moment kam Valerie zurück. Sie reichte Peter einen Zettel, auf dem sie alle Informationen notiert hatte, die er haben wollte. Er hatte nun alles, was er brauchte.

„Ich melde mich, sobald wir eine Spur haben", sagte er knapp, verabschiedete sich von Valerie, und Eric brachte ihn zur Tür.

Peter ging zu seinem Auto und fuhr vom Hof.

Eric konnte es nicht glauben. Tom hatte ihnen allen etwas vorgespielt. Doch nun fraß sich noch ein anderer Gedanke in seinen Kopf. *Warum hat Karen mir nichts von dieser Nachricht erzählt? Vertraut sie mir so wenig?* Es quälte ihn.

Die Stimmung im Wohnzimmer war gedrückt, als er wieder reinkam. Auf allen Gesichtern war Fassungslosigkeit zu sehen.

„Was für eine kranke Scheiße", fluchte Marc.

„Hör auf, wir sollten alle noch mal in uns gehen und nachdenken, fluchen bringt uns nicht weiter", entgegnete Ron und fasste sich an die Stirn. „Hat Tom, oder besser gesagt Steven, irgendetwas erwähnt, als er damals hier war?"

„Ich rufe bei Susan an. Sie wird sich sicher an ihn erinnern. Vielleicht hat er bei der Session damals etwas zu ihr gesagt, was uns helfen könnte." Marc holte sein Handy hervor und wählte ihre

Nummer.

„Gute Idee. Ich rufe Karens Arbeitgeber an und erkläre ihm die Situation“, sagte Eric und verließ den Raum.

Am Abend saßen alle in der Küche, eine neue Erkenntnis gab es jedoch nicht.

„Susan konnte sich sehr gut an Tom erinnern, aber er hat ihr gegenüber nichts erwähnt, was uns in irgendeiner Weise weiterbringen würde.“ Marc sah zerknirscht aus.

„Karens Chefin weiß Bescheid. Peter hatte sich schon mit ihr in Verbindung gesetzt und sie gebeten, die Belegschaft zu fragen, ob sich ein Tom oder Steven gemeldet und nach Karen gefragt hat. Wir können momentan nichts weiter tun, als zu warten und zu hoffen“, stellte Eric resigniert fest.

Er stand auf, ging in Karens Zimmer, legte sich auf ihr Bett und schlief ein.

# Kapitel 15

Karen erwachte und blinzelte. Es dauerte einen Moment, bis sie realisierte, dass sie an einen Balken gefesselt war. Ihr Mund war mit Klebeband verklebt, fahles Licht erhellte den Raum. Sie erkannte den Kamin und die Sitzecke: Sie war in der Hütte am See. Ihr Kopf dröhnte, die Arme schmerzten von der gestreckten Haltung und sie bekam schlecht Luft, weil das Klebeband sie daran hinderte, einen tiefen Atemzug zu nehmen. Sie zitterte am ganzen Körper und sah sich hektisch um.

„Dornröschen ist aufgewacht", hörte sie Toms Stimme, kurz bevor er aus dem Dunklen in ihr Sichtfeld trat.

Erschrocken riss sie ihre Augen weit auf und zerrte an den Fesseln.

„Überrascht, mich zu sehen?", fragte er ironisch, strich an ihrer Wange hinab und schlug ihr dann hart ins Gesicht.

Ihr Kopf flog nach links, aber ihr Schrei wurde durch das Klebeband gedämpft.

Er fasste grob an ihr Kinn. „Dachtest du kleines Miststück, du könntest mich anzeigen und ungestraft davonkommen?"

Karen schüttelte wild den Kopf, sie verstand gar nichts. Er riss ihr das Klebeband vom Mund und sie schrie erneut. Tränen liefen an ihren Wangen hinab. „Tom, bitte, ich weiß nicht, was du meinst.

Ich habe dich nicht angezeigt", flehte sie ängstlich, aber er lachte nur.

„Du lügst", schrie er. „Die Frauen lagen mir zu Füßen. Ich hatte ein neues Leben angefangen, ich war erfolgreich, aber wegen dir habe ich alles verloren."

Seine Augen waren weit aufgerissen, als er sprach. Er wirkte völlig verändert, wie damals im Schlafzimmer, bevor er sie mit dem Rohrstock geschlagen hatte. Seine Pupillen waren stecknadelkopfgroß und er spuckte jedes Wort aus.

Sie zitterte so sehr, dass sie ihre Lippen aufeinanderpressen musste, damit er ihr Zähneklappern nicht hörte. „Was willst du von mir?", wimmerte sie.

„Was ich will? Ich will dich leiden sehen. Du sollst genauso leiden wie ich. Ich habe nichts mehr zu verlieren. Wenn ich verhaftet werde, wartet in Texas die Todesstrafe auf mich, also kann ich mein Leben auch selbst beenden. Aber dich nehme ich mit. Doch vorher sollst du noch bekommen, was du verdienst."

Er trat beiseite und Karen konnte auf dem Esstisch eine Auswahl an BDSM-Schlagwerkzeugen und anderen Spielutensilien entdecken. Peitschen, Stöcke, Gerten, Nadelräder, Paddles mit Nieten, Knebel und eine Augenbinde. Erschrocken atmete sie ein.

„Tom, nein", bettelte sie unter Tränen.

„Du kannst betteln und heulen, wie du willst. Meinst du, deine Freunde suchen dich ausgerechnet hier? Die wissen doch gar nicht, dass ich diese Hütte kenne, und selbst wenn sie es wüssten, denken sie bestimmt nicht, dass ich dich ausgerechnet hier verstecke. Aber ich habe gesehen, wie dein Lover dich mit den Floggern an diesem Ort geschlagen hat. Gib es zu, Miststück, du stehst drauf. Das wusste ich schon immer und wir beide werden jetzt eine Menge Spaß miteinander haben." Er lachte kehlig.

Karen weinte bitterlich. Sie versuchte, ruhiger zu werden, versuchte, ihn in ein Gespräch zu verwickeln, um Zeit zu gewinnen. „*Du* hast mich beobachtet, *du* warst der Schatten, den ich am Waldrand gesehen habe, als ich an der Terrassentür stand. Und an dem Abend, als wir hier waren, da habe ich auch Umrisse einer Person gesehen, die mich an dich erinnerten."

„Ja, ich habe dich schon eine Weile beobachtet und nur auf den richtigen Moment gewartet, um dich zu holen", flüsterte er bedrohlich und stieß dann aus: „Für deinen Verrat hast du eine harte Strafe verdient!" Er ergriff mit einer Hand fest ihr Kinn und starrte sie an.

„Hör auf, Tom. Ich habe dich nicht verraten, mach mich los. Ich werde niemandem etwas sagen." Sie versuchte, so ruhig wie möglich zu sprechen.

„Halt deinen Mund", schrie er und schlug ihr erneut ins Gesicht.

Dabei traf er ihr Auge und ihre Braue platzte auf. Blut tropfte seitlich an ihrer Schläfe hinunter und ihr Auge schwoll an.

„Schau dir die Sauerei an, die du angerichtet hast", sagte er in einem sarkastischen Tonfall. „Dafür werde ich dich bestrafen müssen."

Er trat auf sie zu, zückte ein Messer und zerschnitt ihre Kleidung. Ihre gellenden Schreie interessierten ihn nicht. Nach wenigen Sekunden stand sie nackt und schutzlos im Raum. Sie hatte keine Chance, ihm zu entkommen. Er ging einen Schritt zur Seite, griff nach dem Klebeband, das auf dem Tisch lag, und verklebte ihren Mund. Dann nahm er eine Lederpeitsche in die Hand.

Karen riss panisch die Augen auf, zog und zerrte an den Fesseln. Sie hörte ein Knallen, dann traf das Peitschenende auf ihren Rücken. Sie schrie so laut gegen das Klebeband, dass ihre Stimme brach. Tom schlug so lange auf Karen ein, bis sie kraftlos, tränenüberströmt, nach Luft japsend und blutend in der Fesselung hing.

Schließlich schmiss er die Peitsche achtlos beiseite, verließ die Hütte und knallte die Tür hinter sich ins Schloss. Karen hing einsam in dem Raum, kaum fähig, einen klaren Gedanken zu fassen, so wütete der Schmerz auf ihrem Körper. *Keiner wird mich finden,* dachte sie und sah vor ihrem geistigen Auge Eric.

Zwei Tage waren seit Karens Entführung vergangen. Bisher hatte keiner etwas in Erfahrung bringen können. Die Behörden tappten im Dunkeln. Es war eine Zerreißprobe für alle.

Eric kam fast um vor Sorge um Karen. Er dachte die ganze Zeit nur an sie. Immer wieder dachte er an die gemeinsamen Stunden, bis der seelische Schmerz ihn fast wahnsinnig machte. Dann kamen die Selbstvorwürfe. *Hätte ich sie doch nur nicht allein gelassen, wäre ich doch bei ihr geblieben, statt mit Ron und Marc zum Seniorenheim zu fahren.*

Ron und Marc hatten Mühe, ihren Freund von dem Abgrund wegzuholen, in den er erneut zu fallen drohte.

Am Abend stand Peter Hobbs endlich wieder vor der Tür. „Es gibt Neuigkeiten, wenn auch nur welche, die uns aktuell noch nicht zu seinem Versteck führen."

Eric versammelte alle im Wohnzimmer. Gespannt sahen sie zu Peter.

„Wir haben mit Karens Freundin Zoe gesprochen. Karen hat ihr gegenüber erwähnt, dass es Gerüchte gegeben hätte, dass Tom in einer Beziehung schon mal handgreiflich geworden ist. Sie hatte ihr aber nie den wahren Grund für die Trennung erzählt. Zoe berichtete außerdem, dass Tom vor einigen Tagen bei ihr war. Er erzählte ihr etwas von Fehlern, die er gemacht hat, dass Karen doch seine große Liebe ist und er sie zurückgewinnen will. Tom hätte sehr reumütig auf sie gewirkt und sie gefragt, ob sie wüsste, wo er Karen möglicherweise finden könnte, da er sie nicht zu Hause antreffen konnte."

„Und weil Zoe ihm seine Geschichte abgenommen hat, hat sie ihm die Information gegeben", schlussfolgerte Ron.

„Richtig! Sollte er sich noch mal bei ihr melden, ruft sie mich an.“

„Das hilft uns nur leider nicht weiter. Wir wissen jetzt lediglich, woher er wusste, wo er sie findet. Er musste nur noch auf einen günstigen Moment warten, um sie schnell und einfach zu entführen.“ Eric klang verzweifelt.

„Ist euch noch irgendetwas eingefallen, was uns irgendwie weiterhelfen könnte?“, fragte Peter, aber alle schüttelten den Kopf.

„In Ordnung, ich bleibe am Ball. Wenn euch irgendwas einfällt, meldet euch“, sagte er auf dem Weg zur Tür, ging hinaus und fuhr davon.

Karen versuchte, die Augen zu öffnen. Sie hatte starke Schmerzen, ihr rechtes Auge war dick geschwollen, und sosehr sie es auch versuchte, sie konnte mit dem Auge nur noch schemenhafte Umrisse erkennen.

Der Geruch einer brennenden Zigarette zog ihr in die Nase. Tom stand vor ihr, nahm einen tiefen Zug und blies den Qualm direkt in Karens Gesicht. Sie musste husten und er riss ihr das Klebeband vom Mund.

„Atme! Du musst noch eine Weile bei mir bleiben.“

Karen röchelte, ihr Kopf hing nach unten.

Er packte ihr grob ins Haar und riss ihren Kopf wieder nach oben. „Weißt du, was ich mir schon immer gewünscht habe?“ Er machte eine Pause und zog erneut an der Zigarette. „Meine Sklavin soll mein Zeichen tragen."

Karen starrte ihn voller Entsetzen an, als er die glühende Zigarette mit wenig Abstand langsam an ihrem Oberkörper hinabführte. Karen wimmerte kläglich.

Noch einmal nahm er einen tiefen Zug, pustete den Qualm aus und drückte die heiße Glut der Zigarette an die Innenseite ihres Oberschenkels. Qualvolle Schreie hallten durch die Hütte. Er zog erneut an der Zigarette, brachte die Spitze wieder zum Glühen und drückte ein weiteres Mal auf ihre Haut. Karen schrie um ihr Leben, bis sie keine Stimme mehr hatte.

Er wiederholte die qualvolle Prozedur mehrfach. Als er fertig war, lachte er teuflisch. „Jetzt gehörst du offiziell mir."

Karen sah zu ihrem Schenkel, auf dem er ihr ein T eingebrannt hatte. „Du verdammter Bastard", würgte sie mit letzter Kraft hervor.

Sie sah seine Hand noch kommen, bevor sie bewusstlos in die Fesselung fiel.

Karen kam im Bad der Hütte, an Ketten gefesselt, wieder zu sich. Die Ketten waren an Ringen befestigt, die auf dem Boden verschraubt waren. Sie waren lang genug, dass sie die Toilette und das Waschbecken benutzen konnte. Vor ihr stand ein Glas mit Wasser und ein Teller mit Brot. Karen war zu schwach, um auch nur einen Bissen zu essen. Sie griff mit zittrigen Händen nach dem

Wasser, führte es vorsichtig an ihren Mund und trank das Glas leer.

Jedes noch so kleine Geräusch ließ sie zusammenzucken. Sie saß nackt auf dem Boden, jede Faser ihres Körpers brannte und schmerzte, ihr Gesicht fühlte sich geschwollen an. Sie zog ihre Beine eng an ihren Körper und verbarg ihr Gesicht zwischen ihren Knien. Völlig erschöpft driftete sie in einen unruhigen Schlaf, bis ein lauter Knall sie wieder herausriss. Tom hatte die Tür zum Bad aufgestoßen.

Noch bevor sie reagieren konnte, hatte er die Ketten von den Ringen gelöst, sie grob am Arm hochgezogen, sie hinter sich hergeschleift und wieder unter den Balken gestellt, an dem er sie fixierte. Mithilfe der Ketten, die er um den Balken gelegt hatte, zog er sie wieder auf ihre Füße. Sie war viel zu schwach, um sich zu wehren. Kraftlos hing sie unter dem Balken.

Tom packte ihre Haare und riss ihren Kopf hoch. „Gefällt dir dein Aufenthalt?“, fragte er und lachte kehlig.

Karen reagierte nicht.

„Antworte mir gefälligst!“, schrie er und riss schmerzhaft an ihrem Haar.

Karen wimmerte.

„Ich bringe dir schon noch Benehmen bei“, prophezeite er ihr, ließ ihren Kopf los, ging zum Tisch und holte die Gerte. Ohne ein weiteres Wort schlug er mehrfach vorn auf ihre Oberschenkel.

Karen versuchte zu schreien, aber ihr fehlte die

Kraft. Sie keuchte und wimmerte nur kläglich und Tränen liefen ihre Wangen hinab.

„Das sollte dir eine Lehre sein, mich nicht respektlos zu behandeln“, fauchte er, holte das Klebeband, presste es auf ihren Mund und ging.

So vergingen drei Tage und Nächte. Er misshandelte sie bis zur Bewusstlosigkeit, schleppte sie dann ins Bad, gab ihr Wasser und Brot und misshandelte sie wieder. Karen war gedanklich an einem Punkt angekommen, wo sie sich wünschte, dass das Martyrium bald enden würde.

Auch am vierten Tag nach Karens Verschwinden gab es noch immer keinen Anhaltspunkt, wo Tom Karen hingebracht haben könnte. Die Nerven von allen waren sehr gespannt. Jeder versuchte, irgendwie mit der Situation klarzukommen.

Valerie fuhr wieder zur Arbeit und hoffte, dass der Klinikalltag sie etwas von ihren Gedanken an Karen und deren Entführung ablenken konnte. Die Sorge um Karen fraß sie auf. Nachts konnte sie kaum schlafen. Appetit hatte sie auch nicht. Sie hoffte, dass etwas Normalität ihr vielleicht helfen konnte.

In der Klinik herrschte wie immer reger Betrieb, und die ersten Stunden war Valerie so beschäftigt, dass sie kaum an die Entführung dachte. In der Mittagspause wollte sie sich mit Olivia treffen. Marc hatte ihr erzählt, was vorgefallen war.

Valerie ging in die Kantine zur Essensausgabe.

Großen Hunger hatte sie zwar nicht, aber sie nahm trotzdem das Tagesmenü und ging mit dem Tablett zu Olivia, die sie an einem Tisch in der Kantine erblickte.

„Hey, Olivia, schön, dich zu sehen“, sagte Valerie und umarmte sie freundschaftlich.

„Hey, wie geht es dir? Das ist alles so schrecklich. Habt ihr schon irgendetwas von Karen gehört?“, fragte sie mitfühlend.

„Nein, wir machen uns große Sorgen, denn der Typ, der sie entführt hat, ist extrem gewalttätig.“

„Ja, Marc hat das am Telefon erwähnt, und ich wollte mich mit dir treffen, weil mir heute Morgen etwas eingefallen ist. Ich glaube, er hat sie beobachtet“, sagte Olivia ernst.

„Wie kommst du darauf?“

„Hm, es war am Tag nach deiner Hochzeit. Marc schlief noch deshalb bin ich nach unten in die Küche gegangen, um Kaffee zu machen. Karen kam dazu, weil sie die gleiche Idee hatte. Jedenfalls ging sie zur Terrassentür und schaute in den Garten. Plötzlich wich sie erschrocken ein Stück zurück. Ich habe sie gefragt, ob alles in Ordnung sei, und sie meinte, dass sie dachte, etwas gesehen zu haben. Ich habe mir nichts weiter dabei gedacht und bin dann wieder zu Marc ins Zimmer gegangen.“

„Dann hat er uns vielleicht schon eine ganze Weile vorher beobachtet. Ich muss das Eric erzählen, vielleicht ist es irgendwie von Bedeutung“, dachte Valerie laut nach. „Ich gehe kurz telefonieren, bin gleich wieder zurück."

Valerie stand auf, ging in den Hof der Kantine, holte ihr Handy aus ihrer Kasacktasche hervor und wählte die Nummer von Eric, der kurz darauf abnahm.

„Eric, ich weiß nicht, ob es von Bedeutung ist, aber ich habe gerade mit Olivia gesprochen und sie hat mir erzählt, dass Karen am Tag nach der Hochzeit jemanden im Garten gesehen hat." Am anderen Ende war es still. „Eric?"

„Ja, ich bin noch da. Danke, Val, ich erzähle es den anderen. Bis später." Er legte auf.

Eric ging in die Scheune zu Ron und Marc, die dort in der Hoffnung, etwas Ablenkung zu bekommen, arbeiteten.

„Ich hatte gerade einen Anruf von Valerie. Sie sagte, dass Tom uns eventuell schon länger beobachtet hat. Olivia hat mitbekommen, wie Karen eine Gestalt im Garten gesehen hat. Warum hat sie mir das nicht gesagt, verdammt?" Eric schlug vor Wut auf einen Holzbalken.

Ron und Marc sahen zu ihm rüber.

„Jetzt beruhig dich. Dafür gibt es sicher eine Erklärung. Hast du es Peter schon gesagt?", fragte Ron und kam auf ihn zu.

„Nein, den ruf ich jetzt an. Ich wollte, dass ihr dabei seid. Vielleicht hat er auch neue Infos für uns."

Eric wählte Peters Nummer, schaltete auf laut und legte das Handy auf den Tisch.

„Eric, ich wollte auch gerade deine Nummer wählen. Wir haben einen Treffer bei unserer Fahndung in den sozialen Medien erzielt. Eine Autovermietung hat uns angerufen, und die Dame am Telefon war sich ziemlich sicher, dass Steven alias Tom einen Transporter bei ihnen gemietet hat. Meine Kollegen überprüfen die Adresse. Ein Verkäufer aus einem Baumarkt hat sich ebenfalls gemeldet und angegeben, dass er dort große Müllsäcke, Seile und Schaufeln gekauft haben soll. Wir gehen den Hinweisen schon nach."

„Okay, das sind endlich mal gute Nachrichten. Ich habe auch etwas erfahren."

„Dann schieß los."

„Es sieht so aus, als ob Tom uns schon eine Weile beobachtet hätte. Karen hat am Tag nach der Hochzeit eine Gestalt im Garten gesehen, das hat jetzt eine Freundin erzählt."

„Dann hat er die Tat wahrscheinlich schon eine ganze Weile geplant. Er wird eure Gewohnheiten analysiert haben. Denkt weiter nach. Jede Kleinigkeit kann wichtig sein. Ich melde mich, wenn ich die Berichte der Kollegen habe."

„Danke, Peter." Eric steckte das Handy wieder ein und sah resigniert zu den anderen.

„Was hat er vor?", überlegte Marc laut.

„Was er vorhat? Nach was klingen Müllsäcke und Schaufeln für dich?", schrie Eric und Ron packte ihn an den Schultern.

„Jetzt komm mal runter. Wir machen uns alle Sorgen, aber ausrasten ist jetzt wohl kaum der richtige Weg!“ Ron sah Eric eindringlich an, der daraufhin wütend die Scheune verließ.

Er ging zurück ins Haus und sah zur Terrassentür hinaus in den Garten. Im Geiste ging er immer wieder die Worte von Valerie durch. *Er hat uns beobachtet, er hat uns …*

Plötzlich schoss eine Erinnerung durch seinen Kopf. Karen, wie sie gefesselt an dem Holzrahmen bei der Hütte hing und erschrocken in den Wald starrte. Die Hütte!

Eric rannte sofort zurück zu Marc und Ron. Er riss die Tür zur Scheune auf. Erschrocken starrten sie ihn an.

„Ich glaube, ich weiß, wo sie ist“, rief er hektisch.

„Was?“, fragte Ron ungläubig und ging auf ihn zu.

„Die Hütte. Als ich mit ihr hinter der Hütte war, hat sie gezittert und erschrocken in den Wald gesehen. Ich dachte, sie wäre nicht auf mich konzentriert, und habe nicht weiter nach dem Grund gefragt. Es fiel mir gerade wieder ein. Und die Hütte wäre doch als Versteck ideal. Sie ist abgelegen, keiner sieht und hört dort etwas, und wenn er uns schon länger beobachtet hat, dann weiß er, dass wir nicht oft dorthin fahren.“

„Du hast recht. Ruf sofort Peter an“, rief Marc und mit zittrigen Fingern wählte Eric Peters Nummer.

Hastig versuchte er, ihm die Fakten zu erklären, und gab ihm alle nötigen Informationen zu der

Hütte und wie man dorthin gelangte.

„Okay, ich stelle sofort ein Team zusammen. Wir überprüfen das. Ihr bleibt, wo ihr seid, der Typ ist unberechenbar und gefährlich. Sobald wir die Lage gecheckt haben, melde ich mich sofort. Hast du mich verstanden, Eric? Keine Alleingänge!“

„Ja, ich habe dich verstanden“, antwortete Eric erschöpft und steckte langsam sein Handy weg. Sie konnten jetzt nur noch hoffen und warten.

Die Mittagssonne schien durch die Fenster der Hütte, der See glitzerte und das Zirpen von Insekten war zu hören. Karen schreckte hoch, versuchte, die Augen zu öffnen. Ein Auge war komplett zugeschwollen. Mit dem anderen blinzelte sie in das Licht.

Tom hatte sie vor einiger Zeit wieder aus dem Bad geholt und an den Balken gefesselt. Ihre Hände und Füße waren von den Ketten überall verschrammt und mit blauen Flecken übersät. Ihr war kalt und sie zitterte unkontrolliert. Sie war an einem Punkt angekommen, an dem sie einfach sterben wollte, damit dieser Alptraum endlich sein Ende fand. Vor ihrem inneren Auge sah sie Eric, und Tränen liefen an ihren Wangen hinab. Sie hätte ihn so gern noch einmal gesehen, seine warmen Hände auf ihrer Haut gespürt.

Tom saß etwas abseits von ihr auf einem Stuhl. Sie sah kurz auf und ließ den Kopf wieder hängen.

„Ach wie süß, du weinst. Willkommen in deiner ganz persönlichen Show. Hier geht es nur um dich und deinen Schmerz, bis der Tod dich erlöst." Tom lachte wie ein kranker Teufel. Er stand auf und kam auf sie zu.

Sie atmete zittrig, tief und langsam.

„Wach bleiben, trink!", befahl er ihr, führte ein Glas Wasser an ihre Lippen und kippte es leicht nach vorn.

Karen ließ ihren Mund geschlossen und das Wasser lief an den Seiten ihres Mundes hinab.

„Nicht mal richtig trinken kannst du. Sieh dir an, was du angerichtet hast. Dieses Benehmen kann ich nicht dulden." Er knallte das Glas auf den Tisch, ging um den Tisch herum und nahm das Paddle mit den Nieten in seine Hand.

Karen riss mit letzter Kraft ihren Kopf hoch und schaute in seine Richtung. Sie fühlte nichts mehr außer Hass. „Beende es doch einfach." Sie wollte nicht mehr, konnte nicht mehr.

„Es beenden? Aber dann ist der Spaß so schnell vorbei", sagte er lachend.

Draußen vor der Hütte versammelte sich das Team von Peter Hobbs. Alle trugen Kampfausrüstung und schwere Waffen. Sie hatten die Hütte schnell erreicht und lautlos umzingelt.

Peter sah durch ein Fernglas in das Innere der Hütte. Er konnte Karen sehen, die kraftlos unter einem Balken an Ketten hing. Er konnte auf ihrem Körper überall Blutspuren sehen und dachte zunächst, sie wäre tot. Als sie sich dann doch bewegte, atmete Peter erleichtert aus. Es bestand also noch Hoffnung, dass sein Team sie lebend aus der Hütte holen konnte.

Nun entdeckte er auch Tom. Er stand ein Stück von Karen entfernt mit dem Rücken zum Fenster und hielt ein Schlaginstrument in der Hand.

Peter nahm sein Funkgerät zur Hand. „Alpha eins an Basis, kommen."

„Basis, sprechen Sie."

„Brauche einen Krankenwagen, Position Waldrand, warten auf weitere Order."

„Basis verstanden, over."

Er ging zu seinem Team und gab Anweisungen, wie das Team weiter vorgehen sollte. „Wir schleichen uns an die Vordertür, vier Mann sichern die Fenster und wir stürmen auf mein Kommando", befahl er. „Sind die Scharfschützen und alle anderen auf ihrer Position?"

Die Kollegen nickten. Peter warf noch einen Blick durch das Fernglas, bevor er ihnen das Kommando erteilte. „Zugriff!", rief er und das Team stürmte in die Hütte.

Tom reagierte blitzschnell und lief geistesgegenwärtig auf die Männer zu. Ein Schuss fiel und traf Tom, der sofort zu Boden sackte. Die Männer sicherten den Raum.

Peter kam in die Hütte und ging direkt auf Karen zu, aber sie bewegte sich nicht mehr. Ihr Körper hing leblos in den Ketten. Sie atmete kaum sichtbar, war fast bewusstlos. Schnell löste Peter die Fesseln und legte sie sanft auf den Boden. Er beugte sich über sie und rüttelte leicht an ihren Schultern. „Karen, können Sie mich hören?“

Sie wimmerte leise.

„Karen, versuche Sie, wach zu bleiben“, sagte Peter, hob ihren Kopf an und Karen öffnete ihre Augen einen Spalt. „Mein Name ist Peter Hobbs, ich bin ein Freund von Eric. Wir bringen Sie hier raus. Es ist vorbei. Draußen wartet ein Krankenwagen, Sie brauchen keine Angst mehr zu haben. Alles wird gut, Sie sind in Sicherheit.“

„Tom?“, röchelte sie.

„Er ist tot. Er kann Ihnen nichts mehr anhaben.“

Karen schluchzte erleichtert.

Peter ließ sich eine Decke bringen und legte diese über ihren nackten Körper. Er gab mehreren Männern die Anweisung, sie nach draußen zu bringen, wo bereits der Krankenwagen auf sie wartete. Peter blieb an ihrer Seite, bis die Sanitäter sie übernommen hatten und der Krankenwagen sie abtransportiert hatte.

Peter ging zurück zur Hütte, blieb draußen stehen, nahm eine Zigarette aus seiner Jackentasche und zündete sie an. Mit einem tiefen Zug inhalierte er den Tabak. Er brauchte diesen Moment, um wieder runterzukommen. Er hatte schon viele Opfer von Gewalt gesehen, aber es war jedes Mal wieder neu und erschreckend.

Er nahm einen letzten Zug von seiner Kippe, drückte den Stummel aus und verstaute ihn in seiner Jackentasche. Erst dann ging er zu den anderen Männern seines Teams.

„Gut gemacht, Jungs. Wir rücken ab!“, befahl er.

Alle gingen zu den Fahrzeugen und stiegen ein.

Im Auto holte er sein Handy hervor und rief Eric an. Es dauerte keine Sekunde, bis dieser das Gespräch entgegennahm.

„Wir haben sie gefunden, sie lebt und ist auf dem Weg ins Krankenhaus. Sie bringen sie ins *Mercy General Hospital*. Dort wartet schon ein Ärzteteam auf sie.“

Eric atmete erleichtert aus. „Gott sei Dank. Was ist mit diesem Schwein?“, fragte er kühl.

„Er ist tot. Wir mussten ihn ausschalten.“

„Gut!“, sagte Eric und legte auf.

Eric ließ das Handy sinken, ging auf die Knie und weinte vor Erleichterung.

„Komm, wir bringen dich in die Klinik“, sagte Ron.

Gemeinsam gingen sie zum Pick-up und fuhren los. Eric gingen tausend Gedanken durch den Kopf, während Marc den Wagen durch den Verkehr lenkte. *Wie schwer sind ihre Verletzungen? Wird sie das alles jemals verarbeiten können und wieder seine Karen sein?* Er wusste nur zu gut, was so ein Trauma aus einem Menschen machen konnte. In diesem Moment schwor er sich, dass er alles in seiner Macht Stehende unternehmen würde, damit Karen nicht an diesem traumatischen Vorfall zerbrach.

„Kannst du nicht schneller fahren?“, fragte Eric

und rutschte nervös auf dem Sitz hin und her.

Kaum dass sie die Klinik erreicht hatten, sprang er aus dem Auto und lief direkt in die Notaufnahme. Marc und Ron parkten den Wagen und kamen wenige Minuten später dazu. Ron informierte Valerie darüber, was in den letzten Stunden passiert war und dass sie jetzt in der Notaufnahme wären. Wenige Minuten später kam auch sie in die Notaufnahme des *Mercy General Hospital*.

„Setzt euch in den Wartebereich. Karen ist im OP. Mehr weiß ich momentan nicht. Der behandelnde Arzt wird kommen, sobald er mit der Operation fertig ist. Dann kann er uns mehr über ihren Zustand sagen", erklärte Valerie gefasst, dann ging sie aus dem Wartebereich in die Kantine, um Getränke für alle zu besorgen.

Eric war außer sich vor Sorge. Er saß im Wartebereich und starrte aus dem Fenster, als Valerie mit Kaffee und Wasser zurückkam.

Es dauerte fast zwei Stunden, bis endlich die Tür aufging und der behandelnde Arzt zu ihnen kam. „Soweit ich weiß, sind Sie keine direkten Angehörigen. Ich darf Ihnen daher keine genaue Auskunft geben. Was ich sagen kann, ist, Miss Waters hat viele Blessuren erlitten. Ihr Jochbein ist gebrochen und sie hat eine Gehirnerschütterung. Ihre Milz hatte einen kleinen Riss, aber weitere innere Verletzungen konnten wir ausschließen. Sie war stark dehydriert und unterzuckert. Ihr Kreislauf ist momentan stabil, aber sie ist noch nicht wieder bei Bewusstsein. Sie wird jetzt zur Beobachtung auf die Intensivstation gebracht, in einer halben Stunde können jedoch maximal zwei von Ihnen zu ihr.“ Mit diesen Worten verabschiedete sich der Arzt und alle atmeten erleichtert auf.

„Karen hat, soweit ich weiß, keine Angehörigen mehr. Oder weißt du mehr, Valerie?“ Fragend sah Eric zu ihr.

„Nein, mehr weiß ich auch nicht, aber ich informiere Zoe. Sie ist ihre engste Vertraute, vielleicht weiß sie etwas.“

Die halbe Stunde zog sich wie eine Ewigkeit. Eric stockte der Atem, als er endlich die Intensivstation betrat. Tränen liefen an seinen Wangen hinunter. Vorsichtig ging er auf das Bett zu. Karen in diesem Zustand zu sehen, brach ihm fast das Herz. Ihr Gesicht war stark gerötet und geschwollen. Er konnte sie kaum erkennen. Ihre Handgelenke waren grün, blau und abgeschürft. Sie bekam Sauerstoff über die Nase und die Kabel vom Herzmonitor kamen unter der Decke hervor. Er setzte sich neben das Bett auf einen Stuhl, griff behutsam nach ihrer Hand und hielt sie sanft fest.

„Ich liebe dich so sehr, mein Engel. Ich hatte solche Angst, dich zu verlieren. Was hat er dir nur angetan?“, flüsterte er, küsste sie behutsam auf die Stirn und blieb eine Weile stumm an ihrem Bett sitzen.

Dann ging er erschöpft zurück in den Wartebereich zu den anderen. Sie konnten nichts weiter machen, als zu warten, bis sich Karens Körper von den Strapazen erholte.

Schweigend verließen sie das Krankenhaus und gingen zum Parkplatz. Eric fuhr mit Ron, und Marc nach Hause.

In der Nacht konnte Eric nur schwer einschlafen. Er machte sich Sorgen, wie sich Karen fühlen würde, wenn sie wieder bei Bewusstsein war.

Es war erst kurz nach sieben Uhr morgens, als Valerie bereits in der Küche war. Sie reichte Eric eine Tasse Kaffee, als er zur Tür hereinkam. Er trank den Kaffee schnell aus, ging mit Valerie nach draußen zu ihrem Wagen und sie fuhren in die Klinik.

Eric war auf der Fahrt sehr still. Immer wieder sah er stumm aus dem Fenster. Valerie drückte aufmunternd seine Hand und er lächelte sie an.

Sie erreichten die Klinik und gingen direkt zum Warteraum. Als sie den Raum betraten, saß dort bereits eine junge Frau.

Eric trat auf sie zu. „Ich nehme an, dass Sie Zoe sind?“, fragte er und streckte ihr die Hand entgegen. „Ich bin Eric Bright.“

„Ja, hallo, Karen hat von Ihnen erzählt. Freut mich, Sie kennenzulernen, wenn auch unter diesen Umständen.“

Plötzlich ging die Tür auf, und eine Schwester bat Zoe, mit ihr zur Intensivstation zu kommen.

Zoe klopfte leise an die Tür und betrat das Zimmer. Sie schlug die Hände vor den Mund und hätte beinahe aufgeschrien, als sie das Ausmaß von Karens Blessuren sah. Sie atmete tief durch und ging auf Karen zu.

„Oh Süße, was hat er dir angetan? Es tut mir so leid, ich hätte ihm niemals sagen sollen, wo du bist.“ Tränen glitzerten in ihren Augen.

„Wein doch nicht“, krächzte Karen und lächelte tapfer. „Es ist doch nicht deine Schuld.“

Kurz darauf kam ihr Arzt dazu. Detailliert erklärte er Karen und Zoe, welche Verletzungen man Karen zugefügt hatte und welche Maßnahmen ergriffen wurden, damit sie wieder gesund werden würde.

„Ich habe veranlasst, dass Sie, so lange Sie hier sind, eine psychologische Betreuung erhalten. Wir werden Sie heute Nachmittag auf die normale Station verlegen. Haben Sie noch Fragen?“ Er sah zu Karen.

„Nein, im Moment nicht“, sagte sie mit heiserer Stimme.

Der Arzt verabschiedete sich und ließ die Frauen allein.

„Hast du starke Schmerzen?“, fragte Zoe und Karen schüttelte leicht den Kopf.

Ihr Hals war noch wund vom vielen Schreien und das Sprechen fiel ihr schwer.

„Im Warteraum sitzen Valerie und Eric. Er scheint nett zu sein, und ich glaube, er macht sich große Sorgen um dich.“

„Ich will im Moment niemanden sehen. Danke, dass du gekommen bist, Zoe, aber ich möchte jetzt alleine sein", flüsterte Karen und schaute emotionslos in den Raum.

Zoe blickte sie besorgt an, drückte ihre Hand und verabschiedete sich. „Ich bin noch ein paar Tage hier und komme morgen wieder", sagte Zoe, bevor sie das Zimmer verließ, zum Wartebereich ging und Eric und Valerie die Nachricht überbrachte.

„Karen möchte im Moment niemanden sehen. Es geht ihr den Umständen entsprechend gut. Der Arzt sagt, dass sie wieder gesund wird."

„Was soll das heißen, sie will niemanden sehen?", fragte Eric erstaunt und trat einen Schritt auf Zoe zu.

„Es tut mir leid, aber sie bat mich, Ihnen das zu sagen."

Eric verließ enttäuscht das Wartezimmer.

Valerie ließ Karen ein paar Tage Zeit, damit sie sich ausruhen und nachdenken konnte. Aber als sie sich weder bei ihr noch bei Eric meldete, reichte es ihr. Sie ging in ihrer Mittagspause zu der Station, auf der Karen lag, klopfte kurz an die Tür und betrat das Zimmer. Sie baute sich vor Karens Bett auf und sah auf diese hinab.

„Jetzt hör mir mal gut zu! Wir sind deine Freunde, wir sind vor Sorge um dich fast umgekommen. Was zum Teufel ist los mit dir? Kannst du dir vorstellen, dass es sehr verletzend ist, dass du uns nicht sehen willst?"

Erst sah Karen an Valerie vorbei, dann schaute

sie traurig zu ihr und klopfte auf das Bett, damit Valerie sich zu ihr setzte. Sie redete über eine Stunde und Valerie hörte ihr zu.

Bevor Val schließlich ging, drehte sie sich noch mal zu ihr um. „Du hast mein Wort, dass ich es niemandem sage. Du musst wissen, was du tust. Aber du wirst ihm das Herz brechen, und ich weiß nicht, wie er das verkraftet."

„Danke, Valerie." Tief in ihrem Herzen wusste Karen, dass sie recht hatte, aber in diesem Moment konnte sie nicht anders entscheiden, als Eric zu verlassen, um alles, was geschehen war, zu verarbeiten.

Es ging ihr von Tag zu Tag besser. Zoe kam noch ein paarmal, bevor sie wieder nach Hause zu ihrer Familie fuhr. Karen hatte sich mit einer langen Nachricht von Eric getrennt. Sie konnte es ihm einfach nicht persönlich sagen, weil sie es nicht ertragen hätte, ihn verletzt und traurig zu sehen. Sie bat ihn, dass er sie nicht besuchen sollte und um sein Verständnis dafür, dass sie jetzt Zeit für sich bräuchte.

Er schrieb ihr, dass er sie ewig lieben würde und dass er für sie da sein würde, und versprach ihr, dass er ihr alle Zeit der Welt geben würde, wenn sie ihre Entscheidung noch mal überdenken würde.

Aber für Karen gab es in diesem Moment kein Zurück mehr.

Es verging eine Woche, in der Karen große Fortschritte machte. Die Wunden waren schon etwas verheilt und sie ging regelmäßig im Klinikgarten spazieren. Oft saß sie nur auf einer der Bänke und schaute gedankenverloren in den Himmel. In diesen Momenten vermisste ihr Herz Eric. Dann tauchten jedoch die Bilder von Tom und von der Hütte wieder vor ihrem inneren Auge auf und verschlossen ihr Herz.

Sie hielt es in der Klinik nicht mehr länger aus. Sie traf eine Entscheidung und verließ das Krankenhaus zwei Tage später gegen den ärztlichen Rat.

Sie weihte Valerie in ihre Pläne ein, die nicht erfreut darauf reagierte und versuchte, ihr das auszureden. Karen bat Valerie, alles für sich zu behalten, und versprach, sich bei ihr zu melden. Zuvor hatte sie Zoe gefragt, ob sie für eine Weile bei ihr und ihrer Familie wohnen könnte, da sie sich noch nicht in der Lage sah, allein zu sein.

Eric war nach der Trennung völlig neben der Spur. Er konnte nichts essen, konnte nicht schlafen, alles um ihn herum erinnerte ihn an Karen. Sie fehlte ihm so sehr, dass es körperlich schmerzte. Er ließ sie schweren Herzens in Ruhe, weil er wusste, dass sie Zeit brauchte, um gesund zu werden.

Trotzdem rief er eine Woche nach der Trennung in der Klinik an, und eine Schwester teilte ihm mit, dass Karen die Klinik verlassen habe. Er beendete daraufhin das Gespräch, nahm einen Stuhl und sackte darauf zusammen. Es fühlte sich an, als hätte er sie für immer verloren.

Er brauchte einen Moment, bevor er Valerie anrufen und fragen konnte, ob sie wusste, warum Karen die Klinik verlassen hatte und wo sie hingegangen war. Aber angeblich wusste Valerie auch nicht, wo sie war, also fuhr er kurz entschlossen nach Minneapolis zu ihrem Haus.

Mit schweißnassen Händen stand er vor der Tür und klopfte, aber sie öffnete nicht. Wie ein Dieb schlich er um das Haus herum, aber alles sah still und verlassen aus.

Als Nächstes fuhr er zur Adresse von Zoe. Er klingelte, aber niemand öffnete die Tür. Er stellte sich mit seinem Wagen ein Stück die Straße runter, um den Eingang zu beobachten. Er wartete, aber niemand kam oder verließ das Haus.

Karen stand in Zoes Gästezimmer am Fenster und beobachtete ihn. Tränen liefen an ihren Wangen hinunter. Ein dicker Kloß bildete sich in ihrem Hals und ihr Herz wog zentnerschwer.

Sie rutschte an der Wand hinunter und kauerte sich auf dem Boden zusammen. Sie konnte nicht anders. Alle schlimmen Bilder in ihrem Kopf waren mit den schönen von Eric und ihr verbunden, sobald sie an die schöne Zeit dachte. Die schrecklichen Szenen aus der Hütte fraßen sich wie ein Monster durch jede schöne Erinnerung. Statt Eric sah sie Tom, roch Zigarettenqualm und hörte ihre eigenen Schreie. Es war furchtbar, wie ein Fluch, der auf sie gelegt worden war.

Sie saß stumm im Gästezimmer auf dem Boden, bis es draußen schon Nacht war. Dann hörte sie ein Motorengeräusch, stand auf und sah, wie Eric davonfuhr.

„Leb wohl, Eric“, flüsterte sie in die Dunkelheit.

Für Eric brach eine Welt zusammen. Er war wieder der, der er nach dem Tod von Amber gewesen war. Das Leuchten in seinen Augen war verschwunden. Er zog in das Haus seiner Eltern, fing als Arzt in einer nahe gelegenen Klinik an und kam immer seltener ins Landhaus.

Valerie litt sehr darunter, dass Karen nicht mehr in der Nähe war und Eric so litt. Am schlimmsten war aber das Versprechen, das sie Karen gegeben hatte: niemandem zu sagen, wo sie war und dass sie noch Kontakt hatten. Sie fühlte sich schrecklich deswegen.

# Kapitel 16

Sechs Wochen vergingen, bis Karen in der Lage war, ihre Arbeit wieder aufzunehmen. In der Kanzlei hatte ihre Chefin eine Begrüßungsparty organisiert, bei der die gesamte Belegschaft anwesend war. Sie wurde von allen freundlich begrüßt und spürte, dass die Kollegen froh waren, dass sie zurück war.

Karen stürzte sich sofort in die Arbeit, das lenkte sie von ihren Gedanken an Eric und die Geschehnisse ab. Bis vor Kurzem hatte Eric noch öfter versucht, sie zu erreichen, aber sie hatte die Anrufe nie angenommen. Er schrieb ihr Nachrichten, wie sehr er sie vermisse und liebe und dass sie immer einen Platz in seinem Herzen habe werde, aber sie schrieb nie zurück. Irgendwann hörten die Anrufe auf und es kamen auch keine Nachrichten mehr.

Karen versuchte, wieder das Leben zu führen, das sie gehabt hatte, bevor sie sich in Eric verliebte. Sie ging regelmäßig zu einer Psychotherapeutin, und durch die Therapie lernte sie, mit dem Geschehenen besser umzugehen. Sie lernte Techniken, um die Angst- und Panikattacken in den Griff zu bekommen, und nach einigen Sitzungen konnte sie in ihr Haus zurückkehren. Sie kam mit dem Alleinsein gut zurecht.

An ihrem Körper waren die Wunden verheilt, dennoch konnte sie sich nicht mehr im Spiegel betrachten, denn das T prangte wie ein Mahnmal auf ihrem Bein. *Niemand wird mich mehr lieben können, ich bin gezeichnet und entstellt,* dachte sie oft und hasste sich selbst.

Valerie stand ihr die ganze Zeit über bei. Sie telefonierten oder schrieben sich oft. Karen wusste, dass sie viel von Valerie verlangt hatte, als sie ihr das Versprechen abgenommen hatte, niemandem zu sagen, wo sie war. Valerie erzählte ihr von Ron und Marc, vermied es aber, etwas über Eric zu erzählen. Karen war ihr dankbar dafür. Auch wenn es ihre Entscheidung gewesen war, sie vermisste ihn sehr und der Schmerz saß tief.

Einige Monate waren nun vergangen. Karen saß in ihrer Küche, als ihr Handy einen Anruf anzeigte.

„Karen Waters."

„Karen, schön, deine Stimme zu hören. Hier spricht Michael Meyers. Ich wollte mich erkundigen, wie es dir geht."

Karen wusste einen Moment lang nicht, was sie erwidern sollte. Die Stimme ihres alten Chefs zu hören, der sie rausgeschmissen hatte, irritierte sie, und sie stockte, bevor sie etwas erwidern konnte. „Es geht mir gut", sagte sie kühl.

„Karen, das, was passiert ist, tut mir schrecklich leid. Ich habe dir unrecht getan, als ich auf die Aussagen von Tom gehört habe. Er hat Akten manipuliert und Daten gefälscht und es so aussehen lassen, als wärst du es gewesen. Ich hätte das besser kontrollieren lassen müssen. Es war ein großer Fehler. Ich bitte dich aufrichtig um Verzeihung."

Karen schluckte. Ihre Hände zitterten leicht, aber sie ließ nicht zu, dass die Erinnerung an die Zeit in der Kanzlei Meyers und die damit verbundenen Erinnerungen an Tom an die Oberfläche traten. „Danke, ich nehme deine Entschuldigung an, obwohl es mich sehr enttäuscht hat."

„Danke, Karen, das weiß ich zu schätzen. Solltest du jemals wieder in Erwägung ziehen, nach Minnesota zurückzukehren, die Türen der Kanzlei stehen dir immer offen."

Jetzt war Karen gerührt. „Ich danke dir für das Angebot und werde es im Hinterkopf behalten", sagte sie und legte auf.

Ron rief an einem Donnerstagabend bei Eric an. „Komm nach Dienstschluss sofort her."

Eric sah irritiert auf sein Handy, denn Ron hatte sofort wieder aufgelegt.

Nach Dienstschluss verließ er die Klinik, lief zum Parkplatz, stieg in sein Auto und fuhr direkt zum Landhaus. Die Fahrt dauerte im Abendverkehr etwas länger, und als er am Landhaus ankam, machte Marc ihm bereits die Tür auf.

Er ging die Stufen zur Veranda hoch, begrüßte Marc und beide gingen ins Wohnzimmer, wo Ron schon wartete.

Eric ging auf ihn zu. „Was ist so wichtig?"

„Setzt euch", antwortete Ron und grinste vielsagend.

Marc und Eric setzten sich und sahen ihn wartend an.

„Valerie hat immer noch Kontakt zu Karen!", ließ er die Bombe platzen und Eric riss ungläubig die Augen auf. „Woher weißt du das?"

„Als ich gestern ins Schlafzimmer kam, hat sie hastig ein Gespräch beendet und gedacht, dass ich es nicht mitbekommen hätte. Sie hat so getan, als ob sie eine Nachricht lesen wollte. Als sie dann ins Bad ging, lag ihr Handy auf dem Nachttisch und es kam eine Nachricht rein. Die Nachricht war von Karen."

Eric stand auf und ging nachdenklich zum Fenster, dort drehte er sich langsam zu Ron um. „Wir müssen herausfinden, wo Karen ist. Ich muss endlich mit ihr reden, und ich will endlich wissen, was Tom ihr angetan hat. Ich muss den Grund wissen, warum sie mich nicht mehr in ihrem Leben haben will."

Ron nickte verständnisvoll. „Das weiß ich, Eric. Wir werden Valerie als Verbündete brauchen und sollten sie dazu befragen. Wir müssen sie dazu bringen, dass sie uns hilft."

„So einfach wird sie es uns nicht machen", warf Marc ein.

„Ich habe schon eine Idee", erwiderte Ron und grinste diabolisch.

Valerie kam am nächsten Abend spät nach Hause, ein Umstand, der Ron in die Karten spielte. Er saß in der dunklen Küche, als Valerie in den Raum kam und das Licht einschaltete.

„Du kommst sehr spät.“

Erschrocken wich Valerie einen Schritt zurück und prallte direkt an die Brust von jemand anderem. Sie wirbelte herum und erkannte, dass es Marc war. „Himmel, habt ihr mich erschreckt. Was soll das denn?“, fauchte sie wütend.

„Still!“, sagte Ron mit erhobener Hand, stand auf und ging bedrohlich langsam auf sie zu, bis er dicht vor ihr stand.

In Valerie zog sich alles zusammen. Eine Mischung aus freudiger Erregung und Nervosität. Sie zitterte leicht und ihre Hände wurden feucht. Misstrauisch blickte sie ihren Mann an, dessen Miene ausdruckslos war.

„Du wirst uns freiwillig in den Keller begleiten. Tust du es nicht, zwingen wir dich.“

*Ist er etwa wirklich sauer?* Valerie funkelte ihn widerspenstig an.

„Funkel mich ruhig weiter so an. Je mehr Gründe ich habe, dir den Arsch zu versohlen, desto besser!“

In Valeries Körper kribbelte es aufgeregt. Sie ging auf das Spiel ein, riss sich ruckartig aus Marcs Armen los, stapfte wütend in Richtung Kellertreppe und stieg mit zittrigen Beinen die Kellertreppe hinab. In ihrem Kopf wirbelten die Gedanken wild umher. Sie hatte keine Ahnung, was sie im Keller erwarten würde. Valerie atmete tief durch, ihre Hände zitterten so stark, dass sie zwei Versuche brauchte, um die Tür zu öffnen. Nervös ging sie durch die Tür.

Ron und Marc waren ihr gefolgt und standen direkt hinter ihr, als sie in den Raum sah und ihr Blick sofort auf Eric fiel, der lässig, mit verschränkten Armen, neben dem Bondagetisch stand und gemein grinste. Sie ging keinen Schritt weiter. Ron versetzte ihr einen leichten Stoß, und Valerie stolperte nach vorn in den Raum, die Tür fiel hinter ihr ins Schloss, sie wirbelte herum und starrte ihn wütend an. „Was soll das, Ron?"

„Wisch sofort diesen Blick aus deinem Gesicht", sagte er mit so viel Nachdruck, dass Valerie den Atem anhielt.

Sie fühlte sich hilflos. Ron gefiel ihre Reaktion. Sie hatte keine Ahnung, was auf sie zukommen würde. Er hatte mit Eric und Marc besprochen, dass sie sich Valeries Angst vor Nadeln zunutze machen wollten.

Unsicher stand Valerie im Raum, keiner sagte etwas und die Zeit schien still zu stehen.

„Geh zum Bondagetisch und zieh dich aus!" Rons harte Stimme riss sie aus ihren Gedanken und eine Gänsehaut breitete sich auf ihrem Körper aus. Sie schluckte schwer. Nervös und unsicher blickte sie ihn an.

„Sofort!", setzte er nach und Valerie bewegte sich wie in Zeitlupe.

Eric trat einen Schritt zur Seite und gab den Blick auf einen Beistelltisch frei, den er mit seinem Körper verdeckt hatte. Ihr Blick fiel auf den Tisch und ihre Beine versagten den Dienst, weil sie steril verpackte Nadeln, Handschuhe und Desinfektionsmittel darauf liegen sah.

„Das kann nicht dein Ernst sein, Ron Marshall“, rief sie entsetzt, ihre Augen verengten sich zu Schlitzen und sie sah ihn böse an.

„Sieh mich nicht so an“, sagte er bedrohlich leise. „Du wirst jetzt meinem Befehl Folge leisten und machen, was ich gesagt habe.“

Ron nahm sie am Arm und schob sie weiter auf Eric zu. Ihre Füße versuchten, eine Allianz mit dem Boden einzugehen, aber vergebens, Ron war viel stärker als sie. Erst als sie dicht vor Eric stand, ließ er sie los, und Valerie blickte zu Boden.

„Sieh mich an, Valerie“, forderte Eric ruhig.

Langsam hob sie ihren Kopf und sah ihn ängstlich an.

„Deine Angst erfreut mich, und ich frage mich immer wieder, was ich getan habe, dass du vor mir mehr Furcht verspürst als vor jedem anderen Dom im Club.“

„Ich weiß es nicht“, gab sie leise zu.

„Zieh dich aus“, befahl er.

Valerie wusste, dass Eric nie etwas machen würde, was ihr Vertrauen in ihn erschüttern könnte. Sie nahm einen tiefen Atemzug, dann zog sie ihre Kleidung aus. Alle warteten geduldig, bis sie nackt vor ihnen stand.

Eric trat nun wieder näher an sie heran. „Leg dich auf den Tisch, Val“, flüsterte er dicht an ihrem Ohr.

Eine Gänsehaut rieselte über ihren Körper und

ließ ihn schmunzeln, als sie der Aufforderung nachkam. Marc und Ron fixierten sie an Händen und Füßen und legte ihr zusätzlich einen Bauchgurt an. Sie konnte sich nun nicht mehr bewegen.

Ron trat in ihr Sichtfeld und sah auf sie hinab. „Eigentlich steht dir bei einer Bestrafung kein Safeword zur Verfügung, aber du kannst deine Bestrafung erheblich abmildern, wenn du ehrlich auf Erics Fragen antwortest", sagte er sachlich.

Valerie sah zwischen Ron und Eric hin und her. „Was willst du denn wissen?", fragte sie misstrauisch und sah Eric an.

Er stand nah bei ihr und strich mit seinen Fingern sanft ihre Wange hinab, an ihrem Hals entlang, zu ihrem rechten Nippel. Er zwirbelte ihn zwischen Daumen und Zeigefinger, was Valerie zischen ließ.

„Stimmt es, dass du noch Kontakt zu Karen hast?", fragte er und Valerie sah ihn verblüfft an.

*Woher zum Teufel weiß er das?*

„Nein, habe ich nicht", log sie und wurde rot.

Eric lächelte süffisant, ließ ihren Nippel los, nahm die Handschuhe vom Beistelltisch und zog sie demonstrativ über seine Hände. Er griff nach der Flasche mit dem Desinfektionsmittel und sprühte es direkt auf ihren Nippel.

Valerie sah ihn geschockt an. „Was hast du vor?", fragte sie mit zittriger Stimme.

„Hast du noch Kontakt zu Karen?", fragte Eric erneut, ohne auf ihre Frage zu antworten.

Valerie sah Hilfe suchend zu Ron.

„Antworte einfach auf die Frage“, sagte er lapidar.

Valerie sah wieder zu Eric, der jetzt geräuschvoll die Verpackung der Nadel aufriss. Ihre Augen wurden immer größer.

„Eric, das ist nicht witzig“, keifte sie.

„Dann sag mir, was ich wissen will“, sagte er lächelnd und zog die Nadel aus der Verpackung.

„Ihr seid alle drei miese Stinktiere“, fluchte sie und zerrte an den Fesseln.

Eric zog die Schutzkappe von der Nadel, und Valerie war sich nicht mehr so sicher, ob er vielleicht doch weiter gehen würde, als sie es zuließ.

„Okay, verdammt, ja, ich habe noch Kontakt zu Karen“, stieß sie hektisch hervor.

„Wirst du uns helfen, sie hierher zu locken?“, fragte er und drehte die Nadel demonstrativ in seinen Händen.

„Was, wenn ich Nein sage?“

„Dann verpasst er dir ein Piercing“, sagte Ron kühl.

„Das wagt ihr nicht“, entgegnete Valerie gereizt.

„Willst du es darauf ankommen lassen?“, mischte sich Marc ein, der die ganze Zeit am Fußende des Tisches stand.

Valerie ballte ihre Hände zu Fäusten, alle sahen sie ausdruckslos an und sie war völlig verunsichert.

„Ich helfe euch, aber nur, weil ich glaube, dass Karen einen riesigen Fehler gemacht hat, als sie dich weggestoßen hat“, fauchte Valerie und Ron gab ihr einen Kuss auf die Stirn.

„Danke", flüsterte er dicht an ihrem Ohr.

Valerie sah Eric gespielt böse an. „Ich hasse dich, Eric Bright, und jetzt schmeiß endlich die Nadel weg", jammerte sie.

Eric lachte. „Ach, Val, deine Furcht ist wie Balsam für meine schwarze Seele", sagte er ironisch, legte die Nadel zurück auf den Tisch und küsste sie ebenfalls auf die Stirn. „Danke, Wirbelwind", sagte er liebevoll und verließ den Keller.

„Dann könnt ihr mich ja jetzt losmachen." Valerie sah hoffnungsvoll zu Ron, der einen Blick zu Marc warf.

„Ich finde, diese Gelegenheit, die du uns gerade für eine Session bietest, sollten wir nicht ungenutzt lassen, zumal du ein paar unschöne Dinge gesagt hast, oder was meinst du?", fragte Ron, und Marc trat jetzt um den Tisch herum an ihre Seite.

„Ich bin ganz deiner Meinung", antwortete er und Valeries Körper reagierte sofort.

Das Verhör hatte sie aufgewühlt, die Angst und die Nervosität klangen noch nach und hatten sie erregt. Sie nickte den Männern zu.

Ron küsste sie liebevoll, dann ging er zu einem Sideboard, holte etwas heraus und trat an ihre rechte Seite. Valerie erkannte, dass er einen Magic-Wand-Vibrator in den Händen hielt.

„Deine Bestrafung sieht folgendermaßen aus: Ich werde den Vibrator auf deine Klit pressen, und während ich das mache, wird Marc dir einfache Fragen stellen. Wenn du zehn dieser Fragen richtig beantwortet hast, höre ich auf."

Im ersten Moment klang die Aufgabe nicht besonders schwer und Valerie war zuversichtlich, dass sie die Aufgabe einfach ausführen konnte, aber als er dann den Vibrator auf ihre Klit presste und einschaltete, musste sie mit Erschrecken feststellen, dass es ein Horrortrip werden würde. Die Vibration war stark und bewegte sich am Rand des Aushaltbaren. Schon nach der ersten Frage – welcher Tag heute sei - bekam sie ihren ersten Orgasmus, und mit jeder Sekunde, die er das Höllengerät weiter auf ihre Klit presste, wurde der Bereich empfindlicher.

Marc stellte weitere Fragen und Valerie konnte sich kaum mehr konzentrieren. Sie war bei Frage acht angekommen und hatte bereits zwei Orgasmen gehabt. Frage neun - wie alt sie sei -, beantwortet sie gerade noch so, als ein weiterer Orgasmus sie schüttelte und ihr Tränen aus den Augen liefen. Ihre Perle war überreizt und das Gefühl extrem unangenehm. Sie wimmerte, bettelte, versuchte, sich der Vibration zu entziehen, aber die Fesselung ließ ihr keinen Spielraum.

Sie fühlte, wie Ron noch etwas in ihren feuchten Gang schob, was sie innerlich massierte. *Es müssen seine Finger sein,* dachte sie, denn sie massierten ihren G-Punkt fest, schnell und mit viel Druck.

Marc stellte eine letzte Frage, die sie kaum verstand, weil Ron eine Kettenreaktion in ihr auslöste. Sie schrie den nächsten Orgasmus in den Raum und gleichzeitig spritzte warme Flüssigkeit aus ihr heraus. Ron hatte sie squirten lassen.

Valerie lag schwer atmend auf dem Tisch, jede Faser ihres Körpers zuckte unkontrolliert. Ron hatte den Vibrator abgestellt, ging an der Seite entlang zu ihrem Kopf und küsste sie innig, bevor die Männer sie von der Fesselung befreiten.

„Das hast du sehr gut gemacht“, lobte er sie und half ihr, vom Tisch zu klettern. Er brachte sie ein paar Meter weiter in den Raum, wo eine weiche Unterlage auf dem Boden lag. „Geh in den Vierfüßlerstand!“, wies er sie an und Valerie kniete sich in der gewünschten Position hin.

Er und Marc zogen sich jetzt ebenfalls aus. Marc kniete sich vor Valeries Gesicht und hielt seinen harten Schwanz in der Hand. Ron kniete sich hinter sie und drang mit seinem Schwanz mit einer einzigen Bewegung tief in ihre nasse Pussy ein.

Valerie stöhnte, hob den Kopf, leckte sich über die Lippen und nahm Marcs Schwanz in ihren Mund. Ron fickte sie hart und schnell und Valerie saugte immer stärker an Marcs Schwanz. Beide Männer stöhnten ihr Verlangen in den Raum. Ron kam als Erster, zog seinen Schwanz aus ihrer Pussy und spritzte sein Sperma auf ihren Rücken. Marc stand kurz vor seinem Orgasmus. Bevor er kam, zog er seinen Schwanz aus ihrem Mund, stand auf, massierte seinen Schaft weiter, bis er stöhnend seinen Höhepunkt erreichte und sein Sperma ebenfalls auf Valeries Rücken landete. Valerie legte ihren Kopf erschöpft auf der Matte ab, beide Männer atmeten schwer, halfen ihr dann auf die Füße und gingen gemeinsam mit ihr ins Bad.

Am nächsten Morgen löste sie ihr Versprechen ein und schrieb Karen eine Nachricht, um sie in das Landhaus zu holen.

*Hey, Karen, die Jungs sind am Wochenende auf einer Messe und erst am Sonntag wieder zurück. Der Club ist geschlossen. Bitte komm vorbei, ich vermisse dich.*

Die Antwort ließ nicht lange auf sich warten.

*„Das klingt toll! Ich vermisse dich auch. Bin Samstag zum Frühstück da!“*

Karen betrachtete eine Weile ihr Handy. Sie freute sich über ein Wiedersehen mit Valerie, aber auf der anderen Seite schmerzte ihr Herz. In das Haus zurückzukehren, brachte viele schöne Erinnerungen zurück.

Sie dachte an Eric, aber den Gedanken wischte sie schnell beiseite. Sie war der festen Überzeugung, dass Eric sie wegen des Brandmals nicht mehr lieben könnte und dass sie keine Session mehr haben könnte, ohne dabei an die Zeit in der Hütte zu denken. Es gab keine gemeinsame Zukunft für sie beide, weil er BDSM brauchte und sie ihm dies nicht mehr geben konnte. Trotzdem verging kein einziger Tag, an dem sie nicht an ihn dachte und sich wünschte, in seinen Armen zu liegen.

Valerie saß nervös in der Küche. Jeden Augenblick konnte Karen vor der Tür stehen. Um nichts auf der Welt wollte sie ihre Freundin verlieren, aber sie wusste auch, dass es richtig war, den beiden zu helfen. Die beiden waren füreinander bestimmt, und es konnte nicht sein, dass diese Liebe an den vergangenen Ereignissen zerbrach.

Ein Auto fuhr auf den Hof, dann stieg jemand aus.

Schweren Herzens ging Valerie in den Flur und öffnete die Tür. Sie war eine schlechte Schauspielerin, und Karen merkte sofort, dass etwas nicht stimmte.

„Was ist los mit dir? Du bist ganz blass." Besorgt sah Karen ihre Freundin an, als Valerie Karen in den Arm nahm.

„Alles in Ordnung. Ich habe nur schlecht geschlafen. Komm erst mal mit rein, in der Küche steht Kaffee."

Karen folgte Valerie ins Haus, legte den Mantel über einen der Stühle und setzte sich mit dem Rücken zur Tür an den Tisch. Valerie setzte sich ihr gegenüber und brach in Tränen aus.

Verwundert sah Karen die Freundin an. „Hey, was ist denn los?"

„Bitte verzeih mir, Karen", schniefte Valerie, aber Karen verstand kein Wort.

Plötzlich legten sich zwei große, warme Hände auf ihre Schultern. Sie zuckte zusammen und wusste im selben Moment, wessen Hände das waren.

„Karen, schön, dich zu sehen." Erics Stimme klang liebevoll und dominant zugleich. Sie umhüllte ihre Seele wie Balsam.

Karen schloss die Augen, denn in diesem Moment wurde ihr bewusst, wie sehr sie diese Stimme vermisst hatte. Jede Faser ihres Körpers reagierte darauf. Wie ein Echolot, das sie sicher leitete. Doch plötzlich schaltete sich ihr Verstand wieder ein. *Lass die Gefühle nicht zu. Du kannst ihm nicht geben, was er braucht, um glücklich zu sein.* Ihr Verstand konnte jedoch nichts gegen das Vibrieren in ihrem Unterleib machen, das von der Wärme seiner Hände ausgelöst wurde.

„Warum hast du das gemacht, Val?" Karen blickte in das tränennasse Gesicht von Valerie und hatte Mühe, die Fassung zu bewahren.

Bevor Valerie ihr jedoch eine Antwort geben konnte, betrat Ron den Raum und stellte sich schützend hinter seine Frau. „Sie hatte keine andere Wahl", sagte er lächelnd.

Karen wusste sofort, was er damit meinte, und warf Ron einen bösen Blick zu. „Dann fehlt ja nur noch Marc", zischte sie.

„Ich bin hier." Lässig kam er in die Küche geschlendert.

„Na wunderbar, und warum der ganze Aufwand?", fragte sie, drehte den Kopf nach hinten und sah Eric an. Ihn zu sehen, traf sie wie ein Blitz. Er war blass und sie konnte seinen Kummer und seinen Schmerz auf seinem Gesicht sehen. Fast wie ein Spiegelbild ihrer eigenen Gefühle.

„Weil ich mit dir reden will, Karen. Nachdem du einfach verschwunden bist, habe ich mir Sorgen gemacht. Bitte sag mir, warum du nicht mehr mit mir zusammen sein willst. Mehr verlange ich nicht."

Karen sah ihn traurig an und knetete ihre Hände. *Wie soll ich es ihm erklären?* Sie atmete tief durch, bevor sie mit belegter Stimme anfing zu reden. „Ich bin nicht die richtige Frau für dich, weil ich dir nicht mehr das geben kann, was du zum Glücklichsein brauchst! Dieser Strudel aus Schmerz, Unterwerfung und Lust hat mich mitgerissen, aber das war nicht ich. Ich habe mich hinreißen lassen."

Ihre Stimme verlor an Festigkeit. Sie glaubte ja selbst nicht, was sie sagte, denn sie hatte in den vergangenen Nächten sehr oft wach gelegen und sich nach Eric gesehnt – nach einer Session voller Gefühl, Vertrauen und Hingabe, bis alle schlimmen Gedanken, die wie eine Endlosschleife durch ihren Kopf wanderten, verschwinden und nur die Liebe und Ruhe danach übrig bleiben würden. Das war es, was sie wirklich wollte. Sie wollte ihm endlich sagen, was Tom ihr angetan hatte. Sie sehnte sich nach seinen starken Armen, die sie nach einer Session aufgefangen hatten, und nach dem Moment danach, wo es nur noch ihn und sie gab.

Sie hatte die Hände zu Fäusten geballt, während sie sprach, als müsste sie sich selbst daran hindern, die Wahrheit zu sagen. Die Worte verließen ihren Mund, aber kamen nicht aus ihrem Herzen.

Eric sah ihr völlig ruhig und gelassen in die Augen. Er schien ihre Anspannung zu spüren.

„Steh auf, Karen", bat er und nach kurzem Zögern kam sie der Aufforderung nach.

Sie stellte sich dicht vor ihn und senkte den Kopf.

„Sieh mich an und sag mir, dass du mich nicht liebst. Sag mir, dass du mich nie wieder in deinem Leben haben willst, und ich werde gehen."

Sie ruckte mit dem Kopf nach oben, riss die Augen auf, konnte ihm aber nicht ins Gesicht sehen. Das konnte sie ihm nicht sagen, es wäre feige und gelogen, weil sie ihn noch immer über alle Maßen liebte.

Eric umfasste ihr Kinn und zwang sie, ihn anzusehen. In ihren Augen lagen Schmerz und Sehnsucht. Tränen liefen aus ihren Augenwinkeln.

„Das kann ich nicht", flüsterte sie.

„Warum nicht, wenn es doch dein Wunsch ist?"

„Weil es nicht die Wahrheit ist." Karen schlug die Hände vor ihr Gesicht, weinte und Eric zog sie an seine Brust.

„Ich weiß, Karen. Komm mit mir, ich kann dir helfen. Danach reden wir. Verstanden, Prinzessin?"

Er sagte es liebevoll, aber mit Nachdruck, und Karen wusste, dass er verstanden hatte, dass sie eine nachhaltige, schöne Erinnerung brauchte, um die Geister der Vergangenheit zu besiegen. Sie schaute zu ihm auf und er wischte ihre Tränen weg.

„Komm.“ Er fasste sie an ihrem Arm und führte sie zur Kellertreppe. Marc, Ron und Valerie folgten ihnen.

Karens Beine zitterten, als sie die Treppe hinabstieg. Ihr Herzschlag hämmerte in ihrer Brust, die Mischung aus leichter Angst, Nervosität und Aufregung war wieder da und in diesem Moment veränderte sich alles. Sie wollte an keinem anderen Ort auf der Welt sein als hier bei ihm. Ihr ganzer Körper sehnte sich nach ihm.

Eric führte Karen in den Dungeon. Ron führte Valerie zum Andreaskreuz und befahl ihr, sich auszuziehen. Sie zögerte keinen Moment. Ron fixierte sie mit dem Rücken am Kreuz, dann entfernte er sich von ihr.

Karen beobachtete die Szene genau. Ihr Blick traf den von Valerie. Beide lächelten sich an.

„Nun zu dir, Karen“, sagte Eric und eine strenge Aura umgab ihn. Seine Stimme war rau, emotionslos, und Karen bekam eine Gänsehaut.

Ron und Marc standen mit verschränkten Armen rechts und links neben ihr, und ihr wurde bewusst, dass ihr eine Session mit drei Männern bevorstand. Erics Prophezeiung von damals fiel ihr wieder ein: *Pass auf, was du machst, sonst ereilt dich das gleiche Schicksal, von drei Männern dominiert zu werden.*

„Zieh dich aus! Deine Kleidung legst du ordentlich auf den Stuhl und dann kommst du wieder zu mir.“

Karen trat einen Schritt auf den Stuhl zu, der zwei Meter hinter Marc stand, und das erregte gewohnte Kribbeln stellte sich ein. Ihre Hände zitterten leicht. Sie hatte Mühe, den Knopf ihrer Jeans zu öffnen, und atmete mehrmals tief durch. Plötzlich stoppte sie, als ihr bewusst wurde, dass alle ihre Narbe sehen würden.

„Muss ich nachhelfen?" Eric kam auf sie zu und stellte sich breitbeinig mit verschränkten Armen vor sie.

Er wirkte in dem Moment viel größer auf sie als bei den Sessions zuvor, und sie wurde nur noch nervöser. Karen drehte sich um, und es dauerte eine gefühlte Ewigkeit, bis sie das letzte Kleidungsstück abgelegt hatte. Sie stand mit dem Rücken zu den Männern, unsicher, ob sie sich umdrehen sollte oder nicht. Ihre Hände waren zu Fäusten geballt und Schweiß brach ihr aus.

Sie spürte, wie Eric jede ihrer Bewegungen beobachtete, und kämpfte gegen den Drang an, ihr Safeword zu benutzen.

„Karen, dreh dich um", befahl Eric ruhig.

Zittrig und nackt drehte sie sich langsam um. Verletzlich und unsicher stand sie den Männern gegenüber. Sie konnte sehen, wie erst Erics Blick auf die Innenseite ihres rechten Oberschenkels fiel und dann der von Marc und Ron. Tränen sammelten sich hinter ihren Augenlidern, als sie mit gesenktem Kopf, hilflos wartend, vor ihnen stand.

„Eric?", hörte sie Ron sagen, bevor Eric in ihr Sichtfeld trat und federleicht über ihre Schultern strich.

„Es ist alles in Ordnung, du bist wunderschön, Prinzessin“, flüsterte er dicht an ihrem Ohr, und die Tränen liefen aus ihren Augenwinkeln, weil er es voller Liebe in seiner Stimme sagte.

„Leg dich auf den Tisch, Hände über den Kopf“, befahl er und zeigte auf den Bondagetisch hinter ihm, an dem Ablagen für die Beine befestigt waren. Er entfernte sich ein Stück von ihr und gab den Weg zum Tisch frei.

Karen war verwirrt. *Warum ist er jetzt immer noch so lieb, obwohl er die Narbe gesehen hat?*

In Karen tobten die unterschiedlichsten Gefühle. Plötzlich überkam sie ein Anflug von Angst, den sie sich selber nicht erklären konnte. Ihre Atmung wurde hektisch und ihre Unterlippe fing an zu zittern. Sie blieb auf der Stelle stehen und rührte sich nicht.

Eric bemerkte ihr Unbehagen sofort und ging wieder auf sie zu. Er stand ganz nah bei ihr und seine Wärme sickerte in ihren Körper. Seine Hände umfassten ihr Gesicht und er sah ihr tief in die Augen.

„Vertrau mir und den Jungs, Prinzessin. Wir werden dir helfen.“ Seine Worte waren voller Zuversicht, in ihr brachen alle Dämme und sie weinte bitterlich.

Eric nahm sie fest in seine Arme und hielt sie minutenlang fest, bis sie sich beruhigt hatte.

„Sollen wir aufhören?“, fragte er ernst.

Sie schniefte und schüttelte den Kopf. Sie wollte

nicht aufhören, sie wollte ihre inneren Dämonen besiegen und wusste, dass nur Eric in der Lage war, ihr dabei zu helfen.

„Dann geh jetzt zu Ron und Marc“, wies er sie an.

Sie wischte ihre Tränen mit dem Handrücken weg und ging auf die beiden Männer zu, die sie zum Bondagetisch führten und ihr dabei halfen, sich auf den Rücken zu legen.

„Gib mir deine Hände“, forderte Ron sie auf.

Während er ihre Hände fixierte, fasste Marc an ihre Beine und wollte diese in einer weit gespreizten Position auf den Ablagen fixieren. Doch Karen wehrte sich plötzlich, zappelte und trat nach Marc, was ihr einen fiesen Schlag auf ihren Schenkel einbrachte.

*In dieser Position werden sie die ganze Zeit das Brandmal sehen!*

„Karen, du hast dieser Session eben zugestimmt. Was ist jetzt das Problem?“, fragte Marc und sah sie an.

„Ich kann nicht“, wimmerte Karen.

„Was kannst du nicht?“, wollte Eric wissen, der jetzt auch am Bondagetisch stand.

Noch während er sie ansah, nahm er ihr rechtes Bein und legte es auf die Ablage. Sie hielt sich an seinem Blick fest. Seine Stimme und seine Berührungen erdeten sie. Sie wehrte sich nicht mehr, als Marc ihr linkes Bein nahm, und ließ zu, dass er ihr linkes Bein ebenfalls ablegte. Beide fixierten ihre Beine und nach wenigen Sekunden lag sie gefesselt auf dem Tisch. Die Männer hatten nun eine ungehinderte Sicht auf ihre Pussy.

„Beruhig dich, Karen“, sagte Marc und lächelte auf sie herab.

Eric trat näher an ihren Kopf heran. Karen sah ihn die ganze Zeit über an. Er streichelte mit seinen Fingern sanft an ihrer Wange entlang, beugte sich zu ihr herab und flüsterte dicht an ihrem Ohr: „Vertrau mir. Du bist immer sicher bei mir, egal, was ich mache. Du weißt, wie du mich stoppen kannst.“ Dann küsste er sie liebevoll und innig. „Ab jetzt bist du still und sprichst nur, wenn ich es dir erlaube. Marc, Ron und ich werden uns jetzt ausgiebig mit dir beschäftigen. Wir werden sicherstellen, dass alle Gedanken an das, was geschehen ist, keinen Platz mehr in deinem Kopf haben werden.“

Ein letztes Mal sah er ihr tief in die Augen, dann ging er zur Seite. Seine Worte hatten gereicht und Karen konnte sich fallen lassen. Er würde ihr nicht schaden. Das Safeword war bindend für ihn, und er würde alles stoppen, sobald sie es aussprach.

„Du bist so schön, wenn du dich fallen lässt“, lobte Ron, der hinter ihr stand und auf sie herabsah.

Sie sah zu ihm auf, direkt in seine Augen, und pure Zuneigung schlug ihr aus seinen entgegen.

Eric stand jetzt zwischen ihren Beinen und Marc stellte sich an die linke Seite des Tisches. Er suchte ihren Blick. Karen fing seinen Blick auf und auch hier schlugen ihr Wärme und Zuneigung entgegen.

Fast synchron fingen die Männer an, Karens Körper überall zu streicheln.

„Ich werde dir die Augen nicht verbinden. Du darfst sie schließen, wenn du willst, oder zusehen, wer dir Schmerz und Lust schenkt“, sagte Eric mit sanfter Stimme.

Karen schaute die Männer an, aber die Berührungen waren so schön, dass sie immer wieder die Augen schloss, um sich ganz auf das zu konzentrieren, was sie taten. Marc knetete ihre Brüste, zupfte an ihren Nippeln. Sie hörte das leise Rasseln einer Kette, bevor sie die Nippelklemmen in Marcs Hand sah und mit ihrem Blick verfolgte, wie er sie an ihren Nippeln ansetzte und zuschnappen ließ. Sie bäumte sich stöhnend auf, aber der Schmerz ließ rasch nach, und nur ein leichtes Pochen blieb zurück, das in ihrem Unterleib widerhallte.

Ron ging kurz fort, und als er zurückkam, hörte sie, wie etwas klirrte, und sah dann gebannt zu, wie Ron einen Eiswürfel aus einem Glas nahm. Er stand jetzt an ihrer rechten Seite und fuhr mit dem Eiswürfel andächtig über ihren erhitzten Körper. Er umkreiste ihre Brüste, ihren Bauchnabel, fuhr weiter nach unten, durch ihren erhitzten Spalt und wieder nach oben. Sie zuckte, stöhnte und genoss es.

Ihr Blick fiel wieder auf Marc. Er hielt eine Kerze dicht über ihren Körper, und sie hielt die Luft an, als er sie kippte. Sie schrie, jedoch mehr vor

Schreck als vor Schmerz. Das heiße Wachs traf ihre Brüste, lief wie Lava ihren Bauch hinab, und sie spürte, wie es aushärtete.

Eric kniete zwischen ihren Beinen und hatte seinen Kopf auf ihre Scham gesenkt. In stetigem Rhythmus leckte er über ihre Klit, massierte diesen Punkt mit seiner Zunge, wanderte weiter nach unten und drang mit seiner Zunge in sie ein. Er saugte und knabberte an ihren Schamlippen. Dann begann er von vorn.

Diese Tortur wiederholte sich im Wechsel: Kälte von Ron, Hitze von Marc und pure Lust von Eric. Längst war Karen in einem Strudel aus diesen Empfindungen gefangen. Ihr ganzer Körper pochte, kribbelte und vibrierte vor Erregung. Sie wimmerte, keuchte, stöhnte und bog den Rücken durch, nur um mehr von allen Empfindungen zu bekommen. Mit jeder Minute, die verging, hatte sie mehr und mehr das Gefühl, zu schweben. Ihr Kopf war leer, jedes Geräusch weit weg, es gab nur sie und diese wundervollen Gefühle.

Eric nahm zwei seiner Finger und führte sie tief in ihre Pussy. Gleichzeitig spürte sie die Kälte des Eiswürfels und die Hitze des Wachses. Karen stöhnte vor Erregung laut auf. Plötzlich saugte Eric so fest an ihrer Klit, dass sich der Schmerz mit allen anderen Empfindungen vermischte und Karen schreiend zu einem Höhepunkt kam, der über viele Sekunden anhielt.

Als die Wellen abebbten, japste sie nach Luft. Eric stand auf, sah auf sie hinab und ihre Blicke trafen sich. Ron und Marc entfernten mit ihren Händen das harte Wachs von ihrem Körper, und sie zuckte, weil jede Stelle, an der sie sie berührten, empfindlich war.

„Erzähl uns, was in der Hütte passiert ist, Karen“, forderte Eric sie auf, aber Karen schüttelte den Kopf. Sie wollte nicht denken, nicht jetzt.

Eric kniff ihr in den Oberschenkel und sie schrie auf. „Erzähl es mir. Jetzt!“

Karen schluchzte. „Er wollte mich zu Tode foltern. Ich hatte so schreckliche Angst.“

„Was hat er gemacht?“

„Er hat mich mit der Peitsche geschlagen, bis ich überall geblutet habe und kraftlos in den Ketten hing“, wimmerte sie und ihre Stimme zitterte. Bevor sie weitersprechen konnte, holte sie tief Luft. „Er hat mir mit seinen Händen ins Gesicht geschlagen, bis ich bewusstlos war. Er hat mich immer wieder geschlagen, jeden einzelnen verdammten Tag.“ Ihre Stimme brach.

„Was noch, Karen?“, forderte er sie auf, weiterzusprechen.

Karen weinte bitterlich und blieb stumm.

Eric schlug ihr mit der flachen Hand leicht auf die Unterseite ihres Schenkels. „Was noch?“, fragte Eric erneut.

Karen ballte die Hände zu Fäusten. Ihre Nägel pressten sich fest in ihre Handflächen, denn die Erinnerung daran war sehr schmerzlich.

Ron streichelte an ihren Armen entlang und öffnete ihre Hände. Er legte seine hinein und Karen krallte sich an ihnen fest. Es half ihr dabei, weiterzusprechen.

„Er hat mit einer Zigarette das T für Tom in meinen Oberschenkel gebrannt!“, schrie sie ihren seelischen Schmerz unter Tränen in den Raum.

Eric überkamen bei diesen Worten die unterschiedlichsten Gefühle: Wut und Hass auf diese Kreatur von Mann und unendliche Liebe für die Frau vor ihm. Marc reichte ihm einen Druckwellenvibrator. Eric schaltete ihn ein und presste ihn zunächst leicht auf ihre Klit.

„Alles ist gut, mein Engel, ich werde dich niemals mehr allein lassen. Ich liebe dich so sehr, und es zerreißt mir mein Herz, dich so leiden zu sehen. Beruhige dich, sieh mich an. Ich schenke dir diese schönen Gefühle, und wenn du willst, für immer.“

Karen sah ihn mit tränennassem Gesicht an, sie sah die Wärme und seine Liebe in seinen Augen.

Er erhöhte die Vibration und Karen keuchte auf. Er senkte seinen Kopf und liebkoste mit seinem Mund ihren Bauch, während die Vibration immer stärker wurde, bis sie wenige Sekunden später ihren Orgasmus in den Dungeon hinausschrie. Ihr gesamter Körper bebte, aber Eric ließ ihr keine Zeit, sich von ihrem Orgasmus zu erholen. Er erhöhte die Vibration nochmals und beließ den Vibrator auf ihre Perle. Der Reiz war so stark, dass sie sich wand, schrie, stöhnte und keuchte, bis ein weiterer Orgasmus ihren Körper beben ließ.

Erschöpft und nach Atem ringend lag sie auf dem Tisch und Stille umgab sie, ihr Kopf war völlig leer. Eric hatte die negativen Gedanken einfach fortgewischt.

Die Männer gaben ihr einen Moment, bis ihre Atmung wieder ruhiger wurde, dann tauschten Marc und Ron die Plätze. Marc stand jetzt hinter ihr. Ron hatte ihre Hände losgelassen und sich an die Seite gestellt. Ron nahm den Flogger und strich mit den Riemen ihren gesamten Körper hinab und wieder hinauf. Karen hatte ihre Augen geschlossen und entspannte sich unter diesen sanften Berührungen. Ron ließ sich Zeit, bevor er anfing, die Riemen sanft auf Karens gesamten Körper prasseln zu lassen. Ihre Haut fing überall dort, wo sie sie trafen, zu kribbeln an.

Eric tropfte Gleitgel auf ihre Mitte und es lief langsam ihren Spalt hinab, bis zu ihrem Anus. Sie hob ihr Becken an, denn das Gleitgel kühlte ihre erhitzte Scham.

„Sieh mich an!“, forderte Marc, und während Eric einen Finger in ihren Anus einführte, keuchte sie auf und blickte in die Augen von Marc.

„Warum wolltest du Eric nicht mehr sehen?“, fragte er und in ihren Augen sammelten sich erneut Tränen. Sie suchten sich einen Weg und tropften an ihren Schläfen hinab auf den Tisch.

Eric nahm einen zweiten Finger dazu, dehnte ihren Anus, und Karen wimmerte, weil sich das Gefühl in ihrem gesamten Unterleib ausbreitete und sie stark erregte.

Ron ließ den Flogger in stetigem Rhythmus auf ihre Haut treffen. Sie konnten nicht anders, als immer wieder zu wimmern und zu stöhnen, während Marcs Blick sie gefangen hielt.

„Antworte mir, Karen", forderte er erneut.

„Ich hatte Angst, dass Eric mich nicht mehr lieben kann, weil Tom mich gezeichnet hat, und ich hatte Angst, dass auch er irgendwann Grenzen überschreitet, nur um seine Befriedigung zu bekommen", japste sie, weil die Empfindungen so stark waren.

Ihr gesamter Körper kribbelte und sehnte sich nach Erlösung. Tief in ihrem Unterleib zog sich jeder Muskel zusammen, weil Eric seine Finger immer wieder in sie hinein- und herausgleiten ließ. Sie genoss jede Sekunde, bis plötzlich seine Finger weg waren und sie spürte, dass er etwas anderes gegen ihren Eingang presste. Obwohl sie das Gefühl kannte, verspannte sie sich und Eric stoppte.

„Sperr dich nicht dagegen, lass dich fallen und sieh mich weiter an", befahl Marc.

Sie blickte ihn durch einen Tränenschleier an, hielt sich an seinen Blicken fest und ließ ihre Muskeln locker. Eric schob den Plug langsam vor, bis er an seinem Platz war.

Die Schläge mit dem Flogger hörten plötzlich auf. Sie spürte ein Kitzeln auf ihrer Haut und sah, dass Ron sie jetzt mit einer Feder streichelte. Er fuhr andächtig über ihren erhitzten Körper, als wäre er etwas Kostbares. Sie hörte das Öffnen eines Reißverschlusses und sah zu Eric, der sich seine Hose samt Boxershorts von den Hüften streifte, seinen Schwanz in die Hand nahm, ein Kondom überzog und sich langsam in sie schob.

Karen schloss ihre Augen. Sie war ausgefüllt und jeder Stoß von Eric erhöhte den Druck in ihr. Sie fühlte sich wie auf Wolken schwebend. Dumpf nahm sie Erics Stöhnen wahr, als er sie schneller fickte und dabei ihre Klit massierte. Karen erreichte einen Höhepunkt, der sie noch weiter schweben ließ, und sie hörte Eric keuchen, als er das Tempo weiter erhöhte, fest und tief in sie stieß, bis auch er mit einem grollenden Schrei zum Höhepunkt kam.

Karen öffnete die Augen und sah, wie Eric seinen Kopf hob. Sie sah das Glitzern von Tränen in seinen Augen und ihr Herz wäre fast vor Liebe zersprungen. Ron und Marc waren zur Seite getreten und standen jetzt bei Valerie.

„Nichts wird jemals zwischen uns stehen, hast du das verstanden?“, sagte Eric mit belegter Stimme. „Ich liebe dich. Ohne dich ist mein Leben leer. Du bist der Mensch, mit dem ich zusammen sein will. Wenn das bedeutet, dass wir keine Sessions mehr haben, weil du Sorge hast, ich könnte Grenzen überschreiten, dann verzichte ich darauf.“ Er senkte seinen Kopf und küsste sie auf ihren Bauch.

Karen war so ergriffen, dass sie leise weinte. Vom Andreaskreuz war jetzt auch ein Schluchzen zu hören.

„Karen, wir lieben dich alle“, schniefte Valerie.

Eric zog sich aus ihr zurück und entsorgte das

Kondom in einem Mülleimer unter dem Tisch. Er zog seine Hose wieder hoch und bat Marc, ihm dabei zu helfen, Karen von der Fixierung zu befreien. Kaum war sie frei, trug Eric sie in den Nebenraum und legte sie auf das Bett. Völlig erschöpft legte sie ihren Kopf auf eines der Kissen, die auf dem Bett lagen. Eric ging zur Tür und schloss diese hinter sich. Er kam wieder an das Bett und entledigte sich seiner Kleidung, kam zu ihr und spreizte sanft ihre Schenkel.

„Ich kann nicht mehr“, wimmerte sie und Eric lachte leise.

„Ich weiß, aber der Plug ist noch an seinem Platz. Ich entferne ihn nur schnell, bleib einfach liegen.“ Er zog ihn vorsichtig heraus und brachte ihn ins angrenzende Bad, dann kam er wieder zu ihr zurück.

Karen hatte die Augen leicht geschlossen, atmete gleichmäßig und ruhig.

„Karen, ich muss noch eine Sache erledigen, bevor du dich ausruhen kannst“, flüsterte er.

Sie öffnete die Augen und sah ihn irritiert an. Dann fiel ihr Blick auf ihre Brüste, und sie bemerkte, dass die Nippelklemmen noch befestigt waren. Sofort war sie hellwach und wollte ihre Brüste mit den Händen bedecken, aber er griff blitzschnell nach ihren Handgelenken und presste ihre Arme auf das Bett.

„Netter Versuch, Prinzessin, aber die Klemmen müssen runter.“

Sie bettelte, er möge sie einfach dranlassen, was

ihn lauter lachen ließ, bevor er ernst wurde. „Du bist jetzt ein braves Mädchen, lässt deine Arme auf dem Bett liegen und bewegst dich nicht, andernfalls muss ich mir Hilfe holen, verstanden?"

Karen nickte und kniff ihre Augen fest zusammen. Ohne zu zögern, zog er beide Klemmen gleichzeitig ab. Das Blut schoss in ihre Nippel zurück, sie bäumte sich auf, krallte ihre Hände in das Bettlaken, schrie, atmete in den Schmerz und sank auf das Bett zurück. Besänftigend glitt seine Zunge über ihre geschundenen Nippel, bevor er sich eng an sie schmiegte, seinen Arm beschützend um sie legte und sie einfach nur sicher an seiner Brust hielt.

So lagen sie eine Weile in dem Raum, der nur durch ein Dämmerlicht erhellt wurde. Eric fuhr mit den Fingern an ihrem Körper entlang und strich über die Brandnarbe, und Karen zuckte zusammen. Er sah sie mit ernster Miene an.

„Wir lassen die Narbe lasern. Danach bekommst du ein wunderschönes Tattoo. Nichts wird dich je wieder an diese schreckliche Zeit erinnern. Die Hütte lassen wir abreißen. Wir bauen einfach eine neue dorthin. Du gehörst zu mir, Karen, verstanden?"

Sie nickte und lächelte ihn an. Nichts hatte sich in den letzten Monaten so richtig angefühlt wie das Hier und Jetzt.

# Epilog

*Zwei Jahre später*

„Karen, du zerquetschst meine Hand!"

„Das ist alles deine Schuld, oh verdammt, tut das weh."

„Karen, du musst atmen."

„Halt die Klappe und sag mir nicht, was ich machen soll! Wer bekommt denn hier ein Kind? Du oder ich?!"

„Mrs. Bright, Sie müssen pressen."

Karen presste mit letzter Kraft. Sie schrie, und wenige Sekunden später hörten beide das Schreien ihres Kindes.

„Herzlichen Glückwunsch, Sie haben ein Mädchen", gratulierte die Hebamme.

Eric weinte vor Freude, als er seine kleine Tochter in den Händen hielt. Voller Liebe sah er auf die Mutter seiner Tochter hinab. Karen lag völlig erschöpft, aber glücklich im Bett.

„Du machst mich zum glücklichsten Mann auf Erden. Ich liebe dich so sehr, Prinzessin."

# Autorin

Schon während ihrer Schulzeit schrieb Janice Blendell zwar Kurzromane und Gedichte, doch ihre Liebe zu Büchern und zum Schreiben entdeckte sie erst nach der Geburt ihres Sohnes so richtig. Schreiben bedeutet für sie, Gefühle und Emotionen in Worte zu legen, und Lesen empfindet sie als eine Auszeit vom Alltag.

Janice Blendell glaubt an die Liebe und ist romantisch veranlagt. Schon in jungen Jahren sagte sie zu ihren Eltern: „Irgendwann steht ein Buch von mir im Regal."

Eines ihrer Lebensmottos: Meine Freunde und Feinde können sich immer auf mich verlassen; für die einen ein Segen, für die anderen ein Fluch.